Is it Wrong to Try to Pick Up Girls in a Dungeon?

AF705043

© Suzuhito Yasuda

Is it Wrong to Try to Pick Up Girls in a Dungeon?

2

FUJINO OMORI

ILLUSTRATIONEN VON SUZUHITO YASUDA

TOKYOPOP®

Is it Wrong to Try to Pick Up Girls in a Dungeon?

2

Suzuhito Yasuda

Beim Erkunden des Dungeons übernahm der Supporter eine wichtige Funktion, die nichts mit Kämpfen zu tun hatte: Ließ ein Monster einen Beutegegenstand oder Magiestein fallen, war seine Aufgabe, den Gegenstand aufzusammeln, zu verwahren und sicher an die Oberfläche zurückzubringen. Während die Gruppe gegen Monster kämpfte, hielt er sich im Hintergrund und bemühte sich, so wenig wie möglich im Weg zu sein. Im Prinzip war man in dieser Rolle also ein Gepäckträger.

»Hey, mach ein bisschen schneller, du Schnecke!«

Abermals flogen ihr durch den Dungeon, dem es dank der phosphoreszierenden Elemente in den Wänden nicht an Licht mangelte, Beleidigungen entgegen. Sie mühte sich mit dem prall gefüllten, schweren Rucksack ab und hinkte darum etwas hinterher. Der Widerhall im Gang schien die Verächtlichkeit der Worte noch zu verstärken.

»Wie kann man so nutzlos sein? Du machst doch nichts weiter, als diesen dämlichen Rucksack zu schleppen!«

Ständig musste sie sich dasselbe Genörgel anhören. Manchmal schlugen die Arroganz und die Ungeduld der Abenteurer auch in Gewalt um. In deren Augen waren Supporter keine Spezialisten, sondern Abschaum und Versager. Grenzenlos war das Ausmaß an Grausamkeit, das sie Schwächeren gegenüber an den Tag legten.

Doch wer kannte sie nicht, berühmte Sätze wie diese:

»Erst durch einen guten Supporter entfaltet ein Abenteurer sein wahres Potenzial!«

»Nur mithilfe eines fleißigen Supporters kann ein Abenteurer tiefer in den Dungeon hinabsteigen!«

»Supporter sind das Rückgrat einer jeden Gruppe!«

Schöne Worte, aber sie ergaben auch Sinn. Als Supporterin war sie durchaus in der Lage, den Abenteurern ihrer Gruppe das

Leben leichter zu machen. Nur leider waren die wenigsten von ihnen sich dessen bewusst.

»Wenn du nichts tust und mir nur im Weg rumstehst, gibt's auch keine Valis für dich!«

Wo waren nur die Abenteurer, die sie als Teil ihrer Gruppe zu schätzen wüssten und ihr keine solche Verachtung entgegenbrächten? Wahrscheinlich gab es sie gar nicht.

»Du könntest deine Arbeit ja auch erledigen, während wir uns mit den Monstern herumschlagen.« Im Zweifelsfall gäbe sie wenigstens einen guten Lockvogel ab, fügte noch einer aus der Gruppe frech hinzu. Sie sah den arroganten Kerl ungläubig an. Leute wie er würden sie, ohne mit der Wimper zu zucken, im Stich lassen, da war sie sicher.

Suzuhito Yasuda

Kapitel 1: Erst ein Date, dann eine Supporterin

Ein hartes, grelles Kratzen hallte durch den quadratischen Raum. Das spärliche Licht von der Decke ließ die Wände mattgrün erscheinen.

Ich richtete das Hestia Knife, das ich von meiner Göttin bekommen hatte, auf das Monster vor mir. Es hatte vier Beine und zwei etwas kürzere Arme. Der Körper war rötlich und erinnerte an eine Ameise. Nur war dieses Monster mindestens so groß wie ich, hielt den Oberkörper aufrecht und starrte mir direkt in die Augen.

Diese »Killerameisen« wurden in der Regel ab der 7. Ebene und darunter gesichtet. Wie die »Mauerschatten« auf der 6. Ebene galten sie als eine der tödlichsten Gefahren für frischgebackene Abenteurer. Sie verfügten über einen harten Panzer, an dem halbgare Hiebe einfach abprallten wie an einer Rüstung. Selbst mit gezielten Schwertstößen durchdrang man ihn nur schwer. Zu allem Überfluss hatten sie am Ende jedes Arms vier scharfe Klauen, die mir in diesem Augenblick entgegenblitzten.

Bei einem übereilten Angriff konnte man sich schwere Verletzungen zuziehen. So erging es vielen Abenteurern, die versuchten, eine Killerameise mit schnellen Attacken zu überrumpeln, wie sie es von den Monster der höheren Ebenen gewöhnt waren.

»Krchhh! Krchhh!«, knirschte das Monster mit seinen Mandibeln. Auf diese Weise schien es eine Art Pheromon zu verströmen, mit dem es seine Artgenossen in Notsituationen herbeirief, neben dem robusten Panzer eine weitere gefährliche Eigenschaft.

Um eine Chance zu haben, musste ich diese Killerameise mit einem einzigen gezielten Angriff töten. Uns trennten nur wenige Schritte, und wir sahen einander in die Augen.

Kurz spannte ich mich an, dann preschte ich los. Es lag mir nicht, passiv auf eine Gelegenheit zum Gegenangriff zu warten.

Die Killerameise ließ wieder das unangenehme Knirschen hören und schlug mit dem rechten Arm nach mir. Aus dem Augenwinkel sah ich vier weiß schimmernde Klauen auf mich zurasen, doch ich war schneller: Mit einem blitzschnellen Streich trennte ich die Krallen vom Arm ab.

»Krchiii?!«, machte die Killerameise und starrte ihren rechten Arm an, den ich gerade um vier Klauen kürzer gemacht hatte. Ich nutzte die Gelegenheit und bereitete mich, das Hestia Knife erhoben, auf den entscheidenden Moment vor.

Um eine Killerameise zu töten, zielte man am besten auf die Lücken in ihrem harten Panzer – es waren die einzigen Stellen, die ihr verwundbares Fleisch entblößten. Auch darum war dieses Monster für Anfänger so gefährlich: Ihnen fehlte die für solche Angriffe erforderliche Präzision. In der Theorie funktionierte es.

Ich entschied mich jedoch bewusst für einen anderen Weg und hieb mit meiner dunklen Klinge direkt nach dem Hals: Da ein Arm bereits ausgeschaltet war, war der Oberkörper nun wesentlich verwundbarer.

Kurz spürte ich den Widerstand des Panzers, dann war ich durch. Ich führte jenen Schwung mit meiner Waffenhand aus, an den ich mich mittlerweile gewöhnt hatte. Mit einem befriedigenden Geräusch durchtrennte meine Klinge den Hals der Killerameise, und ihr Kopf sauste durch die Luft davon. Aus der Schnittstelle drang eine dicke, violette Flüssigkeit.

Der Kopf landete auf dem Boden, die Augen noch immer schreckgeweitet. Kurz darauf klappte auch der restliche Körper des Monsters in sich zusammen.

»Jawoll!« Mit einer fließenden Bewegung wischte ich das Blut meines Gegners von der Klinge. Dann blickte ich auf das Hestia Knife hinunter. Mir war, als hätte ich noch nie mit einer anderen

Waffe gekämpft. Als wäre der Griff mit meiner Handfläche verwachsen.

Die Durchschlagskraft war erstaunlich. Selbst den harten Panzer einer Killerameise durchschnitt sie wie Butter.

Unglaublich, wie mächtig Hephaistos' Waffen sind! Und meine Göttin hat dieses Messer extra für mich besorgt!

Ich machte mich daran, den Magiestein des Monsters zu erbeuten, und grinste dabei wie ein kleines Kind, das ein neues Spielzeug bekam. Früher hatte mir mein Großvater zu jedem Geburtstag ein Bilderbuch mit Heldengeschichten geschenkt. Diese Bücher waren mir so wichtig gewesen, dass ich kaum gewagt hatte, sie zu öffnen, aus Angst, sie mit meinen Fingern dreckig zu machen. Ich hatte zwar keine solchen Skrupel, das Messer zu benutzen, aber die Aufregung war die gleiche.

Danke, Hestia …

Ich dachte daran, wie beschäftigt sie in letzter Zeit gewesen war – vermutlich meinetwegen –, und ein Lächeln trat auf mein Gesicht.

Ich werde stärker, das verspreche ich. Ich werde deine Bemühungen in Ehren halten und zu einem Abenteurer werden, der dieser Waffe würdig ist!

Ich steckte das Messer in die Scheide an meinem Gürtel und setzte meine Erkundung der 7. Ebene fort.

»D… Die siebte Ebene? Bist du verrückt?!«

»Uwah!«, schrie Bell auf. Einas zusammengezogene Augenbrauen und ihre aufgebrachte Stimme zeigten deutlich, wie wütend sie war.

Kurz zuvor war er noch gut gelaunt ins Gildenhauptquartier marschiert, nachdem er mithilfe seines Geschenks die Erkundung der 7. Ebene erfolgreich abgeschlossen hatte, und hatte seine Beute eingetauscht. Er hatte sich nur noch kurz bei seiner Beraterin blicken lassen wollen, doch dies schien ein Fehler gewesen zu sein, denn sie war keineswegs darüber erfreut, zu hören, dass er heute bis auf die 7. Ebene vorgedrungen war. Mit Bells guter Laune hatte es ein jähes Ende.

»Ich kann einfach nicht fassen, wie unvorsichtig du bist!« Eina knallte beide Handflächen auf den Tisch. Feurig starrte sie ihn aus ihren grünen Augen an, wie eine Schlange, die drauf und dran war, ihre Beute zu erlegen. »Hörst du mir überhaupt zu? Schon die fünfte Ebene war viel zu gefährlich für dich, und jetzt warst du auf der siebten?!«

»T… Tut mir leiiid!«

Sie war erzürnt darüber, dass Bell nicht auf ihren Rat gehört hatte und tiefer in den Dungeon vorgedrungen war, als sie es, gemessen an seinen Fähigkeiten, für sicher und vernünftig hielt. Ein Abenteurer lebte länger, wenn er sich auf möglichst wenig Abenteuer einließ. So lautete ihr Mantra.

»Wer von uns beiden wurde denn vor einer Woche beinahe von einem Minotaurus getötet, hm?«

»I… Ich war das …«

»Und warum dringst du dann noch tiefer in den Dungeon vor? Reicht dir eine Nahtoderfahrung nicht?!«

»Ich hab doch gesagt, dass es mir leidtut!«, sagte Bell mit feuchten Augen. So rügte sie einen nur, wenn es ihr sehr ernst war. Sie konnte es nicht ertragen, wenn Bell sinnlos sein Leben aufs Spiel setzte, darum reagierte sie so.

Gerade einmal vor einem halben Monat hatte er seine Abenteurerkarriere begonnen. Eine Expedition auf die fünfte Ebene und darunter kam einem Selbstmordkommando gleich.

Ab da veränderte sich der Dungeon stark, und der Schwierigkeitsgrad stieg spürbar an. In der siebten Ebene bekam man es mit Monstern wie der Killerameise zu tun, und wenn es einer von denen gelang, Verstärkung zu rufen, war alles vorbei. Mit einer Koboldmeute konnte man es notfalls noch allein aufnehmen, aber ein Schwarm Killerameisen verspeiste Soloabenteurer zum Frühstück.

»Du hast eindeutig nicht genug Respekt vor dem Dungeon! Schätze, den werde ich dir einbläuen müssen!«

Bell heulte auf, denn er wusste, was ihn erwartete. Im letzten halben Jahr hatte er Einas strenge Predigten oft genug über sich ergehen lassen müssen. Er befolgte ihre Ratschläge nicht immer, wenngleich sie sich größtenteils als nützlich erwiesen hatten.

»J... Jetzt warte doch mal!», rief er. »Du vergisst, dass ich mittlerweile stärker bin!«

»Was heißt hier stärker? Nur, weil deine Statuswerte auf H gestiegen sind, bist du noch lange nicht stark genug für solche Abenteuer!«

»Aber einige sind sogar schon bei E! Wirklich!«

»Wie bitte ...? Bei E?!« Eina riss die Augen auf, konnte offenbar nicht fassen, was sie da hörte. »Glaubst du wirklich, dass ich mir solche Lügen auftischen lasse?«

»Aber es stimmt! Warum sollte ich lügen? In letzter Zeit mach ich einfach große Fortschritte, irgendwie steigen meine Meisterschaftsgrade total schnell ...«

»Wirklich?«

Bell nickte eifrig, was bei Eina bloß zu noch mehr Verwunderung führte. Sie war noch nicht lange seine Beraterin, glaubte jedoch, mittlerweile beurteilen zu können, wann der Junge sie anlog und wann nicht. Und jetzt gerade schien er die Wahrheit zu sagen.

»Bis auf E? Wirklich?«

»J... Ja ...«

Eina hob die rechte Hand, ein Zeichen, dass sie eine kurze Denkpause benötigte. Mit der anderen zählte sie die Stufen der Statuswerte ab. »S, A, B, C, D, E ...« Dann noch einmal, um ganz sicher zu gehen. »S, A, B, C, D, E ...« Am Ergebnis änderte es nichts.

Sie war verwirrt. Bell hatte sie bestimmt nicht angelogen, und trotzdem war ihr unbegreiflich, wie jemand so schnell die Stufe E erreicht haben könnte.

Sie hatte ihre Gründe gehabt, davon auszugehen, er befinde sich auf Stufe H. Ihrer Erfahrung nach erreichten ein paar Abenteurer diese Stufe in nur einem halben Jahr – das zeigte bereits Talent; die Besten schafften möglicherweise Stufe G; aber Stufe F war bereits die ganz große Ausnahme ...

Bei einem Abenteurer, der vor dem Start seiner Karriere bereits Kampferfahrung gesammelt hatte, hätte Eina es ja noch nachvollziehen können, nur war Bell als Enkel eines Farmers aufgewachsen. Aber anlügen würde er sich nicht, davon war sie überzeugt.

»Hmmm ...« Eina tippte sich ans Kinn, während Bell unruhig dasaß. »Sag mal ...«

»Ja?«

»Dürfte ich mir den Status auf deinem Rücken ansehen?«

»W... Was?!«, rief Bell erschrocken und sprang auf.

»Also, es ist nicht so, als würde ich dir nicht glauben, aber ...«

Sie fuchtelte beschwichtigend mit den Händen. An seiner Aufrichtigkeit zweifelte sie nicht, sie fragte sich nur, ob seine

Göttin Hestia ihm die richtigen Informationen gegeben hatte. Vielleicht hatte er sie auch einfach falsch verstanden. Dass sie auf solche weit hergeholten Theorien zurückgriff, zeigte, wie sehr Bells Angaben ihrer bisherigen Erfahrung widersprachen. Sie musste es mit eigenen Augen sehen, um es zu glauben.

»A… Aber als Abenteurer soll man seinen Status doch unter allen Umständen geheim halten …«

Es war der Gilde strengstens verboten, Informationen über ihre Abenteurer nach außen dringen zu lassen. Dinge wie Level, Rang oder Stärke einer Familia wurden zwar innerhalb der Organisation weitergegeben, aber Details wie besondere Skills oder Magie waren strikte Privatsache.

Schließlich kam es regelmäßig zu Streitigkeiten unter den Familias, und es wäre fatal, wenn solche kritischen Informationen zu einer der Konfliktparteien durchsickerten.

»Ich verspreche dir hoch und heilig, dass niemand davon erfahren wird. Ansonsten übernehme ich dafür die volle Verantwortung.«

»Aber … kannst du die Hieroglyphen denn überhaupt lesen?«

»Mehr oder weniger. Für die Statuswerte sollte es reichen.«

In der Ausbildung hatte sie sich auf die Götter und ihre Gepflogenheiten spezialisiert. Einfache Hieroglyphen stellten kein Hindernis für sie dar.

»Wenn du mich nicht selbst nachsehen lässt, lasse ich dich nie wieder tiefer als Ebene 5 gehen, verstanden?«

»Na hör mal …«

»Ich guck auch weder auf deine Skills noch auf deine Magie, versprochen!« Eina senkte den Kopf und legte flehend die Hände zusammen. »Okay? Einverstanden?«

»Meinetwegen ... Aber Skills oder Magie hab ich sowieso nicht.« Er hatte ihr viel zu verdanken, und er vertraute ihr ja ebenso sehr wie seiner Göttin. Er wäre nicht einmal auf die Idee gekommen, an ihren Worten zu zweifeln. »Ähm, dann mach ich mich ... wohl mal frei ...«

»Brauchst deswegen aber nicht gleich rot anzulaufen! Für mich ist das genauso unangenehm wie für dich ...«

Ruckartig stand sie auf und zog sich diskret in eine Zimmerecke zurück. Beide hatten nun rosa Wangen, doch Bell überwand sich und zog sich rasch die Oberbekleidung aus.

Als Erstes fiel Einas Blick auf seinen überraschend durchtrainierten Oberkörper. Dann wurde ihr bewusst, dass sie ihn anstarrte, und sie schüttelte heftig den Kopf, um sich wieder zu fangen. Mit leicht geröteten Ohren machte sie sich daran, die schwarzen Schriftzeichen zu lesen, die in Bells Rücken geritzt waren.

Bell Cranel

Level 1
Stärke: E 403
Ausdauer: H 199
Geschicklichkeit: E 412
Beweglichkeit: D 521
Zauberkraft: I 0

Das kann nicht sein ...

Auch wenn sie in gewisser Weise darauf vorbereitet gewesen war, traf sie das, was sie sah, wie ein Schlag. Abgesehen von der Zauberkraft sprachen alle Werte dafür, dass Bell es problemlos mit den Monstern auf Ebene 7 aufnehmen konnte.

Für Einas Geschmack ließ seine Ausdauer noch etwas zu wünschen übrig: Sie legte viel Wert auf Verteidigung. Da sein Kampfstil jedoch weniger auf Abwehren und mehr auf flinkes Ausweichen ausgelegt war, konnte sie sich damit arrangieren. Die Statuswerte spiegelten Bells Tendenz wider, gegnerischen Attacken auszuweichen, sie mit einem Konter abzustrafen und sich dann zügig zu entfernen. Insofern war es nachvollziehbar, dass seine Beweglichkeit auf D angestiegen war. Sprachlos machte es sie dennoch.

Wie ist das nur möglich?! Sie schluckte. Ihr war, als bräche gerade alles in sich zusammen, was sie je über den Fortschritt von Abenteurern gelernt hatte. Ein kalter Schauer lief ihr über den Rücken. Wenn jemand wusste, wie außergewöhnlich dieser Anblick war, dann sie. Schließlich beschäftigte sie sich tagein, tagaus mit den verschiedensten Abenteurern und erlebte ihren Werdegang mit.

Bells Fortschritte waren in jeder Hinsicht außergewöhnlich. So sehr sie sich auch den Kopf zerbrach, ihr wollte nicht einfallen, wie so etwas sein konnte. Dann kam ihr ein Geistesblitz.

Ein kurzer Blick wird ja erlaubt sein ...

Ihr Blick folgte den Hieroglyphen auf Bells Rücken weiter nach unten, dorthin, wo seine Magie und Skills verzeichnet waren.

Sie hatte ihm zwar versprochen, diesen Teil auszulassen, aber nach dem, was sie eben gesehen hatte, siegte ihre Neugier über ihr Pflichtgefühl. Es war, als hätte sie eine große Schatztruhe vor sich stehen und könnte nicht anders, als einen Blick hineinzuwerfen. *Verflixt, ich kann das nicht lesen ...*

Trotz ihres Wissens war sie nicht in der Lage, die komplexe Aneinanderreihung von Hieroglyphen in den Magie- und Skill-Spalten zu entziffern. Das hatte einen guten Grund: In ihrer Überfürsorge hatte Hestia den Status mit einem Schutz versehen. Für Eina sah es jedoch so aus, als könnte sie lediglich Hestias eigenwillige Handschrift nicht lesen. So gelang es Bells Göttin, sein wahres Potenzial vor Eina zu verbergen.

»Ähm, Eina …? Dauert es noch lang?«

»Oh …« Ihre spitzen Ohren zuckten. Ihr wurde wieder bewusst, in was für einer Situation sie sich gerade befanden. »Nein, ich bin fertig!«

Mit roten Wangen und einem verlegenen Lachen wandte sie sich ab. Während er sich eilig wieder anzog, murmelte sie eine Entschuldigung.

Hab ich das gerade wirklich gesehen?

Bei diesen Werten konnte sie ihm unmöglich verbieten, auf Ebene 7 hinabzusteigen, selbst wenn er sich dort alleine herumtreiben wollte. Allerdings machte sie sich schon jetzt Sorgen, was passieren würde, wenn ihm das irgendwann nicht mehr reichte.

»W… Was hast du?«, fragte Bell nervös, als die Halbelfin ihn von Kopf bis Fuß musterte. Sie starrte ihn eine gefühlte Ewigkeit an. Sorgen bereitete ihm vor allem ihr ungewohnt abschätziger Blick.

Sie begutachtete jedoch nicht seinen Körper, sondern die Ausrüstung, die er trug. Sie war schäbig.

»Bell?«

»J… Ja …?«

»Hast du morgen schon was vor?«

Am nächsten Tag wartete ich allein auf einem großen, halbkreisförmigen Platz im Norden Orarios, der an die zentrale Straße angrenzte. Dort sollte ich mich mit Eina treffen. Ich wusste, die Chance war verschwindend gering, aber …

Ist das hier etwa ein ... Date?

Gestern hatte sie mich dazu eingeladen, gemeinsam neue Ausrüstung einkaufen zu gehen. Gemessen an meinen Fortschritten hatte sie wohl meine jetzige Ausstattung für unbrauchbar befunden und angenommen, sie müsse sich wie üblich um meine Probleme kümmern. *Bestimmt will sie einfach nur nett sein und mir helfen. Mehr steckt nicht dahinter. Aber es wirkt schon alles wie ein Date: Wir treffen uns morgens um zehn an der Bronzestatue auf dem Platz, nur wir beide ...*

»Guten Morgen, Bell!«, rief sie mir plötzlich entgegen und näherte sich schnellen Schrittes – es war so weit. »Du bist ja überpünktlich! Kannst es wohl kaum erwarten, neue Ausrüstung zu kaufen?«

»Ähm, nein, ich ...« Plötzlich machte mich der Gedanke nervös, Zeit allein mit ihr zu verbringen. Natürlich konnte ich ihr das nicht sagen. Stattdessen blickte ich unruhig umher.

»Ehrlich gesagt habe ich mich auch darauf gefreut, mit dir einkaufen zu gehen, he he!«

Normalerweise bekam ich Eina nur in ihrer Gildenuniform zu Gesicht, aber heute trug sie eine hübsche weiße Bluse mit Rüschen und einen kurzen Rock. Schlicht und doch elegant. Ihre Brille hatte sie heute auch nicht auf.

Ich war so daran gewöhnt, sie in Uniform zu sehen, dass sie mir völlig verändert vorkam. Irgendwie ... erwachsener. Und attraktiv. Mit ihrem plötzlichen Wandel zog sie mich in ihren Bann.

»Findest du es seltsam, dass ich mich darauf freue, blöde Ausrüstungsgegenstände zu kaufen?«

»N... Nein, ganz und gar nicht!«, antwortete ich so nachdrücklich, dass sie lachen musste. Es wunderte mich nicht, dass Eina unter den Abenteurern so beliebt, vielleicht sogar die beliebteste Gildenmitarbeiterin überhaupt war.

Ob alle Halbelfen so sind wie Eina?

»Ähem ... Bell?«

»Was ist?«

»Na, was sagst du zu meinem Freizeit-Outfit?«

»Du, öh, du siehst damit ... viel jünger aus als sonst!«

»Unverschämtheit! Ich bin gerade mal neunzehn, klar?!« Wütend schlang sie ihren dünnen Arm um meinen Hals und zog mich gefährlich nah an ihre Brust. »Los, entschuldige dich!«

»E... Es tut mir leeeid!«, schrie ich. »Bitte lass mich gehen!«

»Es ist schon eine Weile her, dass ich so mit jemandem einkaufen gegangen bin.«

»Wirklich? Ich kann mir kaum vorstellen, dass irgendjemand dir eine Einkaufstour abschlagen würde ... vor allem kein Mann.«

»He he, du kleiner Charmeur! Aber es ist wahr. Seit ich meine Stelle in der Gilde angenommen habe, hab ich mich voll und ganz auf die Arbeit konzentriert.«

Der Himmel war klar, und die Sonne schien. Perfektes Wetter für ein Date, auch wenn ich es immer noch nicht so nennen wollte. Zusammen gingen wir auf der zentralen Nordstraße in Richtung Süden. Ich genoss den angenehmen Wind, der durch die Stadt wehte.

Um diese Zeit waren auf der Straße wie üblich viele Leute unterwegs. Etwas zu viele für meinen Geschmack. Aus den großen und kleinen Läden am Straßenrand riefen Angestellte den Passanten zu und versuchten, sie zum Einkauf zu bewegen. Die Stimme eines Zwergs stach besonders hervor, donnernd wie ein Erdbeben. Auch Eina wurde angesprochen: Ein Ladenangestellter fragte sie, ob ich ihr kleiner Bruder sei. Freundlich, aber bestimmt wimmelte sie den Tiermenschen ab.

»Ähm, wie weit gehen wir denn noch? Wir sind ja schon bald beim Dungeon.«

»Ich dachte, ich überrasche dich damit ... aber wahrscheinlich ist es gemein, dich so lange zappeln zu lassen. Na gut, dann verrat ich es dir.«

Von der Mitte Orarios liefen insgesamt acht zentrale Straßen zu den Stadtmauern: Richtung Norden, Nordosten, Osten, Südosten, Süden, Südwesten, Westen und Nordwesten. Dort, wo die etwas größeren Straßen der vier Hauptrichtungen sich trafen, ragte majestätisch der Himmelsturm empor. Und auf den bewegten wir uns zu.

»Wir wollen zum Dungeon«, sagte Eina bestimmt.

»Was?!«

»Wir steigen aber nicht hinunter, sondern hinauf – in den Turm Babel.«

Die Funktion des riesigen Himmelsturms war, den Eingang des Dungeons wie ein Deckel zu verschließen und somit zu kontrollieren, wer ein- und ausging. Mit wenigen Gebäuden waren die Abenteurer der Stadt so vertraut wie mit diesem.

»Aber ... Sind da nicht nur die Duschen und Gemeinschaftsräume für Abenteurer?«

»Du weißt wirklich gar nichts, oder? Na ja, bist ja auch erst seit knapp einem Monat dabei. Dann werden wir den Tag mal nutzen und dir ein paar nützliche Infos eintrichtern!«

Beim Anblick ihres selbstsicheren Lächelns bekam ich es mit der Angst zu tun: Ihre Lektionen über den Dungeon hatten mich schon oft ins Schwitzen gebracht. In der Hoffnung, dass sie diesmal weniger streng mit mir sein würde, spitzte ich die Ohren.

»Babel wird, wie du weißt, von der Gilde verwaltet«, erklärte sie. »Es stimmt, dass sich darin Gemeinschaftseinrichtungen für Abenteurer befinden. Aber wusstest du, dass es dort auch eine Mensa, eine Krankenstation und ein Tauschbüro gibt?«

»Was, wirklich? Ich dachte, das alles gibt's nur im Hauptquartier und in den Zweigstellen der Gilde!«

»Siehst du? Schon hast du was gelernt! Allerdings gibt's dort nicht so viel Personal, deshalb können die Schlangen manchmal etwas länger werden ... Gut, weiter zum nächsten Punkt. Ein bestimmter Bereich Babels wird von der Gilde an Händler vermietet. Und da wollen wir heute hin.«

Darum waren wir also auf dem Weg nach Babel: Eina wollte mit mir in dessen Läden nach neuer Ausrüstung stöbern.

»Wegen der besonderen Lage des Turms sind all diese Läden auf Angebote für Abenteurer spezialisiert. Viele werden von Familias geführt. Den Namen Hephaistos hast du in diesem Zusammenhang bestimmt schon mal gehört, oder?«

»Ähm, ja!« Unwillkürlich tastete ich nach dem Messer an meiner Hüfte.

»Nun, was weißt du denn alles über sie?«

»Na ja, ich weiß, dass sie berühmt für ihre hochwertigen Waffen sind und jeder Abenteurer gern eine hätte ...«

»So kann man es ausdrücken. Wir gehen heute zu einem Laden der Hephaistos-Familia.«

»W... Waaas?!«

Als Eina meinen Aufschrei hörte, den lautesten bisher, grinste sie wie ein Kind, dem ein Streich geglückt war. Ich wollte sie an den Schultern packen und fragen, was das zu bedeuten hatte, aber sie entzog sich mir, flatterhaft wie eine Fee, und schritt weiter auf den Turm zu, der nun mein gesamtes Gesichtsfeld einnahm.

»W… Wir sind da …«

Wir standen auf dem großen, kreisrunden Platz, in dessen Mitte der gigantische weiße Turm aufragte. Bei all den Bäumen und Wasserfontänen ringsum konnte ich sehr gut nachvollziehen, warum man diesen Ort den Zentralpark nannte.

Zwar strömten auch gewöhnliche Bürger hierher, doch die meisten trugen Schilde, Schwerter und andere Ausrüstungsgegenstände bei sich, die sie als Abenteurer auswiesen. Die Tatsache, dass der Platz sich trotz der vielen Besucher nicht zu füllen schien, sprach Bände über seine schiere Größe.

»Aber Eina, was soll ich denn da? Ich hab nicht ansatzweise genug Geld, um mir die Ausrüstung der Hephaistos-Familia leisten zu können …«

»Darüber kannst du dir Sorgen machen, wenn wir da sind!«

»Du spannst mich heute aber auf die Folter …«

Eina schnaubte nur amüsiert und ging schnellen Schrittes weiter. Als sie bemerkte, dass ich kaum hinterherkam, ergriff sie mit ihren zarten Fingern meine Hand. »Jetzt komm schon! Du willst doch ein Mann sein, oder? Dann jammer nicht so viel!«

Ich ließ mich mitschleifen und wurde erst bleich und dann rot. Meine Hände waren rau von der Arbeit auf dem Feld, ihre hingegen weich und warm, das genaue Gegenteil. Das Gefühl machte mich völlig verrückt. Allerdings holten mich die geradezu neidischen Blicke der männlichen Abenteurer um mich her rasch wieder auf den Boden der Tatsachen zurück. Gut, dass Blicke nicht töten konnten.

»Eina, würde es dir was ausmachen, meine Hand loszulassen? B… Bitte?«

Doch sie ignorierte mein Flehen. »Wir gehen zur berühmtesten Schmiede-Familia Orarios, da sollten wir sicherstellen, dass du auch genügend übers Schmieden weißt. Hast du schon mal von Entwicklungswerten gehört, Bell?«

»Nein, noch nie ...«

»Das sind Werte, die sich bei einem Levelaufstieg willkürlich manifestieren können, als Bonus sozusagen«, erklärte sie. »Verglichen mit den normalen Statuswerten stellen sie eine Art Spezialisierung dar. Die Excelia, die ein Abenteurer sammelt, bestimmen, welche Entwicklungswerte sich bei ihm ausbilden können. Zum Beispiel existiert ein Entwicklungswert namens ›Schmiedekunst‹.«

Entwicklungswerte, Schmiedekunst ... Das alles war mir neu. Laut Eina galt der Entwicklungswert Schmiedekunst bei den heutigen Schmieden als unerlässlich, und die meisten Hephaistos-Schmiede besaßen ihn. Die mussten also mindestens Level 2 erreicht haben, was viel über die Kampfkraft der Familia aussagte.

»Schmiede gab es natürlich auch schon vor der Zeit der Götter. Die meisten ihrer Werke taugen heute nur noch als Antiquitäten; ein paar kann man noch verwenden. Aber die Schmiede der heutigen Zeit, die den Segen der Götter genießen und über den Entwicklungswert Schmiedekunst verfügen, können ihre Waffen und Rüstungen mit Attributen versehen.«

»Attributen?«

»Das sind besondere Eigenschaften. Du kannst sie dir wie die Skills vorstellen, die manche Abenteurer besitzen, nur gehören sie zu einem Ausrüstungsgegenstand. Ein Schwert könnte zum Beispiel die Eigenschaft haben, dass es nicht zerbricht, oder die Klinge wird niemals stumpf. Bei einem gewöhnlichen Schmiedeprozess würde so was nicht zustande kommen, oder?«

Ich nickte.

»Manche Waffen bringen magische Phänomene hervor, wenn man sie schwingt, zum Beispiel Flammen.«

»Was, wirklich?!«

»Als Abenteurer solltest du so was eigentlich wissen ... Jedenfalls nennt man solche Waffen auch Magiewaffen. Nur wenige Schmiede können sie überhaupt herstellen.«

Ich schluckte. Mithilfe einer solchen Magiewaffe konnte man sicher selbst erfahrene Kämpfer besiegen.

»Das Ganze hat allerdings einen Haken: Magiewaffen werden durch ihre Verwendung verbraucht, bis sie schließlich zerbrechen. Außerdem ist ihre Magie nicht so stark wie ein gewöhnlicher Zauber, den ein Magier spricht.« Sie lächelte säuerlich. »Im Prinzip sind's also sündhaft teure Wegwerfwaffen.«

Demnach konnte ich davon ausgehen, dass nicht viele Abenteurer über so etwas verfügten. So eine Magiewaffe war zwar attraktiv, aber eben auch unverlässlich: Was, wenn sie einem mitten im Dungeon plötzlich auseinanderfiel? In so einer gefährlichen Umgebung, in der mit allem zu rechnen war, musste man sich auf sein Ausrüstung verlassen können. Und dann waren diese Dinger auch noch unverschämt teuer!

»Was gibt es denn sonst noch für Entwicklungswerte?«, fragte ich neugierig. *Vielleicht manifestiere ich ja auch einmal so was. Ach was, ganz bestimmt werd ich das!*

»Hm, mal sehen ... Was man bei Abenteurern oft sieht, sind Werte wie Leidensresistenz, Zauberei oder Mystik.«

»Mystik?«

»Genau. Damit kann man sich die Macht der Götter zunutze machen und im wahrsten Sinne des Wortes Wunder bewirken. Kennst du die Geschichte vom Stein des Weisen?«

Natürlich nicht, dachte ich und schüttelte den Kopf.

»Die soll sich vor laaanger Zeit zugetragen haben. Einem weisen Mitglied einer Familia, das über den Entwicklungswert der Mystik verfügte, gelang es, den sogenannten Stein des Weisen zu erschaffen. Der Effekt: Er verlieh seinem Träger das ewige Leben.«

»Ich glaube, viel weiter kann mir die Kinnlade nicht runterklappen.«

»He he, verständlich. Aber die Geschichte geht weiter. Als eine Gottheit davon Wind bekam, nahm sie dem Weisen den Stein weg und zerschmetterte ihn vor seinen Augen – und damit auch seine Chance auf ein ewiges Leben. Der Weise war am Boden zerstört: Mit einem Wimpernschlag waren ihm sein Lebenswerk und sein Leben genommen worden. Doch die Gottheit zeigte nur mit dem Finger auf ihn und lachte.«

Ich hatte schon viele Göttermythen gehört, doch dieser gehörte zu den gemeinsten. Andererseits ging es in solchen Mythen ja oft um Götter, die ihren »Schützlingen« eine fiese Lektion erteilten. Ich konnte mich glücklich schätzen, dass ich als Erstes Hestia über den Weg gelaufen war.

»Offenbar hatte der Weise den Stein nur durch Zufall erschaffen, deshalb konnte er keinen neuen herstellen. Und weil nach ihm nie wieder ein Weiser einen so hohen Mystik-Wert erlangte, war der Stein irgendwann nur noch eine Legende.«

»Das verstehe ich nicht. Lassen sich Entwicklungswerte denn nicht durch den Meisterschaftsgrad steigern wie normale Statuswerte?«

»Nein«, entgegnete Eina. »Sie haben bloß die Stufen von S bis I, und es soll extrem schwierig sein, sie zu erhöhen. Kein Vergleich mit den regulären Statuswerten.«

Sie hielt es also für unmöglich. Ich selbst konnte von solchen Fähigkeiten ohnehin nur träumen.

Unterdessen erreichten wir den Eingang. Eigentlich war es nicht mehr als ein großes Loch, von denen es am Fuß des Turms mehrere gab. So konnten ihn viele Abenteurer gleichzeitig betreten. Im Inneren erstreckte sich ein Saal, dessen Wände in weißer und hellblauer Farbe leuchteten. Und hier, genauer gesagt darunter, befand sich der Eingang zum Dungeon.

»Und wir beide ...«

»Wollen nach oben«, beendete Eina den Satz. »Die Händler finden wir ab der dritten Etage.«

Das Erdgeschoss des Turms war so etwas wie ein riesiges Foyer. Die Gemeinschaftseinrichtungen befanden sich im ersten Stock. Im zweiten fanden wir an einer Stelle der Außenwand das besagte Tauschbüro. Hier endete die Treppe. Ich suchte noch nach Stufen, die uns weiter hinauf führen würden, da zog mich Eina plötzlich an der Hand ins Zentrum der Etage.

Wir betraten eines von den vielen kreisförmigen Podesten, und eine durchsichtige Wand schloss sich um uns, aus einem Material, das wie Glas aussah, aber keines war.

Eina betätigte die Konsole neben uns ... und das Podest begann sich zu bewegen. Wir lösten uns vom Boden und schwebten aufwärts.

»Was zum ...«

»Ha ha, mir ging es beim ersten Mal genauso!«

Bei diesem Ding schien es sich um ein Transportmittel zu handeln, mit dessen Hilfe wir uns zwischen den Etagen hin- und herbewegen konnten. Es wurde von Magiesteinen angetrieben, die an der Unterseite angebracht waren und uns mithilfe magischer Kraft nach oben beförderten.

Während ich noch über die Vielseitigkeit der Magiesteine staunte, erzählte Eina mir, man müsse sie nach einer gewissen Zeit austauschen, sonst verlören sie ihre Antriebskraft.

Nach kurzer Zeit kamen wir in der vierten Turmetage an.

»Der Laden, zu dem ich mit dir will, ist weiter oben, aber wo wir schon mal hier sind, willst du dich bestimmt kurz umsehen, oder?«

Ich nickte enthusiastisch. Dann ließ ich meinen Blick über all die Waffen- und Ausrüstungsläden schweifen. Ein vertrauter Schriftzug sprang mir ins Auge: Ἥφαιστος. Gehörten denen etwa all diese Läden?

»Ach ja: Von Etage vier bis Etage acht gehören alle Geschäfte der Hephaistos-Familia.«

Alle? Vier komplette Stockwerke?! Diese Familia ist einfach unglaublich.

Übrigens hatten sie auch in der Nähe meines Zuhauses einen Laden, auf der zentralen Nordweststraße. Dort wurde der Dolch verkauft, dessentwegen ich mir immer die Nase am Schaufenster plattgedrückt hatte – für schlappe 8 Millionen Valis, den Preis eines erstklassigen Einfamilienhauses.

Zufälligerweise erspähte ich auch im Schaufenster dieses Ladens sogleich eine interessante Waffe: ein glänzendes blutrotes Schwert. Ich sah mir das Preisschild genauer an.

30 Millionen Valis?!

Bei diesem Anblick wurde mir etwas schwindelig. Ich legte mir die Hand auf die Stirn und torkelte davon, während Eina nur daneben stand und lachte.

Hestia meinte doch, es gebe von dem Dolch, den sie mir geschenkt hat, nur ein einziges Exemplar auf der ganzen Welt ... Wenn dieses Ding hier schon so teuer ist, wie viel ist dann erst das Hestia Knife wert?! Ich schluckte.

»Hereinspaziert, werte Kunden! Wie darf ich Euch heute behilflich sein?« Durchs Fenster hatte mich eine Angestellte erspäht. Sie war ziemlich klein, hatte ein hübsches, rundes Gesicht und lächelte förmlich und freundlich zugleich. Als sie auf mich zukam, hüpften ihre beiden schwarzen Pferdeschwänze rechts und links – so wie auch die üppigen Brüste unter ihrer dunkelroten Schürze ...

»Göttin, du?!«

Augenblicklich fiel ihr Lächeln in sich zusammen.

Deshalb war sie also in letzter Zeit immer so beschäftigt: Offenbar arbeitete sie hier.

»Was machst du denn hier? Hast du etwa noch einen Job angenommen? Ich hab dir doch gesagt, du musst nicht mehr so hart arbeiten, jetzt, wo ich tiefer in den Dungeon kann und mehr Geld verdiene!«

»Bell, hör mir gut zu: Tu einfach so, als hättest du nichts gesehen oder gehört, und geh wieder nach Hause, verstanden? Du hast hier doch nichts verloren.«

»Das sagt die Richtige! Bisher hattest du doch nur einen Stundenlohn von 30 Valis?!«

»Mach dich nicht über meine Arbeit beim Verkaufsstand lustig!«

»Komm schon, lass uns nach Hause gehen! Du bist eine Göttin. Was, wenn dich die Leute so sehen? Dann machen wir uns wieder zum Gespött!«

»Lass mich sofort los, Bell! Eine Göttin muss tun, was eine Göttin tun muss!«

»Ach ja? Und was muss sie denn so Dringendes tun?! Bitte, komm einfach mit nach Hause!«

Ich hielt sie mit beiden Händen fest, aber sie versuchte unter Aufgebot aller Kräfte, mir zu entfliehen. Was hatte sie sich jetzt wieder in den Kopf gesetzt?

Suzuhito Yasuda

Aus dem Augenwinkel sah ich, wie Eina einfach dastand und uns mit großen Augen ansah. Aber ich hatte gerade keine Zeit, mich mit ihr zu befassen.

»He, Neue!«, schallte es plötzlich aus dem hinteren Teil des Ladens. »Trödel nicht rum, sondern kümmer dich um die Arbeit!«,

»S... Sofort!«

»Hey!!«

Plötzlich war mir Hestia entwischt und verschwand eilig irgendwo zwischen den Regalen.

»Aber ... Göttin!«

»Wie immer nicht ganz einfach mit ihr, was?«, fragte Eina mitleidig und lächelte schief.

Einen Augenblick lang war ich niedergeschlagen, doch dann ermahnte ich mich, dass ich nicht allein hier war, und riss mich zusammen. Um Hestia konnte ich mir später Gedanken machen.

»Tut mir leid, dass du das mitansehen musstest ...«

»Mach dir da mal keine Sorgen. Wollen wir weiter nach oben?«

Ich nickte. Abermals stiegen wir in den Magiesteintransporter und fuhren zur achten Etage des Turms hinauf.

»Da wären wir!«

»Sieht ganz so aus ...«

Nachdem das Podest zum Stehen gekommen war, öffneten wir die Tür, und uns bot sich ein ähnlicher Anblick wie auf der vierten Etage. Ein Laden reihte sich an den nächsten, und in den Schaufenstern sah man alles, was das Abenteurerherz begehrte: Schwerter, Speere, Äxte, Hämmer, Dolche, Bögen, Schilde, Rüstungen, andere Ausrüstungsgegenstände ...

Hier oben tummelten sich viel mehr Abenteurer als auf der vierten Etage. Sie schienen alle wesentlich erfahrener und wohlhabender zu sein als ich, was mich ein wenig abschreckte.

Als Eina das sah, kicherte sie. »Du denkst bestimmt, die Hephaistos-Familia produziert nur hochwertige und teure Gegenstände, die du dir nicht leisten kannst, oder?«

Ich fühlte mich ertappt.

»Das stimmt aber nicht. Am besten, du siehst es dir selbst an. Komm!«

Sie führte mich in den nächstgelegenen Laden, der hauptsächlich Speere zu verkaufen schien. Wir gingen etwas tiefer hinein und gelangten zu einem Ständer an der Wand, in dem mehrere Speere hingen, die qualitativ hochwertig aussahen. Von meinen bisherigen Erfahrungen entmutigt, machte ich mir keine Hoffnungen, als ich auf das Preisschild sah ...

12.000 Valis. Moment, wirklich? Das könnte sogar ich mir fast leisten ...

»He he. Na? Überrascht?«

»Ja, ziemlich ... Aber wie kann das sein?«, fragte ich erstaunt. Mein Blick klebte an dem hervorragend gearbeiteten Speer vor mir.

»Das unterscheidet die Hephaistos-Familia von den anderen Schmiede-Familias: Sie bieten auch die Waren ihrer weniger begabten Schmiede in ihren Läden an.«

»Ist das eine gute Idee? Schreckt das nicht anspruchsvollere Käufer ab?«

»Wirklich exklusive Waren findest du in solchen Läden natürlich nicht! Aber für unerfahrene Schmiede ist es viel wert, dass ihre Kreationen hier einen konkreten Preis zugewiesen bekommen und Abenteurer sie direkt in die Hand nehmen und kaufen können. Da gibt's sowohl große Lobeshymnen als auch knallharte Kritik – ein Anreiz für die Schmiede, über sich hinauszuwachsen und bessere Waren anzufertigen.«

Ich war zwar überrascht, aber eigentlich klang es ganz logisch. Auf diese Weise lernten Neulinge nicht abgeschottet in irgendeiner Schmiede, sondern konnten ihre Erzeugnisse in die Welt hinaustragen und bekamen Anregungen, wie sie sich verbessern konnten.

»Und für die Anbieter rentiert es sich auch«, erklärte Eina weiter. »Mit solchen Läden sichern sie sich auch die allerärmsten Abenteurer. Hat ein Anfänger sich einmal an die Hephaistos-Produkte gewöhnt, dann wird er sie auch kaufen, wenn er irgendwann mal zu einem erfolgreichen Abenteurer aufgestiegen ist. So fängt die Kundenbindung früh an! Es muss den Anbietern nur gelingen, möglichst viele Anfänger für sich zu gewinnen. Ein paar von denen werden zwangsläufig erfolgreich sein, und die kaufen dann die richtig teuren Produkte.«

Die schiere Menge an Abenteurern war eine der Besonderheiten Orarios. Darin lag ein ungeheures wirtschaftliches Potenzial.

»Wichtig ist, dass zwischen Abenteurer und Schmied eine Bindung entsteht, solange beide noch jung und unerfahren sind.«

»Warum das?«, fragte ich neugierig.

»Na ja, wenn ein Lehrling etwas produziert und ein frischgebackener Abenteurer es einsetzt, erinnert der sich an den Namen des Schmieds. Gefällt ihm seine Waffe, lernen sich die beiden vielleicht sogar kennen. Abenteurer haben ein gutes Gespür dafür, was das Potenzial der Produkte und damit auch der Schmiede angeht – mehr noch als die Betreiber der Geschäfte. Es ist eben doch ein Unterschied, ob man sich selbst mit Leib und Leben auf ein Schwert oder eine Rüstung verlassen muss oder die Sachen nur in den Laden stellt.«

Das klang für mich sehr schlüssig. Zumindest war es mir so gegangen mit dem Dolch und der Ausrüstung, die ich von der Gilde gestellt bekommen hatte.

»Und ein Schmied leistet wesentlich bessere Arbeit, wenn er sich demjenigen verbunden fühlt, für den er etwas anfertigt. Zumindest hab ich mir das sagen lassen.« Sie streckte neckisch die Zunge heraus. Ich stutzte: So ein kindliches Verhalten kannte ich von ihr gar nicht.

»Langer Rede kurzer Sinn: Auch dir hat die Hephaistos-Familia was zu bieten. Also, wie viel Geld hast du gerade bei dir, Bell?«

»Ähm, mal sehen ... Genau 10.000 Valis.«

»Gut, wenn du dich ein wenig umsiehst, kannst du dir damit sicher ein ganzes Rüstungsset kaufen. Denk an das, was ich dir eben erzählt habe: Schau dir die Sachen genau an und versuch, unter den Waren etwas zu finden, was Potenzial hat. Na los!«

Ich hatte den Eindruck, dass sie unsere Einkaufstour aufregender fand als ich. Ich grinste verlegen.

Am Laden, vor dem wir standen, war eine hölzerne Tafel mit einem Schild und einer Rüstung angebracht. Wir kamen zu dem Schluss, dass wir mehr Erfolg bei der Suche nach unserem ungeschliffenen Edelstein haben würden, wenn wir uns aufteilten. Wir nickten uns zu und legten los.

Boah ... Eina meinte zwar, dass das alles von unerfahrenen Schmieden stammt, aber ... für mich sehen die Sachen trotzdem unheimlich gut aus.

Dieser Laden war voller hochwertiger Rüstungen an schneeweißen Ankleidepuppen. Obwohl von jeder Rüstung nur der Torso-Teil ausgestellt war, wirkten sie alle geradezu majestätisch auf mich. Einige der Puppen waren in lebensechter Größe aufgestellt, sodass ich mir vorstellen konnte, wie ich an ihrer Stelle mit der Rüstung aussähe. Auf den Regalen lagen auch etliche Schilde und Helme, von denen einige unzerstörbar wirkten und andere, als wären sie bloß zur Zierde. Sowohl männliche als auch weibliche Abenteurer bekamen hier etwas geboten. Anprobieren konnte man die Sachen auch. Angesteckt vom geschäftigen Treiben um mich her, schaute ich mich interessiert um. *Mann, jetzt bin ich selbst auch total im Einkaufsfieber! Mal sehen, was … Hm?*

In einer weniger belebten Ecke des Ladens entdeckte ich eine unscheinbare Kiste, in der ein Haufen verschiedener Sachen lag. *Sind das alles Rüstungsteile?*

Dass sie nicht wie die übrigen Rüstungen an Puppen prangten, erregte erst recht mein Interesse. Neben dieser Kiste standen noch etliche weitere, deren Wert die Hephaistos-Familia wohl als gering eingeschätzt hatte. Einige der Rüstungen hatten auch kosmetische Makel, die ihre Funktion jedoch nicht beeinträchtigten.

»Sonderangebote, wie ich's mir dachte.« Unten an den Kisten waren Preisschilder angebracht, auf denen Zahlen in roter Schrift standen: 5700, 6400, 3900 … die Preise waren unterschiedlich, aber günstig waren die Sachen alle.

Der Harnisch, auf den ich zuvor einen kurzen Blick geworfen hatte, kostete 15.000 Valis, wohingegen der, den ich von der Gilde erhalten hatte, etwa 5000 Valis gekostet hatte.

Die Items in der Kiste befanden sich also in einer annehmbaren Preislage, wie ich es vermutet hatte. Allerdings hätte Eina mir wohl geraten, beim Schutz meines Körpers nicht zu sparen.

»Hm …?«

Vor einer der aufgereihten Kisten blieb ich instinktiv stehen. Mir waren einige hübsche Sachen aufgefallen, doch besonders sprang mir ein metallisch weiß strahlendes Set ins Auge. Es hatte keinen dunkelroten Stich wie die anderen Teile ringsherum, sondern wirkte eher schlicht. Damit traf es genau meinen Geschmack.

Ich warf einen genaueren Blick und stellte fest, dass es sich um leichte Rüstung handelte: eine kleinere Brustplatte, Knie- und Ellbogenschützer, Bein- und Armschienen ... Nur die kritischen Stellen würden von diesen Rüstungsteilen geschützt.

Ich nahm die Brustplatte in die Hand und stellte verwundert fest, wie leicht sie war. Viel leichter noch als die Ausrüstung, die ich von der Gilde bekommen hatte. Ich klopfte ein paar Mal darauf, auch wenn ich dadurch nicht viel mehr erfuhr, als dass sie mich wohl einigermaßen schützen würde.

»Hm ...« Ich war fasziniert von diesem Set. Vielleicht lag es einfach daran, dass es das erste war, das ich in Händen hielt. Eine Weile lang starrte ich die Brustplatte vor mir einfach nur an. Dann drehte ich sie um ...

Auf der Rückseite war die Signatur eines gewissen »Welf Crozzo« zu finden. Offenbar war das Stück nicht gut genug, um den Markennamen der Hephaistos-Familia zu tragen.

Welf Crozzo ... Den Namen merke ich mir.

Aus irgendeinem Grund hinterließ er sofort einen bleibenden Eindruck bei mir. Vermutlich war das jene Bindung zwischen Abenteurer und Schmied, von der Eina gesprochen hatte. Damit hing mein Herz bereits an diesem Rüstungsset. Ich wollte es unbedingt kaufen. Also blickte ich nach unten auf das Preisschild an der Kiste ...

Urks, 9900 Valis ... Das ist fast mein ganzes Geld ...

»He, Bell! Ich hab was Schönes gefunden: Ein paar Armschienen und eine Lederrüstung! Die Sachen sind ein bisschen teuer, aber irgendwas davon solltest du ... Huch? Was ist los, Bell? Bist du etwa selbst fündig geworden?« Eina kam zu mir gelaufen und schaute mir über die Schulter. Sie wirkte unzufrieden. Ich vermutete, dass es mit der schäbigen Präsentation zu tun hatte.

»Das möchtest du haben?«

»Ja, ich hab mich entschieden.«

»Puh«, seufzte sie. »Leichte Rüstung ist wohl einfach dein Ding. Dabei habe ich dir extra so was Tolles ausgesucht …«

»Tut mir leid …« Ich zuckte hilflos mit den Schultern.

»Schon gut, macht nichts.« Die Enttäuschung war ihr anzusehen. »Du bist schließlich der, der die Sachen benutzt. Ich würde zwar ein bisschen mehr auf Abwehr setzen, aber wenn du dich entschieden hast, dann ist das gut so, denke ich.«

»Danke, Eina.«

Ich hob die Kiste mit dem Rüstungsset hoch, trug sie zur Kasse und bezahlte. Am Ende blieben mir wie erwartet nur noch 100 Valis. Das war ein teurer Einkauf gewesen.

»Jetzt können wir … Nanu?« Plötzlich war Eina verschwunden. Als ich mich umdrehte, sah ich sie beim Ausgang des Ladens stehen. Sie strahlte mich an.

»Hier, Bell!«

»Hm? Was …« Zu meiner Überraschung streckte sie mir einen langen, schlanken Armschützer entgegen. Er war darauf ausgelegt, zusätzlich zu den Armschienen meines Rüstungssets getragen zu werden, und wirkte stabil wie ein Schild. Er reichte vom Handgelenk bis zum Ellbogen und hatte dieselbe smaragdgrüne Farbe wie Einas Augen.

»W… Willst du mir den etwa schenken?!«

»Genau, der ist für dich. Ich hoffe, du kannst ihn gebrauchen.«

»Meinst du das ernst?« fragte ich zögernd. »Das kann ich doch nicht annehmen! G… Gib ihn lieber wieder zurück!«

»Wie bitte? Du wirst doch das Geschenk einer Dame nicht ablehnen?«

»N… Nein, aber ich kann doch keine Almosen von dir annehmen, auch wenn du älter bist als ich …« Weil ich derart in Erklärungsnot geriet, rutschte mir plötzlich die Wahrheit heraus.

Eina lächelte nur. »Ich möchte dir eben gern was schenken, also nimm es schon an.«

»Aber …«

»Weißt du, für einen Abenteurer kann das Leben plötzlich vorbei sein, egal wie stark er ist. Ich hab schon so oft erlebt, dass einer meiner Schützlinge einfach nicht zurückgekehrt ist …«

Ich wusste nicht, was ich darauf erwidern sollte.

»Ich will einfach nicht, dass auch du irgendwann nicht mehr wiederkommst. In gewisser Weise mache ich mir damit also selbst ein Geschenk, ha ha!« Sie sah mich ruhig an. »Ist das denn zu viel verlangt?«

Ich senkte den Blick und versuchte, meine roten Wangen hinter meinen Haaren zu verstecken. Ich traute mich nicht einmal mehr, mich darüber zu beschweren, dass sie mich manipulierte.

»Immerhin hast du mir doch deine Liebe gestanden, schon vergessen?«, fragte sie neckisch.

»W… Was hab ich?!« Nun wurde ich knallrot. Ich schaute auf, und unsere Blicke trafen sich. Einas Wangen waren so rot wie meine.

»D… Das hab ich doch nur gesagt, weil ich mich so über deine Hilfe gefreut hab …«

»Und ich hab mich darüber gefreut. Mir ist natürlich klar, wie du es eigentlich gemeint hast …« Wir waren nun beide puterrot. »Ich freue mich einfach, wenn ich dir helfen kann. Nicht dass ich jedes Mal ein Liebesgeständnis erwarten würde.« Sie kniff mir in die Nase. »Würdest du meine Hilfe also endlich annehmen?«

Ich nickte, während ich mir die Nase rieb. »Vielen Dank …«

»Gern geschehen!«

Als sie mir den Armschützer an die Brust drückte, kam es mir vor, als wäre er von ihrer Wärme erfüllt.

»Ist ganz schön spät geworden …«, murmelte ich, während ich in den rötlich gefärbten Himmel blickte. Bald würde die Sonne untergehen. Nach unserer Einkaufstour hatte ich Eina nach Hause begleitet und war nun selbst auf dem Heimweg. Ich folgte der zentralen Weststraße und bog schließlich in eine der schmalen Seitengassen ein. *Dass ich mich von ihr so um den Finger wickeln lasse … Mein Herz klopft mir immer noch bis zum Hals!* Ich sah vor mir, wie Aiz Wallenstein wertend auf mich herabschaute. Natürlich fand das alles nur in meinem Kopf statt. Ich konnte nicht fassen, dass ich das Zeug dazu hatte, meinen Schwarm zu betrügen. *Dabei hab ich vor nicht allzu langer Zeit noch von einem Harem getönt! Ha ha …* Ich fing an zu rennen, einerseits um schnell nach Hause zu kommen, andererseits um vor der Realität zu fliehen. *Aiz Wallenstein ist die Einzige für mich, Aiz Wallenstein ist die Einzige für mich … Moment. Waren das gerade Schritte?*

Ich blieb stehen. Weiter voraus in der Gasse hörte ich jemanden rennen. Eine … Nein, zwei Personen, und den Schritten nach die eine deutlich größer als die andere.

»Aber …« Ich war gerade erst von der zentralen Straße abgebogen: Wenn ich mich umblickte, sah ich noch die Menschen hinter mir vorbeigehen. Dennoch bestand kein Zweifel: Die Schritte kamen eindeutig auf mich zu.

Es war zwar noch ein Stückchen bis nach Hause, aber mir gefiel der Gedanke nicht, irgendwelche zwielichtigen Gestalten dorthin zu locken. Beunruhigt versteckte ich mich hinter einer Ecke, um die Lage zu sondieren..

»Uargh!« Plötzlich war mir jemand über die Füße gestolpert, die hinter der Ecke nicht gut zu sehen gewesen waren, und war zu Boden gegangen. Eilig trat ich näher, um mich zu vergewissern, dass nichts passiert war ...

Hm? Ein Pallum?

Er war noch kleiner als meine Göttin, und die Arme und Beine wirkten, als könnten sie schon durch eine unvorsichtige Berührung brechen. Dieses Erscheinungsbild fand sich bei keinem anderen Volk. Pallum waren Halbmenschen, bekannt dafür, gern zu feiern und zu tanzen.

»Tut mir leid. Alles in Ordnung?«

»Autsch ...«

Sachte richtete sich die Gestalt vom Boden auf. Ich sah, dass es sich um ein Mädchen handelte. Es hatte zerzaustes, kastanienbraunes Haar und schien noch jung zu sein. Die großen, runden Augen in dem kindlichen Gesicht brannten sich mir sofort ein.

»Hab ich dich endlich, du verdammte kleine Pallum!«

Gerade hatte ich ihr die Hand gereicht, um ihr aufzuhelfen, da war hinter ihr ein Mensch aufgetaucht. Die Pallum begann erbärmlich zu zittern, als sie seine zornerfüllte Stimme hörte. Der Mann hingegen blickte nur geringschätzig auf sie herab. Er schien ein Abenteurer zu sein, vielleicht zwanzig Jahre alt. Er trug ein großes Schwert auf dem Rücken und war deutlich kräftiger gebaut als ich.

»Jetzt entkommst du mir nicht mehr!«

Der dämonische Blick des jungen Mannes machte selbst mir Angst, dabei sah ich ihn nur von der Seite. Was wollte dieser Typ ihr antun? Fast wie von selbst setzte sich mein Körper in Bewegung. Ich stellte mich schützend vor das Mädchen.

»Was soll das werden, du Knilch? Geh mir aus dem Weg!« Zum ersten Mal riss der junge Mann seinen Blick von der Pallum los und richtete ihn auf mich. Meine Wangen zuckten vor Nervosität. Ich war daran gewöhnt, gegen Monster zu kämpfen, nicht aber gegen Menschen. Trotzdem ließ ich mich nicht einschüchtern und blieb breitbeinig vor ihm stehen.

»Ähm … Was hast du mit dem Mädchen vor?«

»Verzieh dich, sonst verpass ich dir auch 'ne Abreibung!«

Verdammt. Jetzt gibt's kein Zurück mehr. Den Tränen nahe, wappnete ich mich. Ich hatte keine Ahnung, was zwischen den beiden vorgefallen war, aber ich konnte doch nicht zulassen, dass er das Mädchen einfach verprügelte!

Also nahm ich meinen Rucksack ab und stellte ihn in eine Ecke. Nicht nur der Mann, sondern auch die Pallum hinter mir sahen mich verdutzt an.

Dann stieg dem Mann die Zornesröte ins Gesicht, und er fragte: »Bist du lebensmüde?!«

»I… Ich glaube, wir sollten uns erst mal alle beruhigen …«

»Halt die Schnauze! Was soll der Mist überhaupt? Kennst du die Kleine, oder was?!«

»N… Nein«, antwortete ich, »wir kennen uns nicht.«

»Und warum nimmst du sie dann in Schutz?«

»Weil sie ein Mädchen ist?«

»Was laberst du, verdammt noch mal?!«

Das war mir selbst nicht klar. Aber was hätte ich sonst sagen sollen? Das war schließlich mein Beweggrund. War es nicht normal für einen Mann, ein Mädchen in Bedrängnis beschützen zu wollen?

»Na gut, dann mach ich dich eben zuerst kalt ...« Er griff nach dem Schwert auf seinem Rücken und zog es aus der Scheide.

Als mir klar wurde, dass er mich tatsächlich angreifen wollte, begann ich zu zittern und griff instinktiv nach dem Hestia Knife. Dann bemerkte ich, wie das Mädchen erschrocken zu mir herübersah – nein, nicht zu mir, sondern zu meiner Waffe. Auch der Mann schien kurz überrascht, als er mich in Kampfstellung sah, aber er fing sich gleich wieder und funkelte mich an.

Verdammt, er lässt nicht locker ...

Dies war das erste Mal, dass mir ein Kampf auf Leben und Tod gegen einen Menschen bevorstand ... und mir wurden die Knie weich. War ich wirklich dazu imstande? Mir stand der Schweiß auf der Stirn, und ich musste vor Aufregung mehrmals schlucken. Als mein Gegenüber sah, wie ängstlich ich war, grinste er dreckig. Wahrscheinlich dachte er sich, dass er leichtes Spiel mit mir haben würde.

Bedrohlich ging er einen Schritt auf mich zu, und es kostete mich einige Überwindung, nicht zurückzuweichen. Dieser Zweikampf konnte nicht anders enden als mit meiner Niederlage. Und doch stellte ich mich ihm. Ich nahm all meinen Mut zusammen, riss die Augen weit auf – und dann rannte er auch schon auf mich zu, holte weit aus mit seinem riesigen Schwert und ...

»Sofort aufhören!«, rief jemand.

Wir drehten uns um: Im Eingang der Gasse, von rotem Abendlicht umstrahlt, stand ein Elfenmädchen mit einer großen Papiertüte im Arm. Vom Gesicht her erinnerte sie mich an Eina, aber sie hatte wesentlich spitzere und längere Ohren. Ihre mandelförmigen blauen Augen schienen den Mann vor mir durchbohren zu wollen. Wenn ich mich nicht täuschte, war sie eine Kellnerin aus dem Hostess of Fertility ... Ryu?

»Heute kreuzt aber auch eine Nervensäge nach der anderen auf ... Was mischst du dich denn jetzt ein?«

»Der Junge, dem du Leid zufügen willst, ist der Gefährte einer Kollegin, die mir sehr am Herzen liegt. Ich lasse nicht zu, dass du dich an ihm vergreifst.«

Was hat sie da gerade gesagt?! GEFÄHRTE?!

»Was für einen Blödsinn ich mir hier anhören muss ... Willst wohl zusammen mit dem Knilch da sterben, was?!«

»Halt den Mund!« Plötzlich schien die Luft um uns zu gefrieren. Gerade eben hatte der Mann noch große Töne gespuckt, nun brachte Ryu ihn mit ihrer bedrohlichen Präsenz zum Schweigen. Er sah völlig fassungslos aus.

»W... Was soll der Sch...«

»Ich möchte nicht grob werden. Oft kann ich mich dann nämlich nicht mehr zurückhalten.«

Das blutrote Licht der Abendsonne, das sie umgab, unterstrich ihre Drohung. Ihr kompromissloses Auftreten ließ keinen Zweifel aufkommen, dass sie es ernst meinte.

Als der Mann dennoch wieder den Mund öffnete, um etwas zu sagen, zückte Ryu mit der freien Hand ein Messer und ließ es durch die Luft fahren, sodass ein scharfes Sirren zu hören war. Das war ihre letzte Warnung.

»S... Scheiße!«, schrie er und lief mit bleichen Gesicht davon.

Ryu hielt kurz inne, dann wandte sie sich mir zu. »Alles in Ordnung?«

Ich war selbst ein wenig erschüttert, dass sie diesen aggressiven Angreifer in die Flucht hatte schlagen können, ohne auch nur gegen ihn kämpfen zu müssen. Ich hatte nun Zeit, mir den Schweiß abzuwischen, wusste aber nicht mehr, wer ihn mir auf die Stirn getrieben hatte, der Mann oder Ryu. Hatte sie etwa Erfahrung als Abenteurerin?

»V... Vielen Dank für deine Hilfe!«, platzte ich heraus.

»Nein, ich muss mich für mein Einmischen entschuldigen. Du hättest dir sicher auch selbst zu helfen gewusst.«

»Da bin ich nicht so sicher ...« So, wie ich gezittert hatte vor Angst, bestimmt nicht. Ich kratzte mich an der Wange und schaute verlegen zur Seite. »Was machst du eigentlich hier, Ryu?«

»Ich musste noch einige Dinge fürs Abendgeschäft besorgen. Abends strömen wesentlich mehr Abenteurer ins Wirtshaus. Wenn wir auf diesen Ansturm nicht vorbereitet sind, kriegen wir Probleme. Und auf dem Rückweg habe ich euch hier zufällig entdeckt.«

Das klang schlüssig. Das Hostess of Fertility war beliebt. Füllten die nicht regelmäßig ihre Vorräte auf, dann ging ihnen im Nu das Essen und Trinken aus. Trotzdem fragte ich mich, warum Ryu sich derart für mich eingesetzt hatte. Hatte sie einfach einen ausgeprägten Sinn für Gerechtigkeit?

»Und was hast du hier zu suchen, Bell?«

»Ich? Ach, da war diese Mäd... Nanu?« Als ich mich umsah, stellte ich fest, dass das Pallummädchen verschwunden war.

»War noch jemand hier?«

»J... Ja, eigentlich schon ...«, erwiderte ich unsicher. *Vielleicht hatte sie Angst und ist weggelaufen? Verständlich wäre es ja. Trotzdem hätte mich interessiert, was es mit ihr auf sich hatte ...*

»Nun, wenn du mich entschuldigen würdest ...«

»Natürlich. Nochmals vielen Dank.«

Wir verabschiedeten uns und gingen getrennte Wege.

»So …« Bell beäugte sich im Spiegel. Unser der metallisch-silbernen Rüstung, das er gestern erworben hatte, trug er farblich passende schwarze Kleidung. Er spürte das Gewicht kaum und fühlte sich auch nicht in seiner Beweglichkeit eingeschränkt, was ihn in der Meinung bestärkte, eine gute Wahl getroffen zu haben.

Am linken Handgelenk trug er den smaragdgrün schimmernden Armschützer, den Eina ihm geschenkt hatte. Bezaubert strich er darüber.

»Ich geh dann mal, Göttin!«

»Alles klar, viel Erfolg und so …« Hestia lag ermüdet von all der Arbeit auf dem Bett und winkte schwach. Bell lächelte betreten und wandte sich ab. Er würde sie wohl nie davon abbringen können, sich zu viel Arbeit aufzuhalsen.

Im Gehen warf er noch einen letzten Blick in den Spiegel. Bis gestern war er noch in den Sachen unterwegs gewesen, die ihm die Gilde zu Beginn seiner Abenteurerkarriere zur Verfügung gestellt hatte, und nun hatte er sich solch eine stattliche Rüstung zugelegt. Er war mächtig stolz darauf, jetzt zumindest ansatzweise wie ein richtiger Abenteurer auszusehen. Mit seinem Dolch und dem Hestia Knife im Gepäck kehrte er der verlassenen Kirche den Rücken.

Schönes Wetter heute, dachte er sich, als er nach draußen kam und über sich den weiten, strahlend blauen Himmel sah. Er lächelte, überzeugt, dass dies nur ein gutes Omen für den heutigen Tag sein konnte.

Über eine Hintergasse gelangte er auf die zentrale Straße und ging von dort aus Richtung Zentralpark. Getragen von der Welle aus Abenteurern, die in dieselbe Richtung strömten, kam er schließlich vor Babel an. *Heute muss ich wieder ordentlich ranklotzen*, dachte er und sah vor seinem geistigen Auge jene junge Frau mit dem blonden Haar und den leuchtend gelben Augen.

»Hallo, du da! Mit den weißen Haaren! Hallo!« Bell fühlte sich angesprochen und drehte sich in die Richtung um, aus der die kindliche Stimme kam, sah jedoch nichts als den Strom aus Abenteurern, mit dem er gekommen war.

»Hier! Hier unten!« Bell sah nach unten und entdeckte dort eine winzige Frau, die ihm nur bis zum Bauchnabel reichte. Sie trug eine cremefarbene Kutte mit einer übergroßen Kapuze, aus der kastanienbraunes Haar hing. Auf dem Rücken trug sie einen Rucksack, der doppelt, nein, dreimal so voluminös war wie sie. Man bekam den Eindruck, der Rucksack trüge sie statt andersherum.

Sofort fiel Bell seine unerwartete Begegnung am Tag zuvor wieder ein, und er blickte sie aus großen Augen an. »Du bist doch …«

»Ja, sehr erfreut. Du bist nicht zufällig auf der Suche nach einer Supporterin?« Ehe Bell etwas sagen konnte, deutete sie mit ihrem winzigen Zeigefinger hinter ihn – auf seinen Rucksack.

War ein Abenteurer allein unterwegs und schleppte sein Gepäck selbst, so war für jeden Außenstehenden leicht zu erkennen, was in ihnen vor sich ging: Er wünschte sich nichts sehnlicher, als einen Supporter an seiner Seite zu haben, der ihm die schwere Last abnahm. Deshalb hatte ihn das Mädchen auch so selbstbewusst angesprochen.

»Ähm … Wie bitte?«

»Na, es ist doch ganz einfach.« Sie strahlte mich an. »Ich bin Lili, und ich würde dir gern in aller Bescheidenheit meine Dienste als Supporterin anbieten.«

Bell schaute verdutzt drein. »Das ist mir klar. Aber haben wir uns nicht gestern schon mal getroffen?«

»Wie bitte? Davon weiß ich nichts.« Sie legte fragend den Kopf schief. Bell bemerkte, dass sie beide mit ihrer verwirrenden Unterhaltung langsam die Blicke der Abenteurer ringsum auf sich zogen.

»Also, was sagst du? Oder brauchst du etwa keine Supporterin?«

»N… Na ja, ich schätze, eigentlich schon …«

»Wirklich? Na, dann spricht doch nichts dagegen, mich anzuheuern!«, verkündete das Mädchen und blickte fröhlich zu ihm auf. Dabei rutschte ihre Kapuze hoch, sodass er ihre großen, runden Augen sah … deren Blick sich prompt auf das Messer an seinem Gürtel heftete.

»Im Prinzip nicht, aber …«

»Oh, wie unhöflich von mir – ich habe mich ja noch gar nicht zu Ende vorgestellt!« Sie machte einen Schritt auf ihn zu und setzte ein Lächeln auf, das Bell ein wenig unheimlich vorkam. »Ich bin Liliruca Arde. Und wie heißt du?«

Kapitel 2:
Die Umstände der Supporterin

© Suzuhito Yasuda

»Du bist also keine unabhängige Supporterin, sondern ...«

»Genau, ich bin ordentliches Mitglied einer Familia!«

Wir befanden uns in der Mensa in der zweiten Etage Babels. Während ich mich hier mit dem Mädchen unterhielt, das sich als Liliruca Arde vorgestellt hatte, war der Großteil der anderen Abenteurer bereits fleißig im Dungeon unterwegs. Dementsprechend leer war der große Raum, in dem wir es uns bequem gemacht hatten. Hier diskutierten wir den Vorschlag aus, den sie mir unterbreitet hatte.

»Wie heißt denn deine Familia?«

»Es sind die Soma. Der Name dürfte dir ein Begriff sein, denke ich mal. Ziemlich bekannt.«

Offenbar hatte die winzige Supporterin erst vor Kurzem den Vertrag mit ihrer bisherigen Gruppe aufgelöst und war nun auf der Suche nach anderen Weggefährten für Dungeon-Expeditionen. Deshalb wollte sie sich mir anschließen. Sie berichtete mir davon, wie sie täglich zwischen dem Haus ihrer Gilde und Babel hin- und hergelaufen sei, um jemanden zu finden, bis sie schließlich mir begegnet sei, einem Einzelgänger, der weder Supporter noch Gruppe bei sich hatte. Sie sei sich sicher gewesen, dass ich der Richtige für sie war, deshalb habe sie alles auf eine Karte gesetzt.

Ich müsste lügen, wenn ich behaupten wollte, nie über einen Supporter nachgedacht zu haben ... Aber das heißt ja nicht, dass ich gleich das erstbeste Angebot annehme!

Ich versuchte, sie möglichst unauffällig zu mustern. Sie wirkte etwas dünn auf mich. Die Kapuze hing ihr stets über die Augen, und die meiste Zeit sah ich nur ihr Lächeln. Was ich von ihrem Gesicht erkennen konnte, wirkte kindlich bis jugendlich. Es lag mir zwar fern, ein unschuldiges Kind zu verdächtigen, aber wir kannten uns noch nicht lang, daher ich hielt es für unklug, ihrer Bitte einfach so nachzukommen. Das war nur gesunder Menschenverstand. Ich beschloss, ihr einige Fragen zu stellen, um mehr über sie herauszufinden.

»Warum wendest du dich an jemanden aus einer anderen Familia? Normalerweise wird es nicht gern gesehen, wenn Mitglieder zwei verschiedener Familias Umgang miteinander pflegen ... Will dich denn bei euch niemand in seiner Gruppe haben?«

»He he, na ja ... Ich bin ziemlich klein, weißt du? Und nicht die Stärkste. Leider hatten die Leute in meiner Familia schnell die Nase voll von mir und sehen mich nur noch als Klotz am Bein ... «

Wie verblüffend. Hatte sie ihren Status als Aussätzige in ihrer Familia einfach akzeptiert? Zumindest klang es so.

»Ich schäme mich auch ein bisschen dafür, so nutzlos zu sein. Bei meiner Familia fühle ich mich nicht mehr wohl, deshalb übernachte ich zur Zeit in einer günstigen Herberge ...«

Sie hatte also kein Zuhause, in dem sie sich wohlfühlte, und kein eigenes Bett, um darin zu schlafen. Was sie mir da erzählte, schockierte mich zutiefst. Wie konnte man als Angehörige einer Familia derart zur Aussätzigen werden? Bedeutete das Wort Familia denn gar nichts?

Zugegeben, meine eigene Familia bestand bisher nur aus meiner Göttin und mir. Aber zwischen uns bestand eine feste Bindung, und es herrschte eine vertraute Wärme, wie man sie sonst nur bei Verwandten fand. Das redete ich mir nicht nur ein. Und daran würde sich auch nichts ändern, selbst wenn wir neue Mitglieder aufnähmen.

Ein Zusammenschluss von Leuten, die ihr Leben lang durch dick und dünn gehen – das sollte eine Familia sein. Doch die Familia dieses Mädchens schien das anders zu handhaben.

Mein Entschluss, ihr gegenüber hart zu bleiben, geriet ein wenig ins Wanken. Ich wusste zwar, dass ich mich nicht so leicht um den Finger wickeln lassen durfte, aber was sie erzählte, ging mir so gegen den Strich, dass es mich ein wenig mitnahm.

»Leider ist mir mittlerweile auch das Geld ausgegangen, um mein Bett im Gasthaus zu bezahlen … Deshalb: Biiitte, du musst mich mit dir in den Dungeon kommen lassen!«

»Ähm, ich …«

»Um das Verhältnis zwischen unseren Familias brauchst du dir keine Sorgen zu machen«, fügte sie hinzu, als sie mich zögern sah. Sie wollte wohl gleich alle Zweifel ausräumen. »Mein Gott Soma wird nämlich bis in alle Ewigkeit kein Interesse an den anderen Gottheiten haben. Du könntest ihn dir gar nicht zum Feind machen. Solange deine Gottheit kein Problem mit ihm hat, sollte es also zu keinem Streit zwischen unseren Familias kommen.«

Kurz war ich aus dem Konzept, aber dann konzentrierte ich mich wieder auf mein ursprüngliches Ziel. »Ich denke, deine Beweggründe hab ich jetzt verstanden. Aber eins würde ich dich zum Schluss gern noch fragen …«

»Was denn?«

»Sind wir uns wirklich noch nie begegnet?«

Ich hätte schwören können, dass Liliruca die Pallum war, die ich gestern in der Hintergasse getroffen hatte, daher hatte mir diese Frage schon die ganze Zeit auf der Zunge gelegen. Zwar zeigte sie mir ihr Gesicht nicht, und mit ihrem Doppelgänger in der Gasse hatte ich kein Gespräch geführt, aber sonst waren sie sich schrecklich ähnlich. Und so lange war unsere Begegnung nun auch wieder nicht her, dass meine Erinnerung daran bereits verblasst sein konnte.

»Also, ich sehe dich heute zum ersten Mal ... Bestimmt verwechselst du mich mit jemandem!«

Ich blickte auf die Kapuze, die mindestens die Hälfte ihres Gesichts verdeckte. Vielleicht hatte sie ja recht, und ich erlag einer Täuschung, weil ich sie nicht richtig erkennen konnte. Damit stand meine Bedingung fest: Ich bedeutete ihr, die Kapuze abzunehmen. Erst wand sie sich, als wäre es ihr unangenehm, doch dann seufzte sie, fasste sie mit beiden Händen und schlug sie zurück.

»Oh!«

»S... So gut?«, fragte Liliruca schüchtern.

Zu meiner Überraschung lugten zwei niedliche Tierohren aus ihrem strubbeligen Haar hervor. Ich saß mit heruntergeklappter Kinnlade da.

»Du ... bist ein Tiermensch?«

»J... Ja ... eine Chienthropin, um genau zu sein ...«

Ein paar Sekunden starrte ich sie nur an, dann beugte ich mich aufgeregt über den Tisch. Meine Inspektion schien sie nervös zu machen, und sie wich ein wenig zurück. Kurz darauf floppte ein kastanienbrauner Schwanz unter ihrem Gewand hervor, den sie zuvor wohl versteckt gehalten hatte. Er wedelte hin und her.

Also ist sie keine Pallum, sondern ein Tiermensch! Gibt's ja nicht ...

Geistesabwesend streckte ich die Hände nach ihren Öhrchen aus und kniff hinein, woraufhin sie die Schultern hochzog. »Hng ...«

Das flauschige Fell, die Haut darunter, das rosafarbene Innenohr ... alles daran wirkte echt. Es *war* echt. Sie war eine echte Chienthropin!

Dann war sie es wohl wirklich nicht …

Offenbar hatte ich sie tatsächlich verwechselt. Sie mochten sich noch so ähnlich sein: Das Mädchen von gestern gehörte einem völlig anderen Volk an. Damit waren meine Zweifel aus dem Weg geräumt.

»Ähm, würde es dir was ausmachen, wenn du …«

»Hm …? Oh, tut mir leid!« Ich war so in Gedanken gewesen, dass mir nicht mehr recht bewusst gewesen war, was ich da gerade tat. Erschrocken ließ ich ihre Ohren los.

Sie drückte sie sich mit beiden Händen fest an den Kopf und schaute mit geröteten Wangen zu mir auf. Es war nicht zu übersehen, wie unangenehm ihr das Ganze war. »Dass mal ein Junge so meine Ohren berühren würde … Dafür musst du jetzt aber auch geradestehen, hörst du?«

Eine Weile brachte ich kein Wort heraus. Dann entschuldigte ich mich mehrmals von Herzen. »Aber warum versteckst du deine Ohren und deinen Schwanz vor anderen?«

»Mein Fell ist so zerzaust … Ich will nicht, dass andere es sehen …« Beschämt zog sie sich die Kapuze wieder über den Kopf.

Ich persönlich fand die flauschigen Ohren zwar sehr niedlich, aber als Junge konnte ich wohl nicht alles nachvollziehen, was in Mädchen vor sich ging. Wenn sie keine Pallum war und dennoch so klein, dann musste sie noch ziemlich jung sein. Zehn Jahre vielleicht.

»Also, hast du dich jetzt entschieden? Heuerst du mich an oder nicht?«

»Ziehen wir heute einfach mal zusammen los, was sagst du?«

»Super, vielen Dank!«

Nachdem ich ihre Ohren betatscht hatte, konnte ich ihr die Bitte nicht mehr einfach abschlagen. Ich hatte Gewissensbisse und wollte nicht, dass sie dachte, ich hätte sie nur ausgenutzt und dann sitzen lassen.

Hinzu kam, dass ich eine Supporterin gerade mehr als nötig hatte. Wenn ich so schnell wie möglich stärker werden wollte, musste ich mich im Dungeon ganz aufs Kämpfen konzentrieren. Ihre Dienste kamen mir also sehr gelegen.

»Ähm, muss ich dir in so einem Fall einen Vorschuss zahlen?«

»Normalerweise schon. Aber wir können ja auch erst mal einfach die Beute aus dem Dungeon teilen, ja? Mir reichen schon dreißig Prozent!«

»Was, mehr nicht? Du kannst doch ruhig …«

Liliruca und ich steckten die Köpfe zusammen und bequatschten die Sache noch eine Weile.

Der Aufbau des Dungeons veränderte sich alle paar Ebenen. Die Ebenen 1 bis 4 hatten blau schimmernde Wände, und es tauchten dort nur wenige niedere Arten von Monstern wie Goblins oder Kobolde auf. Je näher man der vierten Ebene kam, desto häufiger verfügten sie über besondere Fähigkeiten, aber im Grunde genommen waren die ersten vier Ebenen für Anfänger. Solange man an eine Gruppe angeschlossen war und sich von den Monstern nicht umzingeln ließ, bestand nur ein geringes Risiko, auf diesen Ebenen zu sterben. Doch mit Ebene 5 änderte sich das schlagartig.

Nicht nur schimmerten die Wände nun in einem blassen Grün, der gesamte Aufbau dieser Ebenen war anders, und höchst unangenehme Gegner wie die Killerameisen stellten sich einem in den Weg. Außerdem brachte der Dungeon hier öfter neue Monster hervor. Es kam nicht selten vor, dass man sich in einer Sackgasse wiederfand, und plötzlich fielen etliche Monster aus den Wänden und versperrten einem den Rückweg.

Viele Anfänger, die sich mit einem falschen Sicherheitsgefühl bis hierhin vorwagten, fanden ein verfrühtes Ende. Den Vorsichtigen hingegen gaben die Ebenen 5 bis 7 einen deftigen Vorgeschmack darauf, wie grausam es im Dungeon zugehen konnte. Es war ein Fehler, tiefer als bis Ebene 4 vorzudringen, nur weil man sich nicht ausreichend herausgefordert fühlte.

Zunächst musste man ein paar Erfahrungen sammeln, Beute machen und sich ordentlich für das ausrüsten, was einen weiter unten erwartete. Für Anfänger war es generell ratsam, in dieser Phase so stark wie nur irgend möglich zu werden. In besonderem Maße galt dies jedoch für Abenteurer, die allein unterwegs waren.

In Bells Fall standen die Dinge hingegen etwas anders ...

»KRRRIAAAA!«

»Und zack!«

Mit seinem unglaublichen Entwicklungstempo fiel er in eine völlig andere Kategorie.

Er befand sich gerade auf Ebene 7 und setzte sich gegen einen unerbittlichen Monsterstrom zur Wehr. Dies war genau der Grund, warum Abenteurer hier unten lieber in einer Gruppe unterwegs waren.

Mit einem wuchtigen Hieb spaltete er den dünnen Rumpf einer Killerameise. Kurz darauf musste er dem Angriff einer Purpurmotte ausweichen, die sich aus der Luft auf ihn herabstürzte. Mit dem Hestia Knife zerschnitt er ihr kurzerhand die Flügel, sodass sie dem anschließenden Todesstoß nicht mehr ausweichen konnte. Wieder ein Monster erledigt.

»Keinen Schritt weiter!«, schrie er den nächsten beiden Killerameisen entgegen. Bedrohlich rissen sie ihre Insektenmäuler auf. Bell stürmte auf sie zu, täuschte vor, es mit beiden gleichzeitig aufnehmen zu wollen, und schnellte dann im letzten Moment auf die rechte zu. Sie konnte seinen flinken Bewegungen nicht folgen und ließ sich überrumpeln. »Krrriiii?!«

Er stieß der Ameise das Hestia Knife direkt in die Körpermitte. Es drang so mühelos durch den Panzer und ins Fleisch, das das Monster nicht einmal mehr Zeit für einen Todesschrei hatte. Das Licht in seinen Augen erlosch, und es sank zu Boden.

Bell wollte sich sofort dem nächsten Gegner widmen, doch es gelang ihm nicht, die Klinge aus dem Panzer der toten Killerameise zu ziehen – sie hing irgendwo fest. »Was ...«

Die verbleibende Ameise, die den Tod ihres Kameraden hatte mitansehen müssen, geriet in Raserei, wirbelte herum und schlug mit ihren Klauen nach ihm.

Instinkiv riss er den linken Arm hoch, um sich zu schützen. *KLING!*, Schallte es durch die Gänge, und Funken sprühten von Bells Armschützer. »KRRIIIIIAAA!«, kreischte die Killerameise.

Sein Arm fühlte sich etwas taub an, war aber unverletzt. Er ließ das verkeilte Hestia Knife los, warf seinen alten Dolch von der linken in die rechte Hand und ging sofort wieder zum Angriff über. Ihm gelang ein geschickter Hieb zwischen die Panzerplatten, ins Fleisch des Monsters. Lilafarbenes Blut ergoss sich aus der Wunde, und das Scheusal brach zusammen. Zwar verfügten Dolche über die geringste Durchschlagskraft aller Waffen, aber wenn man gezielt Schwachpunkte attackierte, konnte man durchaus tödliche Treffer landen.

»KRRRIIIIIIIRGH!!!«

© Suzuhito Yasu

Bell nutzte die kurze Verschnaufpause, um das Hestia Knife aus dem Panzer der anderen Ameise zu ziehen. Dann machte er sich wieder bereit. »Weiter geht's!«, rief er und stürzte sich auf die restlichen Monster.

»Du bist ja total stark, Meister Bell!«, rief Liliruca.

Während Bell einem der Monster einen mächtigen Tritt verpasste, zerrte Lili die Kadaver beiseite und sammelte sie alle an einem Ort. Offensichtlich hatte sie Erfahrung damit: Sie machte keine unvorsichtige Bewegung, und selbst wenn sie mal einen Fehler machte, zog sie nie die Aufmerksamkeit der Monster auf sich. Mit ihren braunen Spezialhandschuhen packte sie die toten Ameisen an Beinen oder Armen und zog sie mühelos über den Dungeonboden.

»Hah!«

»Rabaaa!!«

Dank Lilirucas Aufräumarbeit hatte Bell genügend Platz, um sich frei zwischen den Monstern hin- und herzubewegen. So gelang es ihm, gleich mit dem nächsten Dolchstoß einem Hornhasen den Garaus zu machen.

Trotz des hohen Tempos ging Bell mit Bedacht vor: Wie Eina es ihm erklärt hatte, machte er es sich zur obersten Priorität, die Killerameisen zu erledigen, bevor sie ihre Artgenossen herbeirufen konnten. Erst danach widmete er sich den anderen Gegnern. So vermied er es, von zu vielen Monstern gleichzeitig bedrängt zu werden. Hatte er so viel Platz wie hier, dann fiel es ihm leicht, die Kontrolle zu behalten.

»Kcchhhh ... Krrrchhiiiii!!!«

»M... Meister Bell, Vorsicht! Da kommt eine Neue!«

Mit einen furchterregenden Schrei brach die Killerameise aus der Dungeonwand hervor. Bell hatte den Überblick verloren, wie viele er schon besiegt hatte, aber er reagierte sofort: Rasch erledigte er das Monster bei ihm, dann stürmte er auf die frischgeborene Killerameise zu, lief ein paar Meter, stieß sich vom Boden ab …

»Hepp!«

»Krrrrchhiiiirgh!!«

Sein Sprungtritt traf die Ameise hart, noch ehe sie sich ganz befreit hatte. Ihr Genick knackte hörbar, und dann baumelte ihr Kopf schlaff herunter.

»Oje, und jetzt, Meister Bell? Die steckt ja noch halb in der Wand!«

»Tja, gute Frage«, sagte er und kratzte sich am Kinn. Die Killerameise hing so weit oben, dass Liliruca nicht einmal mit Hüpfern an sie herankam. Irgendwann sah sie aus dem Augenwinkel, wie belämmert Bell dastand, und fing an zu lachen.

»Du bist vielleicht stark, aber auch ein bisschen durchgeknallt! Ha ha ha!«

»Komm schon, jetzt lach nicht!«, jammerte Bell, musste dann aber selbst grinsen.

Endlich hatten sie ein wenig Zeit, um durchzuatmen und die Magiesteine aus den Monsterleichen zu bergen. Da dies zu Lilirucas Aufgabenfeld gehörte, hielt Bell solange die Augen offen, ob weitere Monster angriffen. Nebenbei beobachtete er, wie sie die Magiesteine mit ihrem Messer und ihren kleinen Händen sauber und zielsicher aus den Monsterkadavern herausschnitt. Jedes Loch war gerade so groß wie nötig.

»Du kannst das wirklich gut!«

»Zu viel mehr bin ich aber auch nicht zu gebrauchen. Du hingegen besiegst ganze Monsterhorden im Alleingang, Meister Bell!«

Nach und nach zerfielen die Überreste zu Asche, während sie mit ihren geradezu anmutigen Bewegungen die Magiesteine sicherte. Im Vergleich damit kam Bell sich mit seiner zügellosen Kampfweise geradezu primitiv vor.

»Sag mal, willst du nicht aufhören, mich Meister Bell zu nennen?«

»Tut mir leid, aber das geht nicht. Es muss eine klare Hierarchie geben zwischen Abenteurer und Supporter. Du darfst dich nicht auf meine Ebene herablassen.«

»Aber Liliruca …«

»Vielmehr würde ich dich bitten, mich einfach Lili zu nennen.«

»Warum ist dir das mit den Namen so wichtig?«

Nachdem sie die dritte Killerameise in Asche verwandelt hatte, schaute sie auf. Ihre Augen waren wie üblich unter der Kapuze versteckt, doch ihr Lächeln konnte er erkennen. »Lass mich dir etwas erklären, Meister Bell«, begann sie. »Die Bezeichnung Supporter klingt zwar hochtrabend, aber im Endeffekt sind wir nur Lastenträger und zu nichts anderem zu gebrauchen. Verglichen mit Abenteurern, die ihr Leben im Kampf gegen Monster riskieren, sind wir Parasiten, die einfach ein Stück vom Kuchen abhaben wollen und sich beim ersten Anzeichen von Gefahr verkriechen.«

Bell war zwar der Ansicht, dass Supporter sich allein durch das Betreten des Dungeons schon genug in Gefahr brachten, aber er wollte Lili bei ihrem Vortrag nicht unterbrechen.

»Es wäre arrogant von uns Supportern, uns auf dieselbe Stufe mit Abenteurern zu stellen. Außerdem werden sie dann wütend und geben uns unseren Anteil nicht mehr.«

»Das kann doch nicht sein!«

»Wir kennen uns noch nicht lange, aber ich kann jetzt schon sagen, dass du netter bist als die meisten Abenteurer. Nutze ich deine Freundlichkeit nun aus, so spricht sich im Nu herum, dass ich eine unzuverlässige, faule Supporterin bin. Und dann nimmt mich kein anderer Abenteurer mehr in den Dungeon mit.«

Bell schwieg. Gern hätte er protestiert, aber er konnte nur für sich selbst sprechen, nicht für die anderen Abenteurer. Was auf ihn wie eine himmelschreiende Ungerechtigkeit wirkte, war für sie möglicherweise Normalität.

»Im Prinzip verlange ich gerade von dir, dich an meine Bedürfnisse anzupassen. Das ist mir klar, und es tut mir auch leid … aber dürfte ich dich trotzdem darum bitten?«

Wenn es zu ihrem Wohl war, sollte es ihm recht sein. »Na gut, meinetwegen … Lili.«

»Danke schön!«, jubelte sie. »Aber mal was anderes: Bist du wirklich ein Anfänger, Meister Bell? Du hast so viele Monster ganz allein besiegt …«

Sie zählte die Monsterleichen, die noch übrig waren: Vier Killerameisen, drei Purpurmotten und fünf Hornhasen – insgesamt also zwölf Monster.

Sah man einmal von den Killerameisen ab, die so groß waren wie Menschen, dann war nichts Ungewöhnliches dabei, in kurzer Zeit eine Menge kleinerer Monster wie Hornhasen zu erledigen. Aber allein? Das war eine ganz andere Nummer.

»Ich hab sie besiegt, ja, aber manchmal war's ganz schön knapp …«

»Kein Wunder. Ständig solo unterwegs zu sein, ist eben gefährlich. Deshalb suchen sich die meisten Abenteurer ja auch eine Gruppe. Niemand sonst spaziert allein durch den Dungeon.«

»Nur weil die meisten etwas nicht machen, muss es ja nicht falsch sein, oder? Und es gibt doch bestimmt etliche Abenteurer, die viel stärker sind als ich.«

»Das kann schon sein.«

»Du musst es wissen, du warst doch bestimmt schon in vielen Gruppen dabei.«

»Sicher hab ich schon stärkere Abenteurer als dich gesehen, Meister Bell, aber ...«

»Na also«, sagte Bell und lächelte schief. »Bei mir ist noch jede Menge Luft nach oben.«

Lili hatte eigentlich auf etwas anderes hinausgewollt. Sicherlich gab es Abenteurer, die sich auch allein durchschlagen konnten. Der springende Punkt war, dass Bell seine Abenteurerkarriere gerade einmal vor einem mickrigen Monat begonnen hatte.

Abenteurer auf Level 1, hieß es, konnten maximal bis Ebene 12 vordringen. Die grobe Zuweisung der Statuswertstufen sah dabei so aus: Auf den Stufen I bis H konnte man es mit den Ebenen 1 bis 4 aufnehmen, G bis F erschlossen einem die Ebenen 5 bis 7, Stufe E bis C entsprachen den Ebenen 8 bis 10, und wer die Stufen B bis S erreichte, konnte sich an die Ebenen 11 und 12 wagen. Das waren natürlich nur Richtwerte. Da ab Ebene 13 jedoch Level-2-Monster auftauchten, war sie für Abenteurer auf Level 1 absolut tabu.

Etwa die Hälfte der Abenteurer in Orario waren auf Level 1. Der Großteil der anderen Hälfte hatte Level 2 erreicht, und wer es darüber hinausschaffte, gab sein tatsächliches Level meist nicht Preis. Der Unterschied eines einzigen Levels mochte auf den ersten Blick belanglos erscheinen, trennte jedoch die Amateure von den Profis. Nur Abenteurer mit besonderem Talent konnten Level 2 überhaupt erreichen und galten fortan ans Abenteurer dritten Ranges.

Da Statuswerte in der Regel geheim blieben, ließen sich die Durchschnittswerte aller Level-1-Abenteurer nur schwer ermitteln. Allerdings steckten viele von ihnen auf den Ebenen 7 bis 10 fest, was bedeutete, dass ihre Statuswerte irgendwo zwischen G und C liegen mussten.

Und Bell, der gerade einmal vor einem halben Monat mit seinen Dungeon-Expeditionen begonnen hatte, befand sich bereits auf einem vergleichbaren Niveau. Lilis Verwunderung war also nachvollziehbar.

»Aber ich schätze, dass du so stark bist, hat nicht nur was mit deinem Status, sondern auch mit deiner Waffe zu tun, oder, Meister Bell?«

Lilis Tonfall hatte sich verändert. Geschützt von ihrer Kapuze, spähte sie verstohlen nach dem Messer an Bells Hüfte.

Der bemerkte nichts und lachte nur verlegen. »Da hast du wohl recht. Vermutlich verlasse ich mich ein bisschen zu sehr auf mein Messer. Nicht, dass es mich am Ende noch daran hindert, stärker zu werden ...«

»Nicht doch! Jede Waffe sehnt sich danach, von ihrem Träger gebraucht zu werden. Und wenn es dir gelingt, ihr ihre wahre Macht zu entlocken, dann kannst du stolz auf dich sein.«

»Meinst du?« Bell hatte Lili den Rücken zugewandt und behielt die Umgebung im Blick. Er tastete nach der einzigartigen, nachtschwarzen Klinge an seiner Hüfte und strich mit den Fingern über die ihm vertraute Inschrift: Ἥφαιστος.

Lilis Augen begannen zu glänzen. »Ich kenne mich zwar kein bisschen mit Waffen aus, aber selbst ich sehe, dass du da eine ganz besondere Klinge hast. Darf ich fragen, wie du in ihren Besitz gekommen bist? Ich will nicht unhöflich sein, aber ich kann mir nicht vorstellen, dass ein angehender Abenteurer sich so was leisten kann ...«

»Meine Göttin hat sie mir geschenkt! Offenbar hat sie eine Freundin so lange genervt, bis die nachgegeben hat ... Ha ha, sie muss es immer übertreiben.«

»Das klingt nach einer tollen Göttin.«

»Ja«, sagte Bell nur. Er hatte nichts von dem unterschwelligen Neid in Lilis Stimme bemerkt. »Sie liegt mir sehr am Herzen.«

Den letzten Hornhasen weidete sie etwas weniger konzentriert aus. Als sie fertig war, pirschte sie sich an Bell heran. »Meister Bell?«

»Oh, bist du fertig?« Er drehte sich um und sah, wie Lili ihn anlächelte.

»Die Killerameise, die du in eine Wanddekoration verwandelt hast, sollten wir auch ausnehmen.«

»Ha ha, stimmt. Aber wie?«

»Es müsste reichen, wenn du ihren Rumpf aufschneidest. Dort sitzt der Magiestein. Ich hol ihn dann raus.«

»Alles klar«, sagte Bell. »Dann an die Arbeit ...«

»Hier!« Lili reichte Bell ihr Messer.

»Oh! Danke.«

Eigentlich hatte er das Hestia Knife benutzen wollen, aber Lilis Messer würde es auch tun. Er ging zu der toten Killerameise, hielt den Panzer fest und schnitt in die Stelle zwischen Ober- und Unterkörper. *Hrgh ... Das funktioniert ja nicht besonders gut ...* Bell war den Umgang mit Lilis Messer nicht gewöhnt. Er stellte sich auf die Zehenspitzen, um besser heranzukommen. Er konzentrierte sich voll und ganz auf die anstrengende Arbeit und merkte nicht, wie durch das Strecken seine Hüfte entblößt wurde.

»Hm?« Plötzlich spürte er etwas. Es war, als würde einer seiner Sinne Alarm schlagen, auch wenn er nicht genau zuordnen konnte warum. Ruckartig drehte er sich um.

»Bist du fertig?« Lili stand neben ihm und reckte sich, um zu sehen, wie er vorankam. »N... Noch nicht ganz«, sagte er verlegen und wandte sich wieder dem Monster zu. Kurz darauf plumpste der Oberkörper der Ameise zu Boden, und es dauerte nicht lang, da hatte Lili den Magiestein extrahiert.

»Das sollte für heute reichen, oder, Meister Bell?«

»Was, jetzt schon? Also, ich hab noch Energie.«

»Wir sollten wirklich gehen«, beharrte Lili. »Die Purpurmotten, gegen die du gekämpft hast, haben giftige Sporen in der Luft verteilt. Wir haben bestimmt schon viele eingeatmet. Zu viel davon ist ungesund.«

»Was, wirklich?!«

»Dummerweise habe ich mein letztes Gegengift vor Kurzem erst aufgebraucht. Es wäre also das Beste, wenn wir nach Babel zurückgehen und uns dort behandeln lassen.«

Plötzlich fiel es Bell wieder ein. *Natürlich! Eina hat mir doch auch schon einmal geraten, Abstand zu halten, wenn ich gegen Purpurmotten kämpfe … Mist.* Er fasste sich an die Schläfe, als würde ihm seine Vergesslichkeit Kopfschmerzen bereiten.

»Wie fühlt sich das wohl an, wenn man vergiftet wird? Und was meinst du, wie viel Zeit uns noch bleibt? Auf dem Rückweg werde ich die Monster möglichst schnell vermöbeln müssen …«

»Keine Sorge, Meister Bell: Ich kann dir zeigen, wie wir zurückkommen, ohne gegen ein einziges Monster kämpfen zu müssen!«

»S… So was kannst du?«

Lili nickte und zeigte in Richtung eines Ganges. Als Bell die Abenteurergruppe dort sah, wurde ihm klar, dass dort keine Monster mehr sein konnten. Also machten sie sich auf den Heimweg.

»Begegnungen mit Monstern lassen sich vermeiden, indem man die Gänge nimmt, durch die zuvor Abenteurer gekommen sind. Ganz einfach! Wer auf der Jagd nach Beute und Magiesteinen ist, lässt Monster ja nicht einfach ziehen.«

»Da hast du recht«, stimmte Bell zu.

»Und begegnet man doch mal einem, lockt man es einfach zur nächsten Gruppe, und schon löst sich das Problem von selbst. Am besten wäre natürlich, sich immer in der Nähe anderer Abenteurer aufzuhalten, dann ist die Wahrscheinlichkeit auf eine Begegnung gleich null.«

Normalerweise war es üblich, als Zeichen des Respekts gegenüber den Mitgliedern anderer Familia im Dungeon einen gewissen Abstand zu wahren. So kam es auch nicht zu Keilereien um Beute oder Monster. In diesem Fall bot es sich jedoch an, aus der Gegenwart anderer Abenteurer Nutzen zu schlagen.

»Um diese Zeit dürfte es im Dungeon von Abenteurern nur so wimmeln. Halt dich an mich, und ich garantiere dir, du musst heute kein weiteres Mal deine Waffe zücken!«

Selbstbewusst lächelnd schaute sie zu ihm auf. Er konnte ihr wohl glauben, schließlich hatte sie weit mehr Erfahrung mit dem Dungeon als er. Also nickte er. »Ich weiß gar nicht, warum du dein Licht immer so unter den Scheffel stellst, Lili. Dein Wissen als Supporterin ist supernützlich!«

»Ach, du wirst mich im Handumdrehen überholen, Meister Bell. Los, machen wir uns auf den Heimweg!«

Sie packte Bells Hand und zog ihn aus dem Raum, offenbar hatte sie es eilig. Zusammen folgten sie den Fußspuren der Abenteurer in die entgegengesetzte Richtung, passierten hier und da andere Gruppen und gingen allen Monstern gekonnt aus dem Weg. Lili war unheimlich gut darin. *Fast schon zu gut*, dachte Bell.

»Ach ja, Meister Bell? Wegen meines Anteils …«

»Du warst mir heute eine solche Hilfe … Lass uns einfach halbe-halbe machen!«

»Die Beutegegenstände und die Magiesteine, die wir gefunden haben, gehören alle dir.«

»Was?!«, rief Bell ungläubig. »Aber dann bleibt dir am Ende ja gar nichts! Wolltest du nicht 30 Prozent haben?«

»Wenn ich dafür dein Vertrauen gewinne, ist das sogar noch günstig. Heute wolltest du schließlich erst mal rausfinden, ob ich mich überhaupt als Supporterin für dich eigne.«

»Oh, war das so offensichtlich?«

»Alle machen das so, Meister Bell.«

Er blickte betreten zu Boden. Es tat ihm leid, dass er seine Absichten nicht vor ihr hatte verbergen können.

»Dazu noch das kleine Abschiedsgeschenk …«, murmelte Lili leise vor sich hin.

»Hm? Hast du was gesagt?«

»Nein, nichts.« Sie wandte sich um. »Also, was meinst du? Heuerst du mich in Zukunft wieder an?«

»Ich werd's mir überlegen, aber ich denke, die Zeichen stehen ganz gut!«

»Super! Lass dir mit der Entscheidung ruhig Zeit, ich laufe nicht weg, he he!«

Zum Abschied schenkte sie Bell ein strahlendes Lächeln.

»Hm. Eine Supporterin aus einer anderen Familia?«

»Ist das ein Problem, Eina?«

Ich stand im Gildenhauptquartier mit Eina zusammen und sprach mit ihr über meine jüngste Expedition. Vorher hatte ich noch im Turm Babel von den kostenpflichtigen Diensten der Krankenstation Gebrauch gemacht und meine Beute ins Tauschbüro gebracht. Es war mir zwar peinlich, aber ich sah mich nicht dazu in der Lage, allein eine Entscheidung in Bezug auf Lili zu fällen. Daher hielt es für am klügsten, wie üblich Eina um ihren Rat zu bitten.

»Im Prinzip spricht nichts dagegen, wenn zwei Familias eine für beide Seiten vorteilhafte Beziehung miteinander eingehen«, sagte sie. »Was war denn dein Eindruck von dieser Lili?«

»Sie kommt mir ehrlich vor ... Außerdem ist sie eine ziemlich begabte Supporterin.« Insgesamt hatte sie recht vertrauenswürdig auf mich gewirkt, und was sie mir von ihrem zerrütteten Verhältnis zu ihrer Familia erzählt hatte, hatte mein Mitleid erregt. Ich wollte sie nicht im Stich lassen, auch wenn ich wusste, dass das kein guter Grund war, sie anzuheuern.

»Weißt du, welcher Familia sie angehört?«

»Soma, glaub ich.«

»Puh ... Daraus kann ich weder ein Pro noch ein Kontra ableiten.«

»Kannst du mir denn irgendwas über diese Familia erzählen?«

Eina bedeutete mir, kurz zu warten, und holte einen dicken Ordner hervor. Sie schlug ihn auf und zückte ihre Brille. Offenbar wollte sie mir lieber korrekte Informationen aus dem Archiv der Gilde mitteilen, als sich auf Hörensagen zu verlassen.

»Also, die Soma-Familia scheint sich ganz klassisch aufs Erkunden des Dungeons spezialisiert zu haben. Was sie von anderen Familias unterscheidet: Sie treibt auch ein wenig Handel.«

»Handel? Verkaufen die Waren auf Märkten oder so?«

»Ja«, antwortete Eina, »und zwar Wein.«

»Wein ...«

»Zwar nicht in großer Menge und in vielen Variationen, aber der Geschmack soll erstklassig sein. Er gilt als einer der besten in ganz Orario. Vermutlich könnte die Familia auch allein davon leben.«

Eina zufolge war es sogar recht verbreitet, dass eine Familia ihren Lebensunterhalt mit einer redlichen Arbeit bestritt, denn das Abenteurerleben war einfach zu riskant. Auch eine Geschäftsgründung ging natürlich mit einem gewissen Risiko einher, aber es lauerte nicht hinter jeder Ecke der Tod. Abenteurer hatten dafür das größere Entwicklungspotenzial und die besseren Aussichten auf Reichtum. Wer bereit war, für einen möglicherweise lebensverändernden Gewinn ein unerhört hohes Risiko einzugehen, der war im Dungeon besser aufgehoben.

»Als Familia würde ich sie der Mittelklasse zuordnen. Keiner ihrer Abenteurer sticht besonders heraus, aber ihre Fähigkeiten liegen etwas über dem Durchschnitt. Oh ... und offensichtlich hat sie extrem viele Mitglieder. Das wusste ich gar nicht!«

»Was bedeutet das denn?«

»Dass Soma massenhaft Gläubige um sich geschart hat. Seltsam ist nur, dass man weder Schlechtes noch Gutes über ihn hört ...«

»Hm ... Lili meinte vorhin, er wolle mit anderen Göttern nichts zu tun haben.«

»Ja, dafür scheint er berühmt zu sein. Es ist an sich schon selten, dass eine Gottheit sich von der Außenwelt abschottet. Aber Soma scheint in der Hinsicht ein absoluter Ausnahmefall zu sein. Angeblich hat er sich bisher auf keinem der Bälle gezeigt, die von den Göttern regelmäßig veranstaltet werden. Manche fragen sich bereits, ob ihn überhaupt schon mal jemand gesehen hat.«

Das klang etwas exzentrisch, aber ich hatte ja bereits von Lili gehört, dass Soma sich nicht für andere Götter interessierte. Und Eina wollte mir wohl aus dem Grund weder zu- noch abraten wollte, dass sie sich nicht recht einen Reim auf diese Familia machen konnte.

»Auf den ersten Blick gibt es also nichts an der Soma-Familia auszusetzen. Aber ...«

»Aber?«, fragte ich neugierig.

Eina legte die Stirn in Falten und sprach nur zögerlich weiter. »Das ist nur mein persönlicher Eindruck, aber die Abenteurer der Soma-Familia wirken irgendwie ... anders als die normaler Familias. Als würden sie untereinander konkurrieren oder gegeneinander arbeiten.«

Ich legte die Stirn in Falten.

»Ich weiß nicht, wie ich es beschreiben soll, aber sie wirken alle so ... rastlos. Als wäre das Leben für sie jeden Tag ein Kampf.«

Ich war ratlos. Je mehr ich über diese Familia erfuhr, desto schwieriger fiel es mir, mir ein Bild von den Verhältnissen zu machen, in denen Lili lebte.

»Wie dem auch sei, ich hätte nichts dagegen, wenn du sie als Supporterin anheuerst.«

»Was, wirklich?«

»So ganz geheuer ist mir die Soma-Familia zwar nicht, aber zumindest musst du dir keine Sorgen machen, dass ihr Gott sich an einer Kooperation eurer Familias stören könnte.« Eina war also zum selben Schluss gekommen wie Lili. »Achte einfach darauf, dass du den anderen Mitgliedern nicht auf den Schlips trittst, dann wird es schon schiefgehen. Mir ist viel wichtiger, dass du möglichst schnell Unterstützung im Dungeon bekommst und keine Solo-Abenteuer mehr wagst.«

»Eina ...«

»Aber letzten Endes musst du die Entscheidung fällen. Hör einfach auf dein Herz.«

Es klang so selbstverständlich. Mich einzig und allein auf den Rat anderer zu verlassen und infolgedessen anders mit Lili umzugehen, wäre ihr gegenüber einfach nicht fair. Ich musste mir selbst Gedanken machen und zu einem Entschluss kommen.

»Ich hab meinerseits auch schon versucht, einen unabhängigen Supporter für dich zu finden, aber ohne Erfolg. Die meisten scheinen sich schon eine Familia gesucht zu haben.«

Sie lächelte entschuldigend. Diese Sache schien sie schon zu beschäftigen, seit wir uns das erste Mal darüber unterhalten hatten.

»Unabhängige Leute suchen sich lieber gut bezahlte und sichere Arbeit, für die sie sich nicht durch den Dungeon kämpfen müssen. Supporter sind abhängig von den Verträgen, die sie mit ihrer Gruppe eingehen.«

Da Unabhängige keiner Familia angehörten, erhielten sie auch nicht die Falna eines Gottes und verfügten über keinen Status. Sie waren also ganz gewöhnliche Leute. Wobei das nicht bedeutete, dass sie völlig wehrlos gegenüber Monstern waren. Manche Völker, wie die kräftigen Zwerge oder die in Magie bewanderten Elfen, konnten sich auch ohne Falna gegen Widersacher zur Wehr setzen.

Eine Sache, die Lili mir erzählt hatte, ließ mich nicht mehr los. »Eina, kommt es eigentlich oft vor, dass Abenteurer auf Supporter herabsehen?«

»Tja ... Es stimmt, dass sie im Allgemeinen geringeres Ansehen genießen als Abenteurer. Den Grund muss ich dir wahrscheinlich nicht extra nennen ...«

Weil sie sie einfach nur als niedere Lastenträger betrachten. Ich erinnerte mich deutlich an Lilis Bericht und war zutiefst enttäuscht über das Verhalten der Abenteurer, die ich eigentlich so bewunderte.

»Normalerweise werden in den mächtigeren Familias die schwächeren Abenteurer dazu verdonnert, die Supporterrolle zu übernehmen. Vielleicht hat es auch damit zu tun.«

Immerhin, führte Eina weiter aus, sammelten sie dadurch Erfahrung im Dungeon und lernten etwas dazu. Angeführt von mächtigeren Abenteurern bekamen sie Ebenen zu sehen, die sie allein nie erreicht hätten, begegneten gigantischen Monster und konnten sich aus nächster Nähe die Kampftechniken von Elitekämpfern anschauen.

Nur weil jemand den Segen eines Gottes hatte, wurde er nicht zwangsläufig unendlich stark. Es kam auch auf die Veranlagung an und auf den Willen, sich von einem mächtigen Monster nicht einschüchtern zu lassen. Einige Abenteurer schaffen es wohl nie über die niederen Monster hinaus.

»Und wenn solche Abenteurer dann Supporter werden ... Nun, du kannst dir vorstellen, welche Vorurteile sich dann festsetzen.« Mittlerweile hingen düstere Wolken über unserem Gespräch, und ich fühlte mich schuldig, weil ich es in diese Richtung getrieben hatte.

Aber durch Einas Erklärung war mir einiges klar geworden. Vermutlich redete Lili deshalb so schlecht von sich selbst, weil sie von anderen ständig als Versagerin abgestempelt wurde und in ihrer Gilde isoliert war. Dieser Gedanke war mir unerträglich.

Ich konnte nicht mehr stillsitzen und stand auf. »Danke für das Gespräch, Eina. Das muss ich erst mal verdauen.«

»Klar.« Sie lächelte freundlich. »Du kannst in solchen Fragen jederzeit zu mir kommen, hörst du?«

Ich bedankte mich noch einmal, drehte mich um und ging zur Tür.

»Warte mal, Bell!«

»Ja?«

»Wo ist eigentlich dein Messer?« Eina blickte suchend auf meine Hüfte.

»Hä?« Ich hatte keine Ahnung, wovon sie redete, und prüfte meine Ausrüstung. Ich ertastete meinen Dolch, den Beutel mit Magiesteinen, und auch das Hestia Knife war da ... Nein, war es nicht – nur die Scheide war noch da!

Vergeblich suchten meine Finger nach einem Griff, um den sie sich legen konnten. Das Blut wich aus meinem Gesicht, und ich wurde kreidebleich. Auch nach mehrmaligem panischen Tasten war nichts zu finden. Eina stand nur ungläubig da.

Mein Hestia Knife war verschwunden.

»O neiiin ... Ich hab's verloooooren!!«

Das Mädchen folgte einer schmalen Hintergasse, die so ganz anders war als die bunte, lebendige Hauptstraße, von der sie kam. Über ihr bildeten die Hausdächer rechts und links eine Lücke, die noch schmaler war als der Weg selbst. Vom orangefarbenen Licht der untergehenden Sonne drang nur wenig bis hier herab. Bei einem Müllhaufen saß eine pechschwarze Katze und blickte ihr aus goldenen Augen nach. *Tapp, tapp,* hallte es von den Wänden wieder. Kleine Schritte.

Aufgrund der vielen Verzweigungen wirkte dieser Ort beinahe mehr wie ein Labyrinth als der Dungeon selbst, doch das

Mädchen hatte keine Probleme, sich zurechtzufinden. Nach einer letzten Biegung gelangte sie zu einer etwas weitläufigeren Stelle. Sie war am Ziel angelangt.

Sie stand vor einem alten Geschäft, dass vollständig aus Holz erbaut war. Entweder war es sehr traditionsreich oder einfach nur stark heruntergekommen. Die Schrift auf dem schiefen Aushängeschild war schon lange nicht mehr lesbar. Als sie die Tür öffnete und eintrat, klingelte ein verrostetes Glöckchen.

»Du schon wieder?« Der glatzköpfige Gnom mit weißem Rauschebart sah von seinem Nachrichtenblatt auf. Er trug einen knallroten Hut, mit dem er jedoch seine Haarlosigkeit nicht verbergen konnte.

Wortlos legte sie das Messer auf den Tisch.

»Was bringst du mir jetzt wieder für ein seltsames Ding …« Er rückte seine Brille zurecht und nahm das Messer genau unter die Lupe. »Warte kurz«, sagte er, stand auf und verschwand in einem Hinterzimmer. Unterdessen sah das Mädchen sich die vielen antiken Objekte an, die im Laden ausgestellt waren. Sie war überrascht, in einer Glasvitrine eine Reihe bunter Edelsteine zu finden.

Schneller als erwartet kehrte der Inhaber zurück. Er sah mehr als unzufrieden aus. »Was für einen Mist schleppst du hier an? Hast du das draußen aus dem Abfall gefischt?«

»Was? Aber …«

»Mit dem Ding kann man überhaupt nichts schneiden! Und besondere Kräfte hat es auch nicht. Als hätte die Klinge keinen Funken Leben in sich.« Er blickte auf das nachtschwarze Messer auf dem Tresen herab, sichtlich ratlos, was er damit anfangen sollte. »Das ist nichts weiter als Müll«, sagte er schließlich. »Was soll das? Sonst bringst du mir doch auch nicht solch nutzloses Zeug?«

»M... Moment mal«, protestierte sie. »Das kann gar nicht sein!«

»Kaufen wird das sicherlich keiner, aber wenn du es unbedingt loswerden willst, geb ich dir 30 Valis dafür und häng es da drüben an die Wand. Als Deko taugt's gerade noch.«

»Nein, ich ... Ich komme später noch mal wieder!«

»Nächstes Mal bringst du mir hoffentlich was Vernünftiges! Hm, irgendwie kam mir das Gekrakel auf der Klinge bekannt vor ... Na ja.«

Zitternd vor Wut schlug sie die Tür hinter sich zu. Wieder hallten ihre leisen Schritte durch die Gasse. *30 Valis? Dass ich nicht lache! Dafür kriege ich gerade mal 'nen Kartoffelkloß am Straßenrand! Dieses Messer hat die harten Panzer der Monster durchschnitten, als wären sie aus Butter. Dafür sollte man genug Geld kriegen, um drei Herrenhäuser zu bauen!*

Kurz fragte sie sich, ob bei dem Inhaber des Ladens vielleicht eine Schraube locker sei. Doch am Tag davor hatte er noch gutes Geld für ihre Ware gezahlt, daher verwarf sie den Gedanken schnell wieder. Unwahrscheinlich, dass er von heute auf morgen den Verstand verloren hatte.

Nein, sonst hatte er stets ein gutes Auge für den Wert der Sachen, die sie ihm anbot. In solchen Angelegenheiten vertraute sie niemandem so sehr wie ihm.

Aber warum spricht er dann so schlecht darüber? Sie blickte auf das Messer in ihrer Hand hinunter.

Es ging keinerlei Glanz davon aus. Über den Bauch der Klinge wanden sich komplex verflochtene, filigrane Schriftzeichen, von der Spitze bis zum Griff, kaum zu erkennen im Halbdunkel der Gasse. Das Messer war pechschwarz.

Diese stumpfe, leblose Farbe kam ihr seltsam vor. Sie erinnerte sich daran, wie die Klinge vor Kurzem noch in einem fahlen

Lila geschimmert und bei jedem Schwung einen Leuchtstreifen in der Luft hinterlassen hatte.

Wäre doch nur das Siegel der Hephaistos-Familia darauf zu sehen ... Vermutlich brauche ich die Scheide auch noch ...

Wenn sie beweisen konnte, dass das Messer von der berühmten Schmiede-Familia stammte, würde es einen guten Preis erzielen, auch wenn es zu nichts zu gebrauchen war. Damit stand fest: Sie musste sich die Scheide auch noch holen. Auch wenn es gefährlich war, sich ihm noch einmal zu nähern, blieb ihr keine andere Wahl.

Plötzlich hörte sie Frauenstimmen.

»Tut mir so leid, Syr, dass du die Sachen für mich tragen musst ...«

»Es macht mir wirklich nichts aus. Aber sag mal, Ryu, nimmst du immer diesen seltsamen Weg?«

»Ja. Man muss sich nur merken, wo man überall abbiegen muss, dann spart man sehr viel Zeit. Und so gefährlich ist der Weg nun auch wieder nicht, dass man sich vor ihm fürchten müsste.«

»Ich fürchte mich doch gar nicht!«

Die beiden Frauen näherten sich, ein Elf und ein Mensch, beide mit einer Papiertüte im Arm, die so voll war, dass das ganze Gemüse und Obst oben herauszuquellen drohte.

Eilig senkte das Mädchen den Blick und versteckte das Messer im Ärmel. Es überraschte sie, dass außer ihr noch jemand diese abgelegene Gasse nahm. Sie versuchte, möglichst unauffällig an den beiden vorbeizugehen.

»Stehenbleiben, Pallum!«

Es war ein Ton, der keinen Widerspruch zuließ. Wie von selbst hielt das Mädchen an, und kalter Schweiß begann ihr den

Rücken herunterzulaufen. *Warum spricht sie mich an? Sie wird doch wohl nicht ...*

»Zeig mir mal das Messer, das du da in deinem Ärmel versteckst.«

»R... Ryu ...?«

»Warum sollte ich das tun?«, sagte das Mädchen, nachdem es sich von dem Schock erholt hatte.

»Weil es dem eines Bekannten ähnelt. Ich will es sehen.«

Das gibt's doch nicht! Wie hat sie das im Vorbeigehen sehen können?! Nicht einmal ein Pallum hätte das unter den Umständen mitbekommen, und dieses Völkchen war für seine guten Augen bekannt.

»Tut mir leid, aber Du irrst dich: Das Messer gehört mir.« Sie ging einfach weiter, ohne eine Antwort abzuwarten.

»Zeig es mir! Ich kenne nur einen, der eine Waffe mit solchen Hieroglyphen besitzt!«

Ihr war, als hätte die Elfin ihr eine Klinge aus Eis an den Hals gelegt. Sie hörte, wie die andere erschrocken die Luft einsog. Sie konnte sich nicht umdrehen, wollte es nicht.

»Beweg dich nicht.«

Ihre Zähne klapperten. Ihr Atem ging rasch. Das Herz schlug ihr bis zum Hals. Die Schritte kamen immer näher. Nun blieb nur noch eine Möglichkeit: Flucht.

Mit voller Kraft preschte sie los, auf eine Kreuzung zu. Doch kurz bevor sie um die Ecke biegen konnte, spürte sie einen heftigen Schmerz am Handgelenk.

»Aua!«

Apfelstücke spritzten in alle Richtungen davon. Der Apfel war mit solcher Wucht geworfen worden, dass er an ihrer linken Hand zerschellt war.

Das Messer glitt ihr aus dem Ärmel, fiel herunter und rutschte ein Stück über den Boden. Sie wirbelte herum und sah, dass das Elfenmädchen sie aus kühlen blauen Augen anstarrte. Dann holte es zu einem gewaltigen Tritt aus. »Spann lieber deinen Bauch an.«

BWAMM! »Guaaah!«

»W... Was war das denn?!«

Bell rannte gerade die zentrale Nordweststraße entlang, die das Gildenhauptquartier mit dem Stadtzentrum verband. Er verfolgte seinen eigenen Weg zurück, in der Hoffnung, das Hestia Knife wiederzufinden. Als er aus einer der Hintergassen Lärm hörte, wusste er sofort, dass etwas nicht mit rechten Dingen zuging. Möglicherweise eine Schlägerei?

Die Leute um ihn herum standen wie er verdutzt da und blickten in die Richtung, aus der die Geräusche gekommen waren.

Kurz darauf kamen mehrere Katzen auf die Hauptstraße geschossen. *Miaaaau! Miaaaau!* Anscheinend rannten sie vor etwas davon: wie wild jagten sie über die Straße und warfen Mülltonnen über den Haufen.

Bell ging zum Eingang der Gasse und spähte vorsichtig hinein. Da flog ihm plötzlich eine kleine Gestalt entgegen und purzelte ihm direkt vor die Füße.

»Lili?!«

»A... Autsch ...«

Was machte sie denn hier? Rasch kniete er sich neben sie. »Was ist passiert?!«

»Bell ...« Sie verzog das Gesicht, offenbar hatte sie Schmerzen. Dann zeigte sie jedoch wieder das Lächeln, das er kannte. »Ich wurde von einer brutalen Fr... äh, von einem wilden Hund angegriffen ...«

»Bist du verletzt?!«

»Es geht schon ...«

Ihr Gewand war nicht wesentlich dreckiger als sonst, aber sie sah ganz schön angeschlagen aus. Bell hob sie auf und trug sie auf die Hauptstraße. Dort angekommen, suchte er in seiner Beintasche nach einem Heiltrank.

»Unglaublich, dass sie mir entkommen ist ...«, sagte eine vertraute Stimme. Bell hörte Schritte, und dann trat Ryu aus der schummrigen Gasse.

»Ryu, du auch noch? Was geht denn hier vor sich?!«

»Ah, Bell, du kommst genau richtig! Ich hab dein ...«

Sie brach ab und sah Lili aus verengten Augen an. Die wiederum zitterte wie ein verschrecktes Tier, murmelte etwas Unverständliches und strich mit den Händen über ihre Kapuze, die sie sich tief ins Gesicht gezogen hatte.

»Bell, tritt bitte zurück«, sagte Ryu.

»Was? Aber ...«

Lili quiekte ängstlich.

Ohne zu zögern, schob Ryu ihn zur Seite und riss Lili die Kapuze herunter. Zum Vorschein kamen ihr wuscheliges, kastanienbraunes Haar, ihre großen Augen und ihre Tiermenschenohren.

Ryu starrte Lili ins angstverzerrte Gesicht. Nach einer Weile murmelte sie eine Entschuldigung und zog ihr die Kapuze wieder über.

»Was sollte das, Ryu? Alles in Ordnung bei dir, Lili?«

»J... Ja ...«

»Tut mir leid, das war eine Verwechslung«, sagte Ryu, »ich hab wohl etwas die Beherrschung verloren.«

Was in aller Welt war hier nur los? Bell half Lili vom Boden auf und sah zwischen Ryu und der Gasse hin und her.

Kurz darauf hörte er erneut Schritte nahen. Diesmal war es Syr, die eine Papiertüte trug.

»Ryu ... So darfst du nicht mit Essen umgehen! Du weißt doch, dass Mama Mia dann wütend wird!«

»Das will ich natürlich nicht ...«

»Ähm, könnte ich so langsam eine Erklärung bekommen?«

»Oh, Bell!«, rief Syr. »Guten Tag.«

»Ja, hallo ...« Bell nickte kurz in ihre Richtung.

»Sag, Bell«, fragte Ryu, »trägst du gerade dein schwarzes Messer bei dir?«

»Ach ja, genau!« Bell blickte aufgeregt zwischen Syr und Ryu hin und her. »Habt ihr beiden zufällig mein Messer gesehen? Es ist von oben bis unten komplett schwarz!«

Ryu sah ihn an, und dann zog sie unter ihrer Schürze das vollkommen stumpfe Messer hervor. »Ist es das hier?«

»Woooooah! Ich fass es niiiiicht!!«

Sein Jubel kam als Echo aus der abendlichen Gasse zurück. Die drei Mädchen zuckten zusammen. Selbst Ryu, die sonst nichts aus der Ruhe brachte, riss die Augen weit auf.

»Danke!«, rief Bell mit Tränen in den Augen und ergriff Ryus zarte Hände. »Viiielen, vielen Dank!«

Sie reagierte ungewohnt verlegen und wandte den Blick ab. »Ähm ... Bell, das kannst du vielleicht mit Syr machen, aber nicht mit mir ...«

»Was redest du denn da, Ryu?!«, rief Syr.

Bell wischte sich die Tränen aus dem Gesicht und nahm gerührt sein Messer entgegen. »So ein Glück ...« Bedächtig hielt er sich das Hestia Knife an die Stirn. »Tut mir leid, Göttin, ich werde es bestimmt nicht wieder verlieren ...«

Im selben Moment loderte die violette Flamme wieder auf, als wäre das Hestia Knife soeben zu neuem Leben erwacht. Lili machte große Augen.

»Vielen Dank, wirklich! Wo hast du es denn gefunden?«

»Ein Pallum hatte es bei sich.«

»Ein Pallum?«, fragte Bell überrascht. Hinter ihm, unter der Kapuze verborgen, wurde der Gesichtsausdruck des Tiermenschenmädchens immer nervöser. »Heißt das, du hast eben ...«

»Ich habe ihn verfolgt und dabei aus den Augen verloren. Fälschlicherweise habe ich dann dieses Mädchen verdächtigt, was mir leid tut.«

»Das war also nur eine Verwechslung?«

»Genau. Sie ist schließlich eine Chienthropin. Außerdem war das ein männlicher Pallum.«

Bell nickte verstehend. Aus Lilis Gesicht wich unterdessen die Anspannung.

»Lili, Hast du zufällig einen Pallum gesehen?«

»Nicht, dass ich wüsste ...«

»Er muss dein Messer wohl irgendwo gefunden haben«, sagte Ryu. »Ein Glück, dass ich es gestern erst gesehen hatte, sonst hätte ich es heute nicht so schnell wiedererkannt.«

»Das stimmt!«

Lili hatte sichtlich unwohl die Unterhaltung zwischen Bell und Ryu verfolgt, und Syr hatte sie im Stillen dabei beobachtet.

Dann erklärte Ryu, dass die beiden sich eigentlich gerade auf dem Heimweg von einer Einkaufstour befanden. Bell bedankte sich noch einmal, woraufhin Ryu sich knapp verbeugte und Syr mit einem verlegenen Lächeln meinte, sie habe ja nichts Nennenswertes getan. Dann trat Bell zur Seite, um den beiden den Weg zur Hintergasse wieder freizumachen.

Als Syr an Lili vorbeiging, beugte sie sich zu ihr hinunter und flüsterte ihr ins Ohr: »Übertreib es nicht mit den Spielchen, ja?«

Lili begann zu zittern. Syr hingegen stand auf, als wäre nichts gewesen, und verschwand zusammen mit Ryu, die sie nur verwundert ansah, wieder in der Gasse.

»Was hat sie gerade zu dir gesagt?«, fragte Bell verdutzt.

»Ach, nichts ... Ähm, Bell?«

»Was denn?«

»Wer sind die beiden?«

»Sie sind Kellnerinnen in einem Wirtshaus, das Hostess of Fertility. Ist ziemlich berühmt, kennst du es nicht?«

»Würdest du mir etwas versprechen?«

»Was denn?«

»Nimm mich bitte nie dorthin mit«, sagte sie mit Tränen in den Augen.

»Was? Aber warum denn?«

Er verstand nicht, woher diese Bitte kam oder warum sie so aufgewühlt war. Einen Moment lang blieben die beiden noch unbehaglich in der Abendsonne stehen, während der Trubel auf der Straße mehr und mehr nachließ.

Es war der nächste Tag. Lili und ich waren schon früh morgens in den Dungeon aufgebrochen. Gerade bahnten wir uns unseren Weg durch die erste Ebene. Über uns schimmerte die Decke, so hell wie die Magiestein-Straßenlampen an der Oberfläche. Letztendlich hatte ich Lili tatsächlich angeheuert. Ich hatte den Rat anderer eingeholt und eine Weile darüber nachgedacht. Schließlich hatte ich beschlossen, auf mein Herz zu hören, und mein

Herz hatte mir gesagt, ich solle ihr vertrauen. Auch meine Göttin hatte mir ihren Segen gegeben, also hatten wir einen unbefristeten Vertrag abgeschlossen und waren nun eine Gruppe.

»Bell?«

»Ja?«

»Was hast du denn mit deinem Messer gemacht?«

»Diesmal hab ich es mitsamt Scheide in meinem Armschützer untergebracht, damit ich's nicht wieder verliere. Hat genau reingepasst!«

»Oh, ach so …«

Es wirkte auf mich, als wäre sie aus irgendeinem Grund enttäuscht. Irgendwie war sie schon eine ganze Weile nicht gut drauf. Sie versuchte es zwar mit einem Lächeln zu überspielen, aber es war nicht schwer, sie zu durchschauen. Ob irgendetwas passiert was?

»Danke noch mal, dass du mich angeheuert hast. Ich werde mein Bestes geben, damit du mich auch behältst.«

»Warum sollte ich dich einfach so wieder loswerden wollen? Außerdem würde ich bestimmt so schnell keinen anderen Supporter finden.«

»Das freut mich zu hören, auch wenn ich mir schon gedacht habe, dass du so etwas sagen würdest. Du bist einfach zu gütig, Meister Bell.«

Mir gefiel diese Atmosphäre zwischen uns nicht. »Zu gütig«? Ihre Ausdrucksweise war heute so distanziert …

»Dürfte ich dich fragen, wie dein Plan für die heutige Expedition aussieht?«

»Also … Ich würde gern bis in Ebene 7 runtergehen und dort bis zum Abend Monster jagen. Wäre das für dich okay?«

»Ich würde mich deinen Entscheidungen nie widersetzen, Meister Bell. Aber dann musst du ja den ganzen Tag lang kämpfen!«

»Das geht schon. Ist ja nichts Neues für mich. Außerdem hat meine Göttin meinen Status aktualisiert.«

Meine Solo-Abenteurer waren nicht ganz umsonst gewesen. Da ich ständig allein im Dungeon unterwegs war, war ich an langes Kämpfen gewöhnt. Außerdem hatte Eina mich darin geschult, mir meine Kräfte gut einzuteilen. Es war eine meiner wenigen Stärken. Nachdem Hestia am Vorabend auch noch meinen Status auf den neuesten Stand gebracht hatte, stellten die Monster auf dieser Ebene sicher kein Problem mehr für mich dar.

Ehrlich gesagt brannte ich darauf, zu sehen, wie viel stärker ich geworden war. Immerhin wusste ich nun, dass mein Status weiterhin so schnell anstieg. Ich war in Topform! Allerdings schien Hestia das nicht so sehr gefreut zu haben wie mich. Was es damit wohl auf sich hatte?

»Ich mache mir eher Sorgen, dass ich dir zu viel zumute.« Ich warf einen Blick zu der zierlichen kleinen Lili hinüber, die mir gerade einmal bis zum Bauch ging. »Wenn wir den ganzen Tag im Dungeon unterwegs sind und ich ununterbrochen Monster besiege, fällt reichlich was ab. Du wirst schwer zu schleppen haben …«

»Keine Sorge, Meister Bell. Ich trage schließlich auch den Segen eines Gottes in mir – das bisschen Zeug werde ich schon tragen können.«

Vermutlich hatte sie recht. Aber … Ihr Rucksack war für sich genommen schon groß. Selbst leer wirkte er überdimensioniert.

»Außerdem verfüge ich ja auch noch über einen Skill, der mir im Fall der Fälle helfen kann, dir als Lastenträgerin nicht … zur Last zu fallen.«

»Was, du hast einen Skill?!«, schrie ich, unfähig, meine Begeisterung zu verstecken – und meinen Neid.

»Na ja, so besonders ist er auch wieder nicht«, sagte sie mit einem verlegenen Lächeln. »Besser als nichts, aber das war's auch schon.«

»Immerhin! Ich hab noch gar keinen Skill …«

Anders als bei der Magie gab es für Skills keine Slots. Theoretisch konnte man so viele erlernen, wie man wollte, wenn man nur die nötigen Excelia sammelte. Ich hatte sogar schon von Abenteurern gehört, die mehr als fünf Skills besaßen. Selbst wenn nicht alle gleich nützlich waren, wie Lili behauptete, musste doch jeder Skill das Erkunden des Dungeons zumindest ein wenig erleichtern.

»Ich bin echt neidisch auf dich. Es ist doch total schwer, an Skills oder Magie ranzukommen … Jetzt sag aber nicht, du kannst auch schon zaubern?«

»Leider nicht. Ich glaube, ich gehöre zu denjenigen, die ihr ganzes Leben lang keine Magie erlernen werden.«

Tatsächlich bestand immer nur eine gewisse Chance, durch die Falna mit einer Magie gesegnet zu werden, und manche Abenteurer erfuhren dieses Glück offenbar bis zum Ende ihres Lebens nicht. Seit meiner Kindheit stellte ich mir vor, irgendwann ein mächtiger Abenteurer wie aus den Heldensagen zu sein, der viele Zauber beherrschte. Ich schauderte beim Gedanken, dass dieser Traum vielleicht niemals in Erfüllung gehen könnte.

Lili erinnerte mich daran, dass es eigentlich ein absolutes Tabu war, Mitglieder anderer Familias nach den Details ihres Status zu befragen, auch wenn sie aufgrund eines Vertrages zur selben Gruppe gehörten. Eigentlich war mir das auch klar gewesen. Der Status eines Abenteurers enthielt schließlich seine vertraulichsten Informationen. Ich schämte mich für meinen Mangel an Umsicht.

»Und du willst wirklich kein Honorar vorgestreckt kriegen, Lili? Keine Anzahlung?«

Während wir durch den Dungeon streiften und ich die Augen nach Monstern offenhielt, gingen mir unsere Vertragsbedingungen durch den Kopf. Kurz zuvor, als wir ihn in Babel hatten aufsetzen lassen, hatte Lili gesagt, ihr genüge als Bezahlung ein Anteil der Beute. Ein wenig komisch war mir dabei schon. Ich wollte sie schließlich nicht über den Tisch ziehen.

»Das ist schon in Ordnung so. Außer mir gibt es ja keine weiteren Gruppenmitglieder, da fällt doch genug für mich ab. Außerdem ...«

»Außerdem?«, bohrte ich nach. Lilis Heiterkeit war plötzlich verflogen. Ich glaubte, hinter ihrem strubbeligen Pony einen betrübten Blick zu erkennen.

»Außerdem ist es für dich auf diese Weise doch viel praktischer.«

»Hä?«

Was wollte sie damit andeuten? In ihrem Blick lag etwas Höhnisches, als würde sie sich über sich selbst lustig machen. Ich verstand nicht, warum sie mich so ansah, und es brachte mich durcheinander.

Doch keine Sekunde später war sie bereits wieder zu ihrer üblichen heiteren Art zurückgekehrt und lächelte mich an. »Gehen wir weiter, Meister Bell. Erkämpfe du nur möglichst viel Beute, dann hab ich genug zu essen, und alle sind glücklich!«

»N... Na gut ...«

Wollte sie es mir nur recht machen? Warum sollte es so »praktischer« für mich sein? Weil ich ihr auf diese Weise kein Geld zahlen musste? Was meinte sie nur?

Eins merkte ich ihr jedoch an: Ich war für sie nicht besser als die anderen Abenteurer auch.

»Eina. Eina!«

»Hm?«

Eina saß wie üblich an der Rezeption des Hauptquartiers der Gilde, als die Kollegin neben ihr sie ansprach. »Sieh dir das an«, sagte sie und zeigte in den Raum hinein.

Am Schalter des Tauschbüros stritt gerade ein Abenteurer heftig mit einem Mitarbeiter.

»Schon wieder macht einer von der Soma-Familia Ärger ...«

Eina zog die Augenbrauen hoch. Sie musste nicht einmal die Ohren spitzen, um das Gezeter mitzubekommen.

»Nur 12.000 Valis soll das alles wert sein? Bist du blind oder willst du mich über den Tisch ziehen?!«

»Hast du eine Ahnung, wie lange ich hier schon arbeite? Ich kann sehr gut einschätzen, was ich da vor mir habe!«

Offensichtlich stritten die beiden sich um den Eintauschwert einiger Items. Das war nichts Neues für Eina. Die Abenteurer riskierten im Dungeon Tag für Tag ihr Leben. Mit großen Erwartungen kamen sie ins Tauschbüro, und wenn sie dann erfuhren, wie wenig ihre Beute tatsächlich wert war, waren sie oft enttäuscht und ließen ihren Frust an den Angestellten aus. Sie hatten wohl das Gefühl, sie hätten für nichts den Hals riskiert.

Mit den Jahren hatte sich die Gilde auf solche Reaktionen eingestellt. An den Schaltern des Tauschbüros saßen meist Angestellte, die ein dickes Fell hatten und den wütenden Abenteurern Kontra geben konnten. Und genau das tat Einas Kollege gerade.

»Hast du auch kein Beuteitem ausgelassen? Los, zähl noch mal nach! Es ... Es kann gar nicht sein, dass nur so wenig dabei rauskommt!«

Es war nur auffallend, dass sich solche Szenen vergleichsweise oft mit Mitgliedern der Soma-Familia abspielten – Eina zählte schon lange nicht mehr mit. Angesichts des immer wiederkehrenden Theaters hatten die Gildenangestellten bereits resigniert.

Die Beschwerde war jedes Mal die gleiche: Sie wollten mehr Geld. Von dem Gedanken waren sie geradezu besessen.

»Wie der Typ die Augen aufreißt … Gruselig! Ich bin heilfroh, dass ich nicht für die Soma-Familia zuständig bin.«

Eina machte ein mürrisches Gesicht, als ihre Kollegin das so unverblümt sagte. Sie war ebenfalls nicht für die Beratung der Soma-Abenteurer zuständig, aber mittlerweile tangierte es sie schon.

»Verdammt, das kann nicht sein … Es muss doch mehr dabei rausspringen!«

Aus der Ferne sah sie, wie der Abenteurer vor Verzweiflung die Hände über dem Kopf zusammenschlug. Sie rieb sich die Schläfen, um ihre Kopfschmerzen zu vertreiben.

Da war ich wohl etwas zu voreilig …

Lili als Supporterin zu haben, war der reinste Himmel. Dank ihr und ihrem Rucksack musste ich meine Beuteitems nicht jedes Mal einzeln vom Boden auflesen, was Zeit sparte und mir ermöglichte, länger im Dungeon zu bleiben. Denn je tiefer man vordrang, desto weiter war der Weg zurück zum Tauschbüro. Mit Lili lohnte es sich erst so richtig, auf die tieferen Ebenen hinabzusteigen.

Außerdem musste ich selbst keinen vollgeladenen Rucksack mehr mit mir herumschleppen, wodurch ich mich besser austoben konnte. Mittlerweile konnte ich mir nicht mehr merken, wie viele Monster ich unterwegs besiegte.

Sobald eins auftauchte, zückte ich mein Messer, um es zu töten, und kurz darauf zückte Lili ihres, um ihm seinen Magiestein zu entnehmen. Falls das Monster etwas fallen ließ, sammelte sie es noch schnell ein, und dann ging auch schon alles wieder von vorne los ...

Schließlich trugen wir unsere gesamte Beute ins Tauschbüro und bekamen unsere wohlverdiente Belohnung. Stirn an Stirn starrten Lili und ich in das flachsfarbene Säckchen zwischen uns, aus dem uns zahllose Münzen entgegenfunkelten. Wir waren sprachlos.

»26.000 Valis ...«

Wir blickten auf und schauten uns an. Einen Moment später schrien wir aus vollen Kehlen und sprangen vor Freude in die Luft.

»Klasse! Beutegegenstände haben wir zwar nicht viele gefunden, aber dafür hast du 25.000 Valis verdient, Meister Bell!«

»Ich kann's kaum fassen! Ich träum doch nicht, oder? So viel Profit an einem einzigen Tag hab ich noch nie gemacht! Das hab ich nur dir zu verdanken, Lili!« *Ein Hoch auf Supporter!*, dachte ich.

»Ach, Unsinn. Du hast doch die meiste Arbeit gemacht! Um 25.000 Valis zu verdienen, braucht es normalerweise fünf Level-1-Abenteurer – und du schaffst so was allein!«

»Da gibt's doch so ein Sprichwort: Gib einem Hasen Blätter zu fressen, dann lernt er, auf einen Baum zu klettern ... oder so ähnlich.«

»Ich hab zwar keine Ahnung, was das bedeuten soll, aber ich sag einfach mal ja! Du bist der Hammer, Meister Bell! Von jetzt an geht's nur noch bergauf!«

»Ach, jetzt hör aber auf, Lili! He he ...«

Gegenseitig schaukelten wir uns immer weiter hoch. Wir lachten, tanzten, hüpften, jubelten und klatschten uns ab. Gut, dass zu dieser späten Stunde außer uns keine anderen Abenteurer mehr in Babels Mensa waren. Vermutlich, weil sie lieber im Wirtshaus feierten.

»Na gut ... Meister Bell, Könnte ich dann so langsam meinen Anteil bekommen?«

»Oh, na klar!«, antwortete ich prompt und überreichte Lili 13.000 Valis.

»Äh ... Was?«

»Damit kann ich meiner Göttin was richtig Leckeres spendieren!« Mit geballter Faust malte ich mir aus, wie ich mich endlich anständig bei Hestia für all ihre Hilfe bedankte. Ich war so in Gedanken versunken, dass mir nicht auffiel, wie verdutzt Lili neben mir stand.

»A... Aber, Meister Bell, das ...«

»Hm? Wir hatten doch entschieden, dass wir halbe-halbe machen! Oh, hast du vielleicht Lust, unseren Erfolg in einer Schenke zu feiern? Ich kenn da einen richtig guten Laden!«

Lili sah mich wortlos an. Ach, hatte sie nicht gesagt, sie wolle nicht ins Hostess of Fertility? Aber heute konnte sie doch mal eine Ausnahme machen!

»Komm schon, Lili! Gehen wir!«

»W... Warte!«, rief sie.

Ich war schon halb aus der Tür. Jetzt drehte ich mich noch einmal um und blickte sie verwundert an.

»Du ... Du willst nicht einfach alles für dich behalten?«, fragte sie kleinlaut.

»Hä? Warum sollte ich? Ohne dich hätte ich schließlich nie im Leben so viel verdienen können! Danke, Lili. Ich bin echt froh, dass wir uns kennengelernt haben!«

Lili wusste offenbar nicht, was sie sagen sollte.

»Also, wollen wir?«

Ich streckte ihr meine Hand entgegen. Erst glotzte sie sie nur an, doch schließlich griff sie zu.

»Komischer Kerl …«, murmelte sie so leise, dass ich sie mühelos überhören konnte.

Bell Cranel

Zugehörigkeit: Hestia-Familia

Heimat: Zimmer unter der Kirche

Volk: Mensch

Beruf: Abenteurer

Tiefste Ebene: 7

Waffen: Hestia Knife, Dolch

Geld: 18.700 Valis

Status

Level 1

Stärke: D 591

Ausdauer: G 233

Geschicklichkeit: C 607

Beweglichkeit: B 702

Zauberkraft: I 0

Magie:

-

Skills:

Realis Phrase – *Zielstrebige Sehnsucht*

Beschleunigt das Wachstum.

Wirkung hält an, solange die Gefühle der Zuneigung bestehen.

Intensität der Gefühle verstärkt den Effekt.

Ausrüstung:

Pyonkichi Mk-II – *Die Hasenrüstung*

Erste Rüstungsanfertigung aus der Serie von Welf Crozzo (Hephaistos-Familia).

Der gewöhnungsbedürftige Name hat Käufer abgeschreckt, sodass sie letztlich in einer Rabattkiste gelandet ist. Bell schmerzt es heute noch, daran zu denken.

Angefertigt aus Metallhasenhaaren, welche die Rüstung – so in Bells Worten – »superleicht« machen.

Bietet trotz des leichten Gewichts soliden Schutz, was zu den Markenzeichen der Hephaistos-Familia gehört.

Grüner Beschützer

Preis: 7.700 Valis

Ein Geschenk von Eina. Besitzt dieselbe smaragdgrüne Farbe wie ihre Augen.

Armschiene, die wie ein Schild verwendet werden kann. Ist zwar weniger widerstandsfähig, dafür aber leichter.

Ihre fehlende Breite wird durch die Länge wettgemacht. Bell kann darin kleinere Schwerter oder Dolche verstauen.

Zwischenkapitel: O ihr Göttinnen!

Die Farbe des Himmels wechselte von rot zu einem kühlen Blau. Auch heute Nacht war die westliche Zentralstraße voller Handwerker und Abenteurer, die nach getaner Arbeit heimkehrten.

Hestia schlurfte erschöpft die Straße entlang und ließ den Turm Babel und das Geschäft der Hephaistos-Familia für heute hinter sich.

»Mann, war das wieder ein Tag … Warum macht sie mir das Leben nur so schwer?«

Hestia hatte wenig Erfahrung mit harter Arbeit gemacht, bis Hephaistos sie dazu verdonnert hatte, im Laden auszuhelfen, um ihre Schulden abzuarbeiten. Sie schien zudem Hestias Vorgesetzten dazu angehalten zu haben, möglichst wenig zimperlich mit ihr umzugehen. Möglicherweise ließen sie sie sogar absichtlich härter schuften als nötig. Und so kam es nicht selten vor, dass Hestia auf dem Heimweg laut vor sich hin jammerte, so wie in diesem Moment.

Offensichtlich versuchte Hephaistos, Hestia nach Jahren des Müßiggangs und der mangelnden Unabhängigkeit endlich etwas Disziplin einzutrichtern.

»Ach, ich will einfach nur Bell sehen …«

Nach tagelanger Plackerei wanderten Hestias Gedanken unwillkürlich zu ihrem geliebten Kind. Früher hatte sie ihn jeden Tag freudig zu Hause begrüßt, wenn er von seinen Streifzügen zurückgekommen war. Doch jetzt waren die Rollen vertauscht. Abends war sie von der Arbeit so erschöpft, dass sie sich einfach nur noch in seine Arme fallen lassen wollte. Dieser Gedanke half ihr, sich weiter vorwärtszuschleppen.

»Hm?!«

Plötzlich hatte sie aus dem Augenwinkel zwischen den Passanten einen vertrauten weißen Haarschopf gesehen. Sie wirbelte herum und sah noch, wie der Junge sich durch die Menge aus Angehörigen verschiedener Völker schlängelte. Diesen Rücken kannte sie doch. Das war Bell!

Ihre Augen funkelten. *Er muss gerade auf dem Heimweg vom Dungeon sein*, mutmaßte sie. *Schließlich trägt er seine neue Rüstung.*

Wie ein Fisch, den man ins Wasser geworfen hatte, kam sie schlagartig wieder zu Kräften. Sie wollte zu Bell, aber sie war kaum losgelaufen, da blieb sie wieder stehen.

Denn neben Bell ging jemand, was sie erst jetzt bemerkte. Sie war kleiner als Hestia und ging in der Menge unter. Sie hatte eine Kapuze auf dem Kopf und trug einen großen Rucksack auf dem Rücken. Auch wenn es keine äußerlichen Hinweise darauf gab, wusste Hestia, dass es ein Mädchen war. Sie wusste es einfach. Es war so klein und zierlich, dass es zweifellos den Beschützerinstinkt eines jeden Mannes weckte.

Dann der große Schock: Sie hielt Bells Hand, und er lächelte sie an!

Hestia war, als würde sie vom Blitz getroffen. Körperlich war sie ohnehin schon am Ende, und nun kam der seelische Gnadenstoß. Der Junge dort war stets ihr Zufluchtsort gewesen, und jetzt ging er lächelnd mit einem fremden Mädchen durch die Straßen, Hand in Hand.

Augenblicklich verwandelte sich ihre Vorfreude in Ernüchterung, und ein unermesslicher Schmerz ergriff sie. Vor Schreck kam ihr gar nicht der Gedanke, dass das Mädchen die Supporterin sein könnte, von der er erzählt hatte. Einen Moment lang stand sie schwankend da, dann kehrte sie Bell und seiner Verehrerin den Rücken und rannte davon.

»Ist das zu fassen, Miach?! Bell ... Bell hat mich mit einer anderen betrogen!«

Hestia rammte ihr leeres Schnapsglas auf den Tisch, und Tränen glänzten in ihren Augen. Miach und sie saßen in einem kleinen Wirtshaus in einer Gasse abseits der Zentralstraße. Um die dicht beieinander stehenden Holztische drängten sich Abenteurer in grober Kleidung, lachten schallend und scherzten rau miteinander. Inmitten all der Gäste, die sich billigen Schnaps hinter die Binde kippten, schüttete Hestia dem Gott ihr gegenüber das Herz aus.

»Ich glaube, du übertreibst. So was kann ich mir bei Bell beim besten Willen nicht vorstellen.«

Miach war ein gutaussehender Mann, der sich, anders als die Trinkenden ringsum, sehr gewählt ausdrückte und in dezentem Tonfall sprach. Er hatte geduldig zugehört und bot ihr nun seine Perspektive an. Mit seinem etwas abgetragenen aschgrauen Gewand fügte er sich hervorragend in die etwas schäbige Umgebung ein.

Die beiden waren die Oberhäupter der armseligsten Familias und kannten sich gut. Die Miach-Familia, die sich auf die Herstellung von Tränken spezialisiert hatte, war Hestia insgesamt freundlich gesinnt.

Hin und wieder kam es vor, dass Hestia Miach zufällig über den Weg lief. Dann zerrte sie ihn in eine Kneipe wie diese, um ihren Frust im Alkohol zu ertränken und ihm ihr Leid zu klagen. Und stets hörte er ihr geduldig zu.

»Ich hab's doch mit eigenen Augen gesehen! Er hat ihre Hand gehalten und sie angelächelt! Wie viel eindeutiger soll's denn noch werden?!«

»Ich bin mir sicher, dass Bell dafür eine gute Erklärung hat. Du solltest nicht vorschnell über ihn urteilen. Außerdem finde ich es etwas seltsam, von Betrug zu sprechen, da ihr doch gar keine Liebesbeziehung führt ...«

Mittlerweile hatte Hestia so viel intus, dass der zweite Teil seiner Aussage nicht mehr bei ihr ankam. Miach seufzte und ließ den Kopf hängen. Das kobaltblaue Haar fiel ihm übers Gesicht. *Die macht wieder ein Theater ...*

»Scheiße, was will dieses Mädchen überhaupt von ihm? Bell gehört mir!«

»So eine Ausdrucksweise gehört sich aber nicht für eine Göttin. Bell gehört niemandem.«

»Ja, ja! Das weiß ich schon ... Ich wollt's nur mal sa... sagen.«

»Bist du etwa schon betrunken?«

»Darauf kannste wetten! Wie soll ich das sonst ertragen?«

Sie schüttete sich das nächste Glas Schnaps in den Rachen. In kürzester Zeit war der Tisch mit leeren Gläsern und Krügen übersät, und es hing ein starker Alkoholgeruch in der Luft. Ihr Gesicht war jetzt knallrot. Sie nahm noch einen Schluck und starrte kurz ins Leere ... nur um einen Augenblick später die Augen aufzureißen und laut loszuschreien.

»Aaaah! Bell! Beeeell! Bitte verlass mich nicht! Bitteeee!«

»Hestia, beherrsch dich!«

Mit ihrem Geheul übertönte sie sogar den Lärm von den Nachbartischen. Sofort sahen alle Gäste zu ihnen herüber. Eilig legte ihr Miach eine Hand auf die Schulter, um sie zu beruhigen, aber es war nichts zu machen.

»Schenk mir nur dein Lächeln, dann wohn ich mit dir auch gern in der Kanalisation! So sehr lieb ich dich! Ich will einfach nur mit dir in einem Bett schlafen! Mich an dich kuscheln! Mein Gesicht in deiner Brust vergraben! Wenn du bei mir bist, kann ich alles schaffen! Ich liiiebe dich, Bell!! Ach, tut das gut, sich das endlich mal von der Seele zu schreien, he he.«

»Du meine Güte … Gut, dass er gerade nicht hier ist«, murmelte Miach. So langsam wurde es sogar ihm zu bunt. Wenn das so weiterging, musste Bell ja jeden Respekt vor ihr verlieren. »Entschuldigung? Die Rechnung bitte.«

Während er die Kellnerin bezahlte, lag Hestia nur platt auf dem Tisch wie ein toter Fisch. Wenigstens grinste sie zufrieden. Miach half der sturzbetrunkenen Göttin auf und schaffte sie aus der Kneipe. Er würde sie wohl nach Hause bringen müssen.

»Miaaach! Was ist mit der Rechnung?«

»Geht auf mich.«

»Heyyy, das geht doch nich'! Lass uns zumindest … halbehalbe machen!«

»Wie denn, wenn du nur 20 Valis dabei hast?«

Miach schob Hestia in dem Holzkarren vor sich her, mit dem er gewöhnlich seine Waren transportierte. Sie sah aus wie ein Kind im Kinderwagen. Mit quietschenden Holzrädern zuckelten sie über die nächtliche Zentralstraße, beschienen vom Licht der Magiesteinlampen.

»Kannst du mir nich' einen Liebestrank brauen, Miach? Damit gehört Bell auf jeden Fall mir!«

»Jap. Ich tu mal so, als hätte ich das nicht gehört.«

»Hngggaaah …«

Sobald Hestia ihre Augen öffnete, stach es in ihrem Kopf, was sie mit einem schmerzerfüllten Jaulen kommentierte. Sie blickte zur Decke auf und wurde sich langsam bewusst, dass sie zu

Hause war, in ihrem eigenen Bett. Die Uhr an der Wand verriet ihr, dass Morgen war. Nach dem Trinkgelage mit Miach bahnte sich nun ein Kater an, der es in sich hatte.

»A… Alles in Ordnung bei dir, Göttin?«, fragte Bell, der neben dem Bett stand. Er blickte besorgt auf sie herab, ein Glas Wasser in der Hand.

»Tut mir leid, dass du mich so sehen musst, Bell …« Sie nahm das Glas im Liegen entgegen, nippte daran und verzog das Gesicht. »Ich hab wohl einen über den Durst getrunken.«

»Das macht doch nichts. Miach hat mir gestern schon alles erzählt. Er hat gesagt, du seist ziemlich erschöpft, und ich solle mich ein bisschen um dich kümmern …«

Ich kann mich an gar nichts erinnern …

Sie hatte einen Filmriss. Das hatte Miach gesagt? Dann wollte sie lieber gar nicht wissen, was sie gestern alles angestellt hatte. Miachs mitleidiges Lächeln war das Einzige, was sie noch deutlich vor sich sah.

»Willst du heute gar nicht in den Dungeon gehen, Bell?«

»Na hör mal, in dem Zustand kann ich dich doch nicht allein lassen!« Er lächelte sanft. »Heute leg ich eine Pause ein. Meiner Supporterin habe ich auch schon Bescheid gesagt.«.

Einerseits tat es Hestia leid, dass er ihretwegen seine Dungeon-Abenteuer auf Eis legen musste, andererseits freute sie sich tierisch darüber, den Tag mit ihm verbringen zu können. Sofort beschloss sie, heute auch nicht zur Arbeit zu gehen. Sie würde sich später überlegen, wie sie ihre Chefin beschwichtigte.

»Kannst du schon was essen?«

»I… Ich weiß nicht … Vielleicht wenn du mich fütterst?«

»Oh, natürlich.«

Etwas später setzte sich Hestia auf, und Bell hielt ihr einen Löffel geriebenen Apfel vor den Mund. Sie strahlte und nahm einen Happs.

Unter normalen Umständen wäre es Bell unangenehm gewesen, ihr so nahe zu kommen. Aber es ging darum, sie gesundzupflegen, also überwand er sich. Es machte Hestia glücklich, zu sehen, wie er ihretwegen all seinen Mut zusammennahm und sich seine Befangenheit nicht anmerken ließ.

»Oooh, mir ist so schwindlig …«

»G… Göttin?!«

In einer denkbar schlechten Darbietung schwankte sie und ließ sich gegen ihn fallen. Jetzt war es, als hielte er sie in seinen Armen. Sie wusste, dass es ihm peinlich war, aber dennoch verbarg sie ihre roten Wangen an seiner Brust. Ein schwacher Geruch nach Holz und warmen Blättern umgab sie. Sie ließ sich hinreißen und klammerte sich fest an ihn.

Bell wurde zunehmend panisch, hatte aber auch nicht den Mut, sich loszureißen, also ertrug er es für eine Weile.

»Hm … Also warst du gestern mit deiner Supporterin essen?«

»Ja. Es lief nämlich ziemlich gut für uns und …«

Die Zeit war wie im Flug vergangen, und es war früher Nachmittag. Hestia genoss es, im Bett zu liegen und sich mit Bell zu unterhalten. Ihr Kater war schon fast überwunden.

Nachdem Bell ihr erklärt hatte, was am Vorabend geschehen war, hatte sie sich größtenteils wieder beruhigt. Sie musste jedoch nur an den Anblick der beiden zurückdenken, dann kehrte das Unbehagen zurück. Hinzu kam, dass sich sein Status bei der letzten Aktualisierung wieder enorm verbessert hatte. Sie wusste ja genau, es lag an seinen Gefühlen gegenüber diesem verfluchten Mädchen – das mit dem blonden Haar und den goldenen Augen. Wie sehr sie sich doch wünschte, dass Bell stattdessen an sie dachte!

Aber mit der Schwertprinzessin konnte sie sich im Augenblick nicht befassen. Jetzt musste sie erst einmal mehr über diese Supporterin herauszufinden. Wie stand Bell zu ihr? Musste Hestia auf dieses Mädchen, das sie bisher noch nicht getroffen hatte, eifersüchtig sein oder nicht?

»Bestimmt habt ihr es euch gestern Abend richtig gutgehen lassen. Da wäre ich auch gern dabei gewesen!«

Demonstrativ beleidigt wandte sie sich ab. Sie konnte Bells Reaktion zwar nicht sehen, aber sie hörte ihn nervös schlucken. Eine Weile hibbelte er nervös auf seinem Stuhl herum.

»N... Na gut«, sagte er schließlich. »Warum machen wir das dann nicht einfach auch? Ich lade dich zu einem leckeren Essen ein und ...«

»Wa...«

»H... Hättest du Lust, so richtig schick essen zu gehen?«

Hestia erstarrte. Sie konnte nicht glauben, was sie da gehört hatte.

»Weißt du, wir haben gestern nämlich richtig viel Geld verdient, und ich wollte mich sowieso gern bei dir bedanken für ...«

Den Rest hörte Hestia nicht mehr. Stattdessen wiederholte sich in ihrem Kopf unaufhörlich Bells Einladung.

Hat er mich etwa gerade zu einem richtigen Date eingeladen?! Von sich aus?! Ein Abendessen?! Sie war wie in Ekstase.

»Vielleicht geht's dir ja bald wieder besser, dann können wir ...«

»Lass es uns heute machen!«

»Hä?«

»Ja, lass uns heute essen gehen!«, rief sie begeistert und sprang aus dem Bett. Auf magische Weise schien sich ihre Verfassung gebessert zu haben. Bell starrte sie verdutzt an.

»Aber gerade eben warst du doch noch …«

»Mir geht's wieder besser!«

Und das war nicht gelogen: Die Spannung und die Vorfreude hatten vitalisierend gewirkt. Sofort lief sie los, um sich auf das Date vorzubereiten, und ließ Bell einfach stehen … Doch dann hielt sie inne.

Moment mal.

Sie zog ihren Kragen hoch und schnüffelte daran. Er stank nach Alkohol. Es ging ein Gestank von ihr und ihrer Kleidung aus, der einer Göttin unwürdig war. Vor Schreck riss sie die Augen weit auf.

»18 Uhr. Verstanden?«

»Äh, wie bitte?«

»Wir treffen uns um 18 Uhr am Amor-Platz bei der südwestlichen Zentralstraße!«

Bell konnte ihr nur verblüfft hinterhersehen, während sie sich ein paar Sachen schnappte und aus dem Zimmer stürmte.

»Paradies« wäre wohl die treffendste Beschreibung für diesen Ort gewesen.

»Sind die beiden Prachtstücke schon wieder ein bisschen gewachsen?«

»So ein Quatsch, wir Göttinnen wachsen doch nicht! Hey, hör auf sie zu kneten!«

Hätte irgendein Gotteskind einen Fuß in dieses Badehaus gesetzt, ihm wären Blutfontänen aus der Nase geschossen, und dann wäre es umgekippt. Durch den Dampf bewegten sich außerweltliche Silhouetten, nackte Göttinnen, gesegnet mit unglaublicher Schönheit und üppigen Proportionen. Wenn es eine Vorstellung vom Paradies gab, die sich viele Männer teilten, dann war dieser Ort sicherlich ein guter Kandidat dafür.

»Ah, tut das gut!«, sagte Hestia und ließ sich ins warme Wasser sinken. Das Bad der Götter war ein heiliger Ort, zu dem Sterbliche keinen Zutritt hatten. Es gab größere und kleinere Badebereiche, und Bäume und Steine schufen die Illusion einer natürlichen Umgebung. Die Wände und Säulen waren kunstvoll aus Stein gefertigt und verliehen den Räumen eine gewisse Würde.

Die Gilde betrieb dieses Bad für die Götter in Orario. Dafür wurde ein Teil der Steuern verwendet, die alle Familias zahlten. Es ging der Gilde nicht nur darum, den Göttern einen Ort des Vergnügens zu bieten, sie brachte ihnen auf diese Weise auch ihre Verehrung entgegen.

Es gab einen Teil für die männlichen und einen für die weiblichen Gottheiten, aber die männlichen Götter nutzten das Bad nur selten. Wann immer man also von dem Badehaus sprach, war eigentlich klar, dass das Bad der Göttinnen gemeint war. Ein einziges Mal war es einem Gott gelungen, sich in diesen Teil zu schleichen. Seitdem hatte die Gilde die Sicherheitsmaßnahmen derart verschärft, dass nicht einmal eine Maus noch ungesehen hier eindringen konnte. Wie die anderen Göttinnen war Hestia vollkommen unbekleidet. Sie seufzte wohlig.

»Ach, Hestia? Dich sieht man ja nur selten hier!« Demeter bedeckte ihren aufreizenden Körper nur mit einem dünnen Tuch und setzte sich neben Hestia ins dampfende Wasser.

»Demeter, du? Schön, dich zu sehen!«

»Also, deine Oberweite beeindruckt mich immer wieder ...«

»Ach, du bist doch genauso gut ausgestattet!«, sagte Hestia und schlug die Hand weg, die Demeter nach ihren Brüsten ausstreckte. Dadurch gerieten Demeters eigene Brüste in Bewegung, was kleine Wellen im Wasser erzeugte.

»Dann sag doch mal, was führt dich hierher? Ich glaube, du bist heute das erste Mal hier, oder?«

»Hm …«

Hestia lächelte die Göttin mit dem honigfarbenen Haar an. Da für die regelmäßige Nutzung des Bads Gebühren anfielen, kam sie sonst nicht hierher. Jetzt aber, da ihr eine Verabredung mit Bell bevorstand, biss sie in den sauren Apfel, um sich für ihn hübsch zu machen und den Alkohol auszuschwitzen.

»Ich werde heute zum Abendessen ausgeführt, da wollte ich mir ein bisschen Mühe geben.«

»Doch nicht etwa mit einem Mann?«, fragte Demeter schockiert.

»Und wenn doch?«

Hestia machte ein mürrisches Gesicht. Hinter den beiden plätscherte ein kleiner Wasserfall. Und dann schien sich die sonst so reif wirkende Demeter plötzlich wie ein Kind zu freuen.

»Du meine Güte! Unsere Hestia hat eine Verabredung mit einem Mann! Habt ihr das gehört, Leute?«

»H… Hey!«

Hestia konnte nur sprachlos zusehen, wie Demeter in ihrem Freudentaumel alle Göttinnen ringsum auf sich aufmerksam machte und sie auf den neuesten Stand brachte. Hestia lief knallrot an.

»Hestia und ein Mann?!«

»Was ist los? Sag schon!«

»Dabei hatte Hestia im Himmelreich doch überhaupt kein Interesse an Männern!«

»Ja, ich weiß noch, dass sie so gut wie nie ausgegangen ist! Eine richtige Stubenhockerin!«

»Unsere kleine Lolita hat einen Mann gefunden?!«

»Ich will die ganze Geschichte hören!«

»Na los, spuck's aus!«

Im Handumdrehen bildete sich eine Traube aus Göttinnen rund um Demeter und Hestia. Die Neuigkeiten waren so unglaublich, dass einige völlig ihre Manieren vergaßen und einfach ins Becken sprangen, um möglichst schnell alles zu erfahren. Bald schon war Hestia unter all der zarten rosa Haut nicht mehr zu sehen.

»W... Was denn? Ist es so komisch, wenn bei mir mal was Romantisches passiert?«

»Na ja, bisher hast du sämtliche Avancen von Männern abgeschmettert!«

»Schließlich hast du mit Athene und Artemis zu den drei begehrtesten Göttinnen im Himmelreich gehört!«

»Wir wollen nur wissen, wem es gelungen ist, die uneinnehmbare Festung Hestia zu erobern!«

Alle redeten auf sie ein, und sie wusste nicht, wohin sie gucken sollte. Sie hätte sagen können, dass damals im Himmelreich einfach keine vernünftigen Kandidaten dabei gewesen waren, aber als sie in die funkelnden Augen der anderen Göttinnen blickte, wurde ihr klar, dass sie sie mit so einer Erklärung nicht abspeisen konnte. Auch hier zeigte sich wieder die Vorliebe der Götter für jegliche Form der Unterhaltung.

»Er ist ein Mitglied meiner Familia. Ein Mensch.«

Ein Raunen ging durch den Kreis um sie her. Und dann gaben sie alle ihre Meinung zum Besten.

»Ich hab's gewusst!«

»Meldet sich da nicht einfach nur dein Beschützerinstinkt?«

»Pass ja auf, dass du dich nicht auf einen krummen Typen einlässt!«

»Hältst du sie für blöd? Ich bin auch eine Göttin, und selbst ich kann beurteilen, ob jemand unehrlich zu mir ist.«

»Unsere Kinder sind schließlich wie offene Bücher für uns!«

Nach einer Weile hatte Hestia dann genug von dem Trubel. Wenn sie daran dachte, was sie noch alles vorzubereiten hatte, wurde es ohnehin Zeit, dass sie ging.

Sie stand auf und stieg aus dem Becken. Die zahllosen Tropfen auf ihrer Haut glitzerten im Sonnenlicht, das durchs Dachfenster hereinfiel. Ihr schwarzes Haar war ausnahmsweise nicht gebunden und fiel ihr nass glänzend über die Schultern.

Sie schloss kurz die Augen und stand einfach nur da. Wie ein Gemälde war diese junge Göttin, umschmeichelt vom Licht der Sonne. Die anderen Göttinnen waren nicht in der Lage, den Blick abzuwenden.

Zum Schluss hob eine der Göttinnen die Hand und stellte eine letzte Frage: »Verrätst du uns wenigstens, was du so an ihm magst, Hestia?«

Hestia blickte über die Schulter zurück und lächelte. »Einfach alles.«

Den Amor-Platz erreichte man über eine Gasse, die von der südwestlichen Zentralstraße abging. Er wurde von steinernen Gebäuden gesäumt. Es gab Bäume und Blumen. Als die Sonne unterging und es langsam dunkler wurde, tauchten die Magiesteinlampen den Platz in ein warmes Licht.

Es war 18 Uhr. Bell wartete vor einer Bronzestatue auf seine Göttin. Der Anblick eines eng umschlungenen Pärchens auf einer Bank trieb ihm die Schamesröte ins Gesicht.

»Bell!«

»Ah …«

Hestia hatte ihn entdeckt und kam auf ihn zugelaufen. Er war froh, sie zu sehen, stellte jedoch verblüfft fest, dass sie eine andere Frisur hatte als sonst: Normalerweise band sie sich das Haar zu Pferdeschwänzen, doch heute Abend fiel es ihr glatt auf den Rücken. Damit wirkte sie auf ihn gleich ein wenig erwachsener. Die Glöckchen, die sonst ihr Haar hielten, hatte sie sich ums Handgelenk gebunden, und sie trug eins der schönsten Kleider aus ihrem Schrank. Offensichtlich zog Hestia an diesem Abend alle Register.

Außer Atem kam sie bei ihm an und lächelte nervös. »Was meinst du, steht mir das? Ich hab mal was Neues ausprobiert …«

»Oh, ähm, das steht dir total gut! Du siehst viel, äh, schicker aus als sonst! Und sehr hübsch!« Bells begrenzter Wortschatz erschwerte es ihm, Hestia die richtigen Komplimente zu machen. Zum einen wollte er dem Oberhaupt seiner Familia gern den gebührenden Respekt entgegenbringen. Aber es ließ sich nicht leugnen, dass er in diesem Moment ganz verzaubert von Hestia war und auch deshalb mit den Worten rang. Hestia verbuchte das als Gewinn und freute sich innerlich.

»Tut mir leid, ich wollte eigentlich schon früher da sein. Musstest du lang warten, Bell?«

»Nein, überhaupt nicht! Ich bin selber gerade erst gekommen.«

Hestia konnte es kaum fassen: Der Wortwechsel hörte sich ja richtig nach Date an! Es fiel ihr sehr schwer, nicht breit zu grinsen. Gewiss stand ihr ein aufregender Abend bevor.

»Also dann, Bell! Heute musst du mich ordentlich ausführen, hörst du?«

»N… Natürlich!«

Freudig streckte sie Bell die Hand entgegen. Doch plötzlich brach an einer Ecke des Platzes ein Tumult los.

»Aha! Da ist sie!«

»Wir haben Hestia gefundeeen!«

»Also muss der junge Mann da neben ihr ...«

Es waren die Göttinnen, die sich zu einer Gruppe zusammengerottet hatten und nun bedrohlich auf die beiden zustürmten. Bell stand sprachlos da, und Hestia riss die Augen weit auf.

»Haben wir dich!«

»Ziemlich süß, oder?«

»So einer gefällt Hestia also!«

»Hnrrrgh?!«

Die Göttinnen stießen Hestia aus dem Weg und stürzten sich auf Bell. Schon zerrten sie alle an ihm und warfen sich ihm abwechselnd an die Brust. Gefangen in ihrer Umarmung lief Bell schon bald hochrot an, und das nicht nur, weil es ihm langsam aber sicher schwer fiel zu atmen.

»Wa... Wa... Wa...«

»Nimm es uns nicht übel, Hestia. Wir mussten uns einfach den Jungen ansehen, der dein Herz gestohlen hat! Ach, der sieht ja aus wie ein Häschen!«

»Hmmmbrrrgh!«

»Bell? Beeeell!«

Eingezwängt zwischen den riesigen Brüsten Demeters ging Bell langsam, aber sicher die Luft aus. Jedes Mal, wenn die Hand der Göttin liebevoll über sein Haar strich, war Hestia, als stäche ihr jemand ein Messer ins Herz. Mit Tränen in den Augen sah sie mit an, wie die Göttinnen in ihrer Vergnügungssucht ihren einzigen Anhänger bedrängten.

Endlich gelang es Bell, seinen Kopf zwischen den Göttinnen herauszustrecken. »G... Göttin!«

»Bell! Lebst du noch?«

»Ja, aber nach dem, was ich gesehen habe, kann ich beruhigt sterben ... Autsch!« Sie hatte ihm gegen das Schienbein getreten. »Tut mir leid!«

»Na gut, verschwinden wir von hier!«

Bell humpelte, doch Hestia zog ihn hinter sich her, ohne darauf Rücksicht zu nehmen. Sie wollte den Amor-Platz hinter sich lassen, bevor die gierigen Göttinnen merkten, dass ihr Opfer verschwunden war. Sie steuerte aufs Stadtinnere zu, um sie abzuschütteln.

»Puh ... Unmöglich, diese Göttinnen! Sie können einfach ihre Begierde nicht im Zaum halten!«

»Ha ha, ja ...«, erwiderte Bell verlegen.

Sie hatten ihre Verfolgerinnen abgeschüttelt. Nun standen sie auf dem Balkon eines alten Glockenturms abseits der westlichen Zentralstraße. Das einsame Ziegelsteingebäude war nicht mehr in Betrieb, seine Glocken hingen schweigend über ihren Köpfen. Hier konnten sie endlich durchatmen.

»O nein, schon so spät ... Unser schönes Date ...«

»D... Date?!«, fragte Bell überrascht.

Es war nicht mehr viel Zeit bis Mitternacht. Hestia seufzte traurig und strich sich das verstrubbelte Haar glatt.

»Göttin, sieh doch mal!«, rief Bell aufgeregt und zeigte in Richtung der Stadt.

»Hm ...?« Als Hestia aufschaute, bot sich ihr ein Anblick, der dem funkelnden Sternenhimmel glich. Die unzähligen Magiesteinlampen ließen die nächtliche Stadt hell erstrahlen. Trotz der Dunkelheit war in weiter Ferne der weiße Turm Babel zu erkennen, der sich hoch in den Nachthimmel erstreckte.

Und auch Hestias Augen funkelten nun wie all die Lichter. Sprachlos sah sie Bell an, dem dieser Anblick ebenso den Atem zu rauben schien.

»Weißt du was, Göttin?« sagte er, bewegt davon, sie so glücklich zu sehen. »Lass uns irgendwann noch einmal hierherkommen.«

»Bell ...«

»Bis dahin verdiene ich noch mehr Geld, und dann essen und trinken wir was Schönes ... Ja, lass uns unbedingt wiederkommen!«

Sie sah ihn mit großen Augen an.

»Heute ist zwar nichts draus geworden, aber immerhin haben wir diese wunderschöne Aussicht entdeckt ... Lass sie uns irgendwann wieder zusammen genießen, ja?«

Sein unbekümmertes Lächeln und seine aufrichtigen Worte machten ihr Herzklopfen. Schweigend schloss sie die Augen. Ja, genau in diese Seite von ihm hatte sie sich verliebt. Erinnerungen von heute wurden zu einem Versprechen für die Zukunft.

»Darauf freu ich mich schon, Bell!«

»Ich mich auch!«

Sie lächelten einander an. Dann blickten sie wieder schweigend auf die Stadt hinunter. Hestia rückte ein kleines bisschen näher an Bell heran, genoss die Wärme, die sie spürte, und grinste zufrieden.

Eigentlich wollte ich ihn ja wegen dieser Supporterin ausquetschen ... aber jetzt ist nicht der richtige Zeitpunkt dafür. Morgen dann. Ein kühler Abendwind strich sanft über ihr Handgelenk und bewegte ihre Glöckchen.

Kapitel 3:
Magie zur Beschwörung eines Schoßkissens

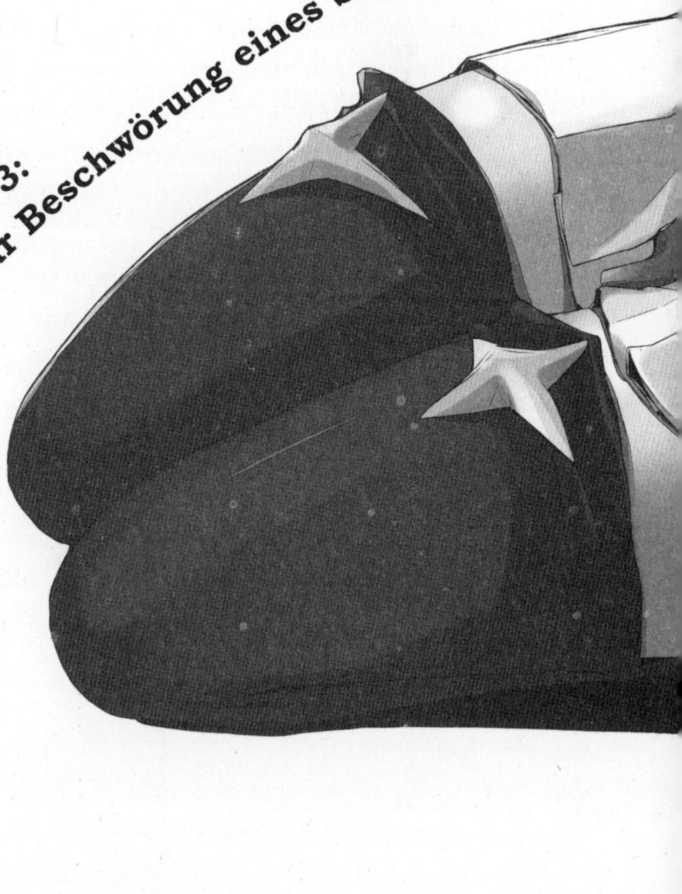

© Suzuhito Yasuda

Über das Skelettmonster lief ein silberner Lichtstreif vom Kopf bis zur Hüfte.

»SPUUOOOORGH!«, brüllte es.

Es war ein Spartoi, äußerlich dem Skelett eines Menschen ähnlich, jedoch hier und da mit Wölbungen versehen, die an eine Rüstung erinnerten. Das Monster bestand jedoch nicht nur selbst aus Knochen, sondern verwendete auch welche als Waffen – ein Knochenkrieger durch und durch. Obwohl es ein Level-4-Monster war, das einem erst tief im Dungeon begegnete, hatte die Kriegerin es spielend erledigt, mit einem einzigen Hieb wie kalter Winterwind. Nun stieß sie wortlos ihren Säbel in den Boden.

Knochen, überall Knochen, so weit das Auge reichte. Es waren die bleichen Überreste von zehn oder mehr Spartoi, und mittendrin stand schweigend die Kriegerin, die sie alle erschlagen hatte. Mit ihrem goldenen Haar und den goldenen Augen war sie schöner als manche Göttin.

»Jetzt hat sie alle allein niedergemacht ...«

»Wenn du mich fragst, wäre sie um einiges süßer, wenn sie bei solchen Kämpfen zumindest ein bisschen ins Schwitzen kommen würde.«

Aiz Wallenstein ließ sich nicht anmerken, ob sie ihre Gefährten gehört hatte. Sie steckte ihren Säbel wieder weg und ging zu ihnen hinüber.

»Wieder mal gute Arbeit, Aiz! Brauchst du einen Heiltrank? Ein Elixier? Oder wie wär's mit deiner Leibspeise: frittierte Kartoffel mit Azukibohnenfüllung?«

»Nein danke, Tiona. Doch, warte – Letzteres bitte.«

»Kein Wunder, dass du nie Tränke brauchst - du wirst ja nie getroffen!«

»Die meisten Monster wären damit erledigt … Wie geht's jetzt weiter, Finn?«

»Hm … Ich schlag vor, wir machen uns auf den Heimweg«, antwortete Finn. »Heute sind wir ja nur zum Vergnügen da. Ich hab keine Lust, es zu übertreiben und später auf dem Zahnfleisch zurückzukriechen. Was meinst du, Riveria?«

Die Gruppe aus sieben Mitgliedern der Loki-Familia befand sich gerade auf Ebene 37, einem Teil des Dungeons, der als die »Untiefen« bekannt war. Zusammen mit Aiz Wallenstein waren fünf Abenteurer des ersten Rangs dabei. Die meisten anderen Abenteurer hätten hier unten im Handumdrehen ihr Leben gelassen. Dass die Loki-Familia einen Streifzug hierher als Zeitvertreib ansah, sprach Bände über die unvergleichliche Stärke ihrer Mitglieder.

»Ich halte mich an das, was unser Anführer sagt«, meinte Riveria, eine Elfenfrau. »Bereitet alles für die Rückkehr vor!«

Die Amazonenschwestern nickten. Aiz hingegen blickte niedergeschlagen auf ihre frittierte Kartoffel hinunter: Sie war bereits verdorben. Das kam häufig vor, wenn Abenteurer sich vor einem Streifzug nicht ausreichend mit der Aufbewahrung ihrer Rationen befassten.

»Wenn Bete heute dabei gewesen wäre, wär's bestimmt nicht so glatt gelaufen. Der Proll kann ja nicht anders und muss vor Aiz immer angeben.«

»Neulich nach dem Festmahl, als er sich von seinem Kater erholt hatte, hab ich ihm schonend beigebracht, dass Aiz ihm eine Abfuhr erteilt hat. Er war am Boden zerstört.«

»Was, echt jetzt? Warum hast du mir nichts davon erzählt, Tione?!«

Eigentlich gab es für die Heimkehr gar nicht viel vorzubereiten. Aiz hatte im Alleingang die Monster erledigt, und die beiden

Supporter der Gruppe sammelten nun die Magiesteine auf. Unterdessen unterhielten sich die beiden Amazonenschwestern ausgelassen.

Doch dann schaute Aiz von ihrer verdorbenen frittierten Kartoffel auf und sagte: »Finn, Riveria, wäre es in Ordnung, wenn ich noch etwas bleibe?«

Finn zog leicht die Augenbrauen hoch, Riveria kniff ein Auge zu, und die Amazonenschwestern wurden schlagartig still.

»Ihr müsst mir auch keine Vorräte hierlassen«, fuhr Aiz ungerührt fort. »Ich will euch nicht zur Last fallen.«

»Natürlich fällst du uns zur Last! Wenn wir dich einfach hier zurücklassen, müssen wir uns die ganze Zeit Sorgen machen!«

Tione stemmte ihre Hände in ihre Hüften und reckte ihr Gesicht bis an Aiz' Nase heran. »Ich seh das wie Tiona. Auch wenn die Monster schwach sind, ist es viel zu gefährlich, sich allein in den Untiefen rumzutreiben!«

Aiz machte ein mürrisches Gesicht. Sie konnte nichts Überzeugendes erwidern. Die beiden hatten recht.

»Warum willst du ständig nur kämpfen? Investiere doch lieber etwas mehr Zeit in Schönheitspflege, das wäre wesentlich damenhafter! Wie kann es sein, dass eine Amazone wie ich schicker daherkommt als du?!«

»So etwas interessiert mich nicht.«

»Willst du dir nicht irgendwann mal einen starken Helden angeln? Wäre mit deinem hübschen Gesicht auf jeden Fall drin!«

»Lass gut sein«, seufzte Riveria. »Du drängst sie zu etwas, was du selbst nicht machst.« Dann wandte sie sich Finn zu. »Und dich würde ich bitten, Aiz' Wunsch zu respektieren.«

»Riveria?!«, riefen die anderen wie aus einem Mund.

»Hm ...?« Der Pallum, der kleinste in der Gruppe, blickte fragend zur ihr hinauf.

»Es kommt nicht oft vor, dass sie uns um etwas bittet«, sagte Riveria. »Also lassen wir ihr doch ihren Willen.«

»Du klingst wie eine Mutter, die ihrem Kind einen Gefallen tun will!«, sagte Finn. »Tiona hat recht: Als Anführer der Gruppe kann ich das nicht erlauben.«

»Vielleicht bin ich ja wirklich zu nachgiebig ...« Riveria seufzte wieder. Aiz sah so bekümmert aus – und sie zeigte nur selten Gefühle. Entschlossen wandte sie sich wieder Finn zu. »Dann bleibe ich bei ihr.«

Finn fasste sich ans Kinn, schloss die Augen und dachte nach. Schließlich nickte er. »Na schön, ich erlaube es.«

»Was? Aber Finn, du müsstest sie eigentlich umstimmen!«

»Wenn Riveria bei ihr bleibt, sollte es kein Problem sein. Vermutlich haben eher wir eins: Unser Heimweg wird dadurch gefährlicher.«

»Angriffe und Heilung sind nämlich nicht so meine Stärke.«

Nachdem der Anführer seine Zustimmung erteilt hatte, ging alles sehr schnell: Aiz und Riveria blieben, und die anderen verließen den Raum über den einzigen Ausgang. Tiona winkte den beiden noch bis zuletzt, und dann war die Gruppe fort.

»Danke, Riveria.«

»Keine Ursache, solange das eine Ausnahme bleibt. Und ich hoffe, du brauchst meine Unterstützung möglichst selten.«

»Natürlich ...«

Die beiden hatten sich bei diesem Wortwechsel nicht einmal angesehen. Es bestand ein tiefgehendes Vertrauen zwischen ihnen.

Auf Ebene 37 war es dunkler als auf den oberen Ebenen. Die Decken waren so hoch, dass man sie mit bloßem Auge nicht mehr erkennen konnte. Es war, als wäre man vollständig von Dunkelheit umschlossen.

Plötzlich runzelte Riveria die Stirn, als hätte sie etwas bemerkt. Aiz zückte ihren Säbel.

»Da kommt was.«

»Was?«

Aiz kniff die Augen zusammen und versuchte, selbst etwas zu erkennen. Doch dann bemerkte sie, was Riveria meinte: Der Boden unter ihren Füßen bebte.

Aiz blickte starr ins Halbdunkel vor sich. »Das ist doch nicht etwa ...«

An einer Stelle des Raums begann der Boden sich nach oben zu wölben. Im nächsten Moment brach er auf, Erdbrocken flogen in alle Richtungen, und etwas stieg aus dem Loch empor. Im Boden bildeten sich Risse und liefen auf die beiden zu. Es knirschte und rumpelte, und ringsum regneten Erdbrocken nieder.

Erst kam ein Schädel aus dem Loch, dann Schlüsselbeine, Rippen, ein Becken ... Langsam erhob sich vor ihnen ein gigantisches schwarzes Skelett und brachte dabei die gesamte Ebene zum Erzittern.

»GUUUOOOOOOOOOHHHGHHH!«

Das Monster stieß ein ohrenbetäubendes Brüllen in Richtung der Decke aus. Es war größer als zehn Medol, bestand ganz und gar aus schwarzen Knochen und wirkte wie eine riesige Version der Spartoi, von denen es nun etliche unter sich begraben hatte. Zusätzlich wuchsen ihm zwei spitze Fortsätze aus dem Schädel.

In den pechschwarzen Augenhöhlen brannten zinnoberrote Flammen.

»Ah ... Es sind also schon drei Monate vergangen.«

Wie viele Monster auf einer Ebene in welchem Zeitabstand auftauchten, folgte gewissen Regeln. War eine gewisse Maximalkapazität erreicht, so gebar der Dungeon erst dann wieder neue Monster, wenn welche getötet wurden. In welchem Zeitabstand Monster generiert wurden, war auf jeder Ebene unterschiedlich, es konnte aber bis zu einem Tag dauern.

Allerdings gab es auch Sonderfälle, Monster, die erst nach einer größeren Wartezeit wiedererschienen. Man begegnete ihnen nur auf bestimmten Ebenen, und sie waren stets einzigartig. Die Gilde nannte solche besonderen Monster »Monster Rex«.

»Bitte lass es mich allein erledigen, Riveria.«

Neben der langen Wartezeit bis zu ihrem Erscheinen hatten diese Monster noch eines gemein: ihre überwältigende Stärke. Im Allgemeinen eigneten sie sich nur für Abenteurer, die schon zwei Level weiter waren, als es für die entsprechende Ebene empfohlen wurde. Abenteurer der Ränge drei und darüber bildeten üblicherweise Gruppen, um sich ihnen zu stellen.

»Willst du das wirklich alleine machen, Aiz?«, fragte Riveria mit ernstem Blick.

Aiz aber zog ihr silbernes Schwert und ging furchtlos auf das Monster zu, das gerade eben noch so markerschütternd gebrüllt hatte. Sein Name war Udaeus.

»Keine Sorge – es wird nicht lange dauern.«

Monster wie dieses wurden von Abenteurern als »Ebenenherrscher« bezeichnet und von Göttern als »Boss«. Und Aiz stellte sich ihm nun ganz allein.

Eine Woche später würde in ganz Orario das Gerücht die Runde machen, dass die Schwertprinzessin Level 6 erreicht hatte.

»Hm …?« Mitten auf der Treppe von der ersten zur zweiten Ebene blieb Bell stehen und sah nach unten.

»Was ist los, Meister Bell?«

»War das gerade ein Erdbeben?«

Während Lili ihn nur ratlos ansah, starrte er den Dungeonboden an, als könnte er durch ihn hindurch in die tieferen Ebenen blicken.

»Ein Beben? Ich habe nichts gespürt.«

»Hm, hab ich's mir nur eingebildet?«

Er spitzte die Ohren und lauschte, hörte jedoch noch immer nichts. Verwundert legte er den Kopf schief und kam dann zu dem Schluss, dass er sich geirrt haben musste.

»Heute waren wir ziemlich lang unterwegs«, sagte er schließlich.

»Ja, das stimmt. Es ist schon nach Mitternacht.«

»Was? Wirklich?!«

Lili nickte und steckte ihre goldene Taschenuhr wieder ein. Der Stundenzeiger war schon ein gutes Stück über die Zwölf hinaus.

»Boah, das ist mir gar nicht aufgefallen …«

»Zuletzt hast du gegen so viele Monster kämpfen müssen, da hatten wir keine Gelegenheit mehr, nach der Zeit zu sehen.« Lili wackelte mit dem prall gefüllten Rucksack auf ihrem Rücken.

Einige Tage waren vergangen, seit die beiden ihren Vertrag abgeschlossen hatten. Dank Lilis Unterstützung lief es für Bell mittlerweile hervorragend. Man konnte sagen, dass er sich nun als Abenteurer in einer stabilen finanziellen Situation befand. Von Tag zu Tag steigerte er seine Effizienz im Kampf gegen Monster, er verdiente wesentlich mehr Geld als zu seinen Zeiten als Einzelkämpfer, und er bewegte sich nun mit Höchstgeschwindigkeit auf sein Ziel zu.

Es verblüffte ihn immer noch, wie sehr sich sein Leben allein durch die Hilfe einer Supporterin zum Besseren gewendet hatte. Lili wiederum sah voller Staunen zu, wie Bell, eigentlich noch ein Anfänger, seinen bisherigen Rekord besiegter Monster immer wieder übertraf.

»Aber ich dachte, du brauchst dringend Geld, Lili!«

»Brauche ich auch … Aber ich kann nur schwer mitansehen, wie du dich jeden Tag so in Gefahr bringst! Das ist, wie wenn man auf das Häschen einer Freundin aufpassen muss und dann aus Sorge um sein Wohlbefinden viel zu viel tut … Ach, manchmal glaube ich, ich bin verflucht!«

In letzter Zeit nörgelt sie immer mehr, dachte sich Bell im Stillen. Bis vor Kurzem war sie daran gewöhnt gewesen, für Abenteurer eine Art Dienerin zu sein. Doch seit sie mit ihm unterwegs war, löste sich diese Vorstellung nach und nach auf. Er verstand ihre bissigen Kommentare als Zeichen dafür, dass sie langsam auftaute.

Sie durchquerten die erste Ebene, um zum Ausgang zu gelangen, und wehrten auf dem Weg mit Leichtigkeit die angreifenden Goblins ab. Sie erreichten Babel, duschten dort, tauschten noch ihre Beute ein und verließen schließlich den Turm.

»Uff, es ist wirklich spät geworden …«

Der Zentralpark war voller Schatten. Die Magiesteinlampen, die hier und dort standen, vermochten gegen die Dunkelheit nicht viel auszurichten. Es war still – keine Spur mehr von der Lebendigkeit, die hier tagsüber herrschte. Aller Trubel und alle Geschäftigkeit spielten sich nun wohl in den Wirtshäusern fernab des Parks ab.

»So merkt man erst richtig, wie groß der Park ist …«

Langsam drehte sich Bell um die eigene Achse und nahm das gesamte Panorama in sich auf, bis er wieder den hohen, weißen

Turm vor sich hatte, der auch in der Nacht gut zu sehen war. Bei den Lichtverhältnissen konnte er ihn nicht komplett erkennen, aber er wusste ja, wie liebevoll er bis ins letzte Detail gestaltet war. Das pragmatisch konzipierte Innere stand in starkem Kontrast zum ästhetischen Äußeren. Im Grunde genommen war der majestätische Anblick des Turms Ausdruck der luxuriösen Ausschweifungen der Götter.

Seufzend blickte Bell zu der Turmspitze hoch. »Warum ist Babel wohl so groß? Ist doch bestimmt total anstrengend, wenn man ein Geschäft in der fünfzigsten Etage gemietet hat und ständig dort hochfahren muss ...«

»Meister Bell, weißt du etwa nicht, dass die Gilde nur Räumlichkeiten bis zur zwanzigsten Etage vermietet?«

»Was ... wirklich?« Lili grinste schief, als sie sein ungläubiges Gesicht sah. Seine Unwissenheit war ihm zwar etwas unangenehm, aber er fragte trotzdem weiter nach. »Wenn es über der zwanzigsten Etage keine Läden mehr gibt, was ist dann dort?«

»Dort wohnen die Götter, Meister Bell!«

»Die Götter?«

»Zwar nur die der namhaftesten Familias in ganz Orario, aber ja, dort wohnen Götter!«

Eigentlich war es nicht überraschend, dass einige der Götter den Turm, das Wahrzeichen Orarios, als ihren Wohnsitz auserkoren hatten. Er bot ihnen Luxus und einen wunderbaren Ausblick; sämtliche Räumlichkeiten waren mit jedem erdenklichen Prunk ausgestattet; besonders begehrt waren jedoch die Aussichtsplattformen, von denen aus man die ganze Stadt überschauen konnte.

Da die Gilde die Räume vermietete, konnte im Prinzip jeder in den Genuss einer dieser Wohnungen kommen – er musste nur die absurd hohe Miete aufbringen. Effektiv konnten sich nur die reichsten Götter diesen Luxus leisten.

»Ach ... Dann leben manche Götter gar nicht mit ihren Familias zusammen, sondern hier im Turm?«

»Stell dir die Wohnungen wie Privatgemächer vor. Manche Götter mischen sich eben gern unter ihre Kinder, und andere sind lieber für sich.«

Bell nickte verstehend.

»Früher soll Babel nicht so groß wie heute gewesen sein. Als der Turm noch ausschließlich dazu diente, den Dungeon zu versiegeln, war er nicht höher als die Gebäude ringsum, heißt es.«

»Und warum ist er jetzt so hoch?«

»Weil er zerstört wurde, als die Götter zum ersten Mal in die irdische Welt hinabgestiegen sind. Wie Meteoriten sind sie vom Himmel gefallen und in das Gebäude gekracht. Bestimmt mit Absicht.«

Bell sah vor seinem geistigen Auge, wie die Götter den Turm zerstörten, den die Bewohner Orarios mit viel Schweiß und Tränen erbaut hatten, wie die Erdenkinder mit offenen Mündern dastanden und die Götter anstarrten – und die lachten nur schallend und entschuldigten sich. Er musste prusten.

»So ist er jedenfalls zu seinem Namen gekommen: Babel, der Göttersturzturm. Noch ein Grund dafür, dass die Götter darin wohnen.«

Lili erzählte weiter, die Götter hätten daraufhin einen neuen Turm erbaut, um sich bei den Einwohnern der Stadt zu entschuldigen ... In erster Linie hatten sie aber wohl den Dungeon wieder versiegeln wollen. Dafür hatten sie ihre Falna genutzt. Aus Ehrfurcht vor ihrer Macht hatten die Sterblichen den Göttern den Turm überlassen und sie weiter angebetet. Bis sich das

System der Familias in ganz Orario etabliert hatte, hatten die Götter den Turm Babel, das Symbol ihrer Macht, weiter in die Höhe wachsen lassen. Irgendwann hatte er seine heutige Gestalt erreicht und war nunmehr als Palast der Götter bekannt.

»Ich glaube, jetzt hab ich's begriffen ... Aber jedes Mal, wenn ich Geschichten über die Götter höre, frage ich mich, wie viel Langeweile die da oben im Himmelreich wohl hatten, dass sie unbedingt zu uns Sterblichen runterkommen wollten.«

»Vielleicht hatten sie einfach genug von ihrer Arbeit und brauchten einen Tapetenwechsel?«

Bell wandte den Blick vom Turm ab und sah sie überrascht an.

»Angeblich gibt es für sie im Himmelreich jede Menge Pflichten zu erfüllen. Unter anderem kümmern sie sich um die, die hier unten friedlich entschlafen.«

»Entschlafen? Du meinst ...«

»Die Verstorbenen. Die Götter geleiten sie ins Jenseits.«

Bell spürte, wie sein Herz schneller zu schlagen begann. Eigentlich hatte er keine besondere Verbindung zu diesem Thema, aber das Gespräch über das unvermeidliche Ende bereitete ihm trotzdem Unbehagen.

Die Götter hatten also die Aufgabe, den Seelen der Verstorbenen den Weg ins Jenseits zu weisen. Dabei hatte jeder Gott seine eigene Art, mit den Seelen umzugehen: Manche ließen sie im Himmelreich verweilen, andere fügten ihnen unvorstellbare Pein zu, und wieder andere brummten ihnen nie enden wollende Arbeit auf ...

Sie sprangen völlig willkürlich mit ihren Kinder um. Deren Verhalten in der irdischen Welt, ob nun gut oder böse, hatte darauf keinerlei Einfluss. Entscheidend war allein, ob man in der

Gunst des jeweiligen Gottes stand oder nicht. Das Urteil der Götter folgte also keinen Regeln und war alles andere als unparteiisch.

»Na ja, aber die meisten Götterkinder werden wohl wiedergeboren ... Jedenfalls sind so viele Götter aus dem Himmelreich verschwunden, dass der Rest von ihnen jetzt doppelt so hart schuften muss. Zwischen den beiden Gruppen herrscht daher Unfrieden. Die Diskussion darüber, wer als Nächstes in die irdische Welt hinabsteigen darf, wird wohl recht ... blutig geführt.«

An so einen Ort wollte Bell nicht. Und überhaupt wollte er gar nicht sterben. Er war sich sicher, dass die Götter ihn zur ihrer eigenen Belustigung in eine der Höllen verbannen würden. Beim Gedanken daran wurde ihm ganz elend. Lili sah, was für ein Gesicht er machte, und schüttelte sich vor Lachen. Doch dann wurde sie urplötzlich sehr ernst.

»Aber weißt du ... Es gab eine Zeit, da hab ich mich nach dem Tod gesehnt.«

Diese Worte trafen Bell völlig unvorbereitet.

»Ich dachte mir ... Wenn ich zu den Göttern zurückkehre, werde ich vielleicht als jemand Besseres wiedergeboren.« Als sie zur Turmspitze aufschaute, rutschte ihre Kapuze nach hinten, und Bell sah, wie ihr Blick in die Ferne schweifte, als würde sie sich nach dem schwarzen Himmel über ihnen sehnen.

»L... Lili!«, schrie er. Er hatte plötzlich des Gefühl, schreien zu müssen, sonst würde sie irgendwohin verschwinden.

Einen Augenblick lang schloss sie die Augen. Dann öffnete sie sie wieder und sah ihn an. »Tut mir leid, dass ich so seltsames Zeug rede ... Aber das liegt alles in der Vergangenheit, also nimm es bitte nicht zu ernst. Ich bin jetzt tapferer und denk an so was nicht mehr.«

Bell wusste nicht, was er darauf antworten sollte. Aber wenn er sie so ansah, war er geneigt, ihr zu glauben. Es schien ihr wirklich besser zu gehen. Er spürte nichts von einer großen Traurigkeit. Sie schien ihre Krise überwunden zu haben. Aber gerade deshalb fiel es ihm so schwer, ihr gegenüber seine Empfindungen in diesem Moment in Worte zu fassen.

»Es ist schon spät, Meister Bell«, sagte sie lächelnd. »Wir sollten nach Hause gehen. Ich muss zu meiner Familia zurück.«

Dann kehrte sie Babel den Rücken und ging mit kleinen Schritten los. Bell blickte auf ihren riesigen Rucksack, der eine viel zu große Last für ihre kleinen Schultern war. Zum ersten Mal machte ihn dieser Anblick traurig.

»Er ist wieder stärker geworden«, murmelte sie. Von weit oben blickte sie auf den Jungen mit dem weißem Haar hinunter, der langsam jemand anderem folgte und allmählich in der Ferne verschwand. Ihr Blick brannte förmlich vor Intensität.

Eine der Zimmerwände war ganz aus Glas. Dort stand sie in ihrem eng geschnittenen schwarzen Abendkleid. Als der Mond hinter den Wolken hervortrat, strahlte er sie mit seinem fahlen Licht an, verlieh ihrer Alabasterhaut eine geradezu mysteriöse Aura und ließ ihr hüftlanges silbernes Haar glänzen, als ob es mit Kristallen gespickt wäre.

»Gut so. Du musst noch viel heller erstrahlen …«

Freya legte eine Hand auf das Glas, in dem sich ihr wunderschönes Antlitz spiegelte. Sie befand sich in der obersten Etage Babels. Hier, im luxuriösesten Zimmer des Turms, stand sie und beobachtete Bell.

»Werde stärker und strahle heller … damit du meiner Liebe würdig wirst!«

In ihrem Blick stand eine tiefe Zuneigung, und zugleich drückte sich darin ihre Überlegenheit gegenüber diesem niederen Geschöpf aus. Freya war von Bell verzaubert, nein, sie war völlig besessen von dem Jungen.

Mit ihrer besonderen Fähigkeit, dem allsehenden Auge, konnte sie den Bewohnern der irdischen Welt in die Seelen blicken. Diese Fähigkeit gehörte nicht zu den Arcana, auf deren Verbot sich die Götter geeinigt hatten, sondern war ein angeborenes Talent, dessen Einsatz nicht verpönt war.

Seit jeher nutzte sie ihr allsehendes Auge, um unter den Verstorbenen noch vor allen anderen Göttern die tapfersten Helden zu finden und sie in ihre Gemächer im Himmelsreich zu geleiten. Böse Zungen behaupteten, sie hätte sich eine Sammlung zugelegt.

Doch durfte sich jede Seele in ihrer Obhut glücklich schätzen, denn ihnen allen wurde die volle Aufmerksamkeit der Göttin der Schönheit zuteil. Zwar sperrte sie sie in einen goldenen Käfig, doch das kümmerte sie nicht. Freya war nicht nur wunderschön und liebend, sondern auch grausam und ungezügelt.

»Es ist deine Pflicht, mir ein würdiger Partner zu werden …«

Wie die anderen Götter hier unten hatte auch sie ihre Pflichten und ihre Gemächer im Himmelsreich zurückgelassen, doch ihre Interessen waren in der irdischen Welt dieselben geblieben. Sie nutzte ihre Fähigkeit, um unter all den Seelen die strahlendsten und tapfersten herauszupicken und sie ihrer Familia hinzuzufügen.

Niemand hatte sich je ihrem Willen widersetzt. Weil es niemandem gab, der ihrer betörenden Schönheit widerstehen konnte.

Die Mitglieder der Freya-Familia galten als ungewöhnlich stark, selbst verglichen mit denen der höchstrangigen Familias von Orario.

Loki hatte Freya wegen ihres allsehenden Auges als fiese Schummlerin beschimpft. »Ich steh auch auf starke Männer, ist dir das klar?«

Freya hatte Bell rein zufällig entdeckt. Eines Morgens auf der Hauptstraße hatte sie ihn in der Menge erspäht. Vom ersten Moment an hatte sie gewollt, dass er ihr gehörte. Er hatte Gefühle in ihr geweckt, die sie lange nicht mehr gespürt hatte. Blitze hatten ihren Körper durchzuckt, ihr Unterleib hatte gebrannt, und ihrer Kehle hatte sich ein verzücktes Seufzen entrungen. Wie früher hatte sie dann den kindlichen Drang verspürt, sich das zu eigen zu machen, was diese Gefühle ausgelöst hatte. So eine Seele wie Bells hatte sie noch nie zuvor gesehen. So transparent. Nichts war für sie spannender, als herauszufinden, welche Farbe sie einmal annehmen würde. Einerseits reizte es sie, seine Entwicklung einfach nur zu beobachten, andererseits wollte sie seine Seele mit ihrer Farbe tränken.

»Ich freue mich darauf, zu sehen, wie stark du einmal wirst, wie sehr du erstrahlst ... und in welcher Farbe.«

Der Blick, der auf Bells Rücken fiel, war von Liebe erfüllt. Aber es war eine verzerrte Liebe. Freya legte einen Finger an ihre Unterlippe und biss zart darauf. Kurz hing ein sinnlicher Duft im Raum.

Kurz bevor Bell aus ihrem Sichtfeld verschwand, blieb er noch einmal stehen und schaute sich verunsichert um.

»Oh, hast du mich etwa schon wieder bemerkt?«, sagte Freya und kicherte neckisch.

Sie dachte an das erste Mal zurück, da sie ihn auf der zentralen Weststraße gesehen hatte. Damals hatte er ihren Blick ebenfalls gespürt. Wie scharf seine Sinne doch waren! Aber möglicherweise gab sie sich auch nur zu wenig Mühe, ihren Blick vor dem Jungen zu verbergen. *Dabei sind seine derzeitigen Fähigkeiten verglichen mit denen meiner Kinder geradezu erbärmlich … Aber vielleicht entwickelt sich das alles erst noch? Hi hi, wie spannend …*

Eigentlich hatte sie ihn bereits bei der ersten Begegnung für sich beanspruchen wollen. Gewiss hätte Sie ihn mit Leichtigkeit um den Finger wickeln und davon überzeugen können, seiner vorherigen Gottheit zu entsagen. Nur aus einem Grund hatte sie es nicht getan: Sie hatte nicht gewusst, wer diese Gottheit war. Es wäre sicherlich nicht förderlich für sie gewesen, einen Streit mit der Loki-Familia vom Zaun zu brechen.

Außerdem vermochte der Anblick seines unschuldigen Lächelns all ihre dunklen Ambitionen verfliegen zu lassen.

Tut mir zwar leid für Hestia, aber der Junge gehört mir. Fürs Erste kann es aber nicht schaden, ihn einfach eine Weile lang zu beobachten und es zu genießen.

Ihn wollte sie nicht sogleich in ihren goldenen Käfig sperren, sondern ihm vorher etwas Auslauf gönnen und ihm zusehen. Nur nicht zu weit: Er musste jederzeit in Reichweite sein.

»Ich kann es zwar kaum erwarten, dich mein Eigen zu nennen … aber noch ist es dafür zu früh. Erst will ich diese aufregende Zeit genießen …«

Irgendwann würde sie auch von Bell genug haben und das Interesse verlieren, wie bei ihren vorigen Spielzeugen. Dann wäre er nur noch eine der vielen Puppen, mit denen sie ihr Regal schmückte. Hin und wieder würde er ihr einfallen. Dann würde sie ihn vom Regal holen und mit ihm spielen, bis sie die Nase voll hatte, und ihn wieder zurücklegen.

Das Verzücken, dass sie in der Anfangsphase einer solchen Begegnung verspürte, verschwand irgendwann. Die Gefühle erkalteten. So war es nun einmal mit der Liebe: Hatte sie ihren Gipfel erreicht, ging es nur noch bergab. Und erkaltete Liebe gebar keine Leidenschaft. Doch Freya bedauerte diesen Umstand nicht. Es lag einfach in der Natur der Liebe – und darüber wusste sie als Göttin der Liebe bestens Bescheid. Deshalb sammelte sie auch so viele tapfere Helden für ihre Sammlung, wie sie nur konnte.

Sie strich sich eine Haarsträhne hinters Ohr, und das Licht des Mondes fiel auf ihre entblößte Schulter.

Manchmal sah sie Bell mit den Augen eines verliebten Mädchens.

»Aber ich denke, so langsam ist es Zeit für ein wenig … Magie«, sagte sie und legte ihren Finger nachdenklich ans Kinn. Mit ihrer Fähigkeit konnte sie zwar den Status eines Abenteurers nicht einsehen, aber durch den Glanz und die Farbe seiner Seele konnte sie seine Stärke ungefähr einschätzen.

Zu ihrem Bedauern hatte sie festgestellt, dass Bell über keinerlei Magie verfügte. Das musste sie ändern.

Sie ging zum Bücherregal hinüber. Es war breit und ragte über sie hinaus. »Ob das hier eine gute Wahl ist?« Sie griff eines der dickeren Bücher am Rücken heraus, blätterte es kurz durch und lächelte zufrieden. »Ottar!«

»Jawohl?« Die ganze Zeit schon hatte der Tiermensch mit den Wolfsohren bei der Tür Wache gestanden. Er hatte rostbraunes Haar und einen gestählten Körper, und er war über zwei Medol groß. Wie ein Wachhund stand er nun neben Freya und wartete auf seinen nächsten Befehl.

»Nimm das hier und …« Sie hatte ihm das Buch schon hingestreckt, nahm es nun jedoch wieder an sich und starrte es eine Weile lang an.

© Suzuhito Yasuda

»Stimmt etwas nicht?«

»Ha ha, nein. Vergiss einfach, was ich eben gesagt habe.«

»Jawohl«, sagte Ottar noch, doch Freya beachtete ihn schon nicht mehr. Lächelnd sah sie auf das Buch hinunter. Nein, es war besser, wenn ihr geliebter Untertan es Bell nicht aushändigte. Wenn er plötzlich vor ihm erschien, mit seinem erschreckenden Äußeren, würde er ihm nur Angst einjagen.

Niemand musste ihm das Buch übergeben. Es genügte, wenn er es von sich aus fand. Und Freya wusste genau, wo sie es platzieren musste: In jenem Laden, in dessen Nähe sie ihn zum ersten Mal gesehen hatte. Wenn sie das Buch dort liegen ließ, würde es früher oder später bei Bell landen. Sie lachte arglistig.

HATSCHI!

Es war ein niedliches Niesen gewesen. Syr hielt sich die Hand vor den Mund und lief rot an. Als sie sich umsah, bemerkte sie, dass sie die Blicke der anderen Angestellten auf sich gezogen hatte. Da errötete sie nur noch mehr und senkte den Blick.

»Hast du dich erkältet, Syr?«, erkundigte sich Ryu.

»N… Nein, mir geht's gut!« Syr wedelte mit den Händen. Dabei wackelte der graue Zopf hin und her, der aus einem Dutt an ihrem Hinterkopf herunterhing.

»Hat wohl gerade jemand über dich geredet, was?«

»Miaaau, und ich weiß auch wer: der junge Abenteurer!«

»Willst du, dass ich sauer werde, Chloe?«

Die Felina wollte sich wohl einen Spaß daraus machen, sie aufzuziehen! Syr zog bedrohlich die Augenbrauen hoch. Doch Chloe ließ sich davon nicht beeindrucken. Sie schielte nur verschmitzt zu ihr herüber, während sie einen Tisch durch den Laden trug, und wackelte fröhlich mit dem Schwanz, der aus ihrem Rock hervorlugte. Syr seufzte.

»Aber gestern ist der Junge gar nicht vorbeigekommen, oder?«

»Dabei holt er sich doch sonst jeden Tag Syrs liebevoll zusammengestellten Fresskorb ab, miaaau!«

»Schnurrr, und du hast auch noch extra früh Feierabend gemacht, um nach ihm zu suchen!«

»Hab ich gar nicht!«

Sie mussten zusammen alles für die Ladenöffnung vorbereiten, daher war Syr dem Getratsche ihrer Kolleginnen ausgeliefert. Aber sie konnte noch so schreien: Die anderen wuselten weiter um sie herum und grinsten neckisch dabei.

»Mach dir keine Sorgen, Syr. Bell würde dich nicht ohne guten Grund sitzen lassen. Gestern ist er bestimmt einfach nur sehr spät aus dem Dungeon zurückgekommen.«

»Ich weiß ja nicht, ob ›sitzen lassen‹ das richtige Wort … Ach, egal.« Als Syr resigniert den Kopf hängen ließ, sah Ryu sie verdutzt an. Sie nahm alles viel zu ernst, um zu begreifen, was Syr ihr zu verstehen geben wollte.

Seit jenem Lunchpaket, das sie Bell vor einer Weile überlassen hatte, war es zum täglichen Ritual geworden, dass er sich bei ihr ein Mittagessen abholte. Warum? Das wusste sie selbst nicht genau. Die Leute um sie herum hatten sie irgendwie dazu gebracht.

Üblicherweise brachte er abends, wenn er aus dem Dungeon zurückkam, den leeren Behälter zurück, doch gestern war er nicht vorbeigekommen. Und nun, am darauffolgenden Morgen, wurde sie von ihren Kolleginnen aufgezogen.

»Könnte es sein, dass er seinen Ausflug nicht überlebt hat, miaaau?«

»He, Anya! Sag so was doch nicht! Bell würde Syr niemals allein zurücklassen!«

»Dieses Gespräch macht mich so müde ...«

»Bell geht es sicher gut, Syr.«

»Ja, Ryu hat recht! So leicht lässt der sich nicht unterkriegen, miaaau. Ganz bestimmt nicht. Sonst würde mir auch das Herz brechen!«

Das chaotische Geplapper der Kellnerinnen nahm kein Ende.

»Du glaubst doch nicht ...«

»Fängst du jetzt auch noch an, Chloe?!«

Syr blickte mit großen Augen zwischen ihnen hin und her und versuchte vergeblich, ihnen zu folgen.

»Bitte, ihm darf nichts passiert sein ...«, flehte die Felina und sah dabei zum Himmel auf.

»So jemanden wie diesen Jungen finden wir nie wieder! Miaaauuu!«

»Chloe, was redest du denn?«

Die Felina wandte sich zu Syr und sah ihr mit ernstem Blick in die Augen. »Syr, ich muss dir jetzt was gestehen.«

»U... Und was ...?«

»Schnurr ... Ich finde Bells jungen, knackigen Hintern einfach unwiderstehlich!«

»O Mann ...«

»Wenn ich nur an diesen sinnlichen Apfel in seiner engen Hose denke ... Da wird mir ganz anders, miaaaau!«

TOCK!

»Autsch! Aua ... Tut mir l... leid ... Aaaah!«

Während Syr auf Chloe losging, versuchten die anderen, den Streit zu schlichten. So war bereits am Morgen großer Trubel im Hostess of Fertility. Doch er währte nicht lange.

»Ruhe!«, schrie die Inhaberin Mia aus einem der hinteren Zimmer. »Hört endlich auf mit dem Geschnatter und kümmert euch um eure Arbeit!«

Die Mädchen zuckten zusammen und wandten sich rasch wieder ihren Aufgaben zu.

»Einfach unglaublich ...«, sagte die Zwergin kopfschüttelnd.

»Syr, was ist das denn?«, fragte eine der Kolleginnen und zeigte zum Tresen.

»Hm?«

Syr drehte sich um und sah zu Bells Stammplatz ganz am Rand hinüber, den sie stets für ihn freihielt: Auf seinem Stuhl lag ein Buch.

»Was ist denn ...«

»Hat das jemand vergessen?«

»Miaaau, was ist das?«

»Seltsam ...«

Eine nach der anderen guckten sie Syr über die Schulter, um zu sehen, was sie da in den Händen hielt.

»Deins kann es jedenfalls nicht sein: Du bist zu dumm, um zu lesen!«

»Das sagte die Richtige, miaaau!«

»Jaja, schon gut. Sei jetzt mal leise!«

»Ich mach dich fertig!«

»Syr, was ist los?«, fragte Ryu.

»Jemandem von uns scheint es ja nicht zu gehören ... Vielleicht hat's ein Gast hier vergessen.«

»Meinst du? Kann mich nicht erinnern, das gestern hier gesehen zu haben ...«

»Miaaau, dann hast du es eben übersehen, Lunoire! Oder meinst du, es hätte sich heute Nacht jemand hier eingeschlichen und heimlich das Buch auf den Stuhl gelegt? Ha ha, erstklassige Leistung, Frau Detektivin!«

»Als könnte eine hirnlose Amateurin wie du das beurteilen!«

»Boaaah, jetzt knall ich dir eine!«

Syr und Ryu ignorierten den Lärm um sie herum und betrachteten das Buch. Es war ziemlich dick und hatte einen weißen Einband. Der Geruch von altem Papier ging von den Seiten aus.

Auf der Vorderseite des Einbands waren geometrische Formen ohne ersichtlichen Sinn, von einem Titel fehlte aber jede Spur.

»Moment, könnte das etwa ...«

Irgendetwas schien Ryu eingefallen zu sein, doch in dem Moment wurden sie erneut von Mias wütender Stimme unterbrochen: »Wie oft muss ich's euch noch sagen? Seid ihr taub? Ich komm gleich rüber und prügel euch zur Arbeit!«

Die Mädchen zitterten vor Angst.

»Miaaau! Warte, Mama Mia! Wir haben hier was gefunden!«

»Hier, das hier!«

»Schnell Syr, zeig's ihr!«

»Was habt ihr gefunden?«

Gedrängt von den anderen trat Syr ein paar Schritte vor und streckte Mia das Buch entgegen. Die Zwergin beäugte es skeptisch.

»Könnte es sein, dass ein Gast dieses Buch bei uns vergessen hat? Was sollen wir damit machen?«

»Hm ...«

Die anderen hielten den Atem an, während Mia das Buch kritisch musterte. Dann verzog sie das Gesicht. Ryu wunderte sich schwer darüber, denn einen derart mürrischen Gesichtsausdruck hatte sie selbst bei Mia noch nicht gesehen. Die erfahrene Abenteurerin schien von dem Buch regelrecht angewidert zu sein.

»Legt das irgendwo hin, wo man es gut sehen kann«, sagte sie mit gedämpfter Stimme, ohne den Blick von dem Buch zu lösen. »Wenn der Besitzer kein Idiot ist, wird er wiederkommen und es abholen.«

»Alles klar!«

Syr verbeugte sich höflich, dann löste sich die kleine Versammlung eilig auf, und die Mädchen widmeten sich wieder den Vorbereitungen – etwas eifriger nun, nachdem Mia so geschimpft hatte.

Ryu blieb noch einen Moment stehen und sah zu, wie die anderen kichernd miteinander tuschelten. Schließlich seufzte sie und machte sich ebenfalls wieder an die Arbeit.

»Meister Bell, pass auf! Unter dir!«

»Hä?!«

Wir waren auf der siebten Ebene. Gerade stürzte ich mich mit meinem Hestia Knife auf eine Killerameise, da riss mich Lili aus meiner Routine. Mittlerweile kannte ich diese Ebene wie meine Westentasche, was vermutlich der Grund dafür war, dass ich die Gefahr in diesem Moment nicht erkannt hatte.

»Hchrrrr!«, knurrte es plötzlich unter mir.

»Was ...«

Dann sah ich, was Lili meinte: Ein Hornhase griff mich mit dem langen, spitzen, blutroten Horn auf seinem Kopf aus dem toten Winkel an! So ein Horn konnte einen schlimm verwunden – darum war es auch als Material zur Waffenherstellung recht begehrt. Nun hatte es das Monster mit den glühend roten Augen auf mein linkes Bein abgesehen.

Da ich mit diesem Bein gerade vom Boden abspringen wollte, konnte ich es unmöglich wegziehen – mein anderes Bein war schließlich in der Luft.

Ich musste improvisieren: Ich schwang mein rechtes Knie herum, um den Angriff mit meiner Panzerung dort zu blocken …

KASCHING!

Das laute metallische Geräusch gab mir recht, aber ich spürte die Wucht des Angriffs bis in die Knochen. Der Hornhase prallte von mir ab und wurde vom Schwung weitergetragen. Und ich geriet ins Wanken.

»Krrriiiiaaa!!« Ganz schlechtes Timing! Ausgerechnet jetzt entschied sich mein ursprünglicher Gegner, die Killerameise, ebenfalls auf mich zuzustürmen – und sie hatte einen Freund mitgebracht.

Glücklicherweise hatte ich in den vergangenen Tagen kaum etwas anderes gemacht, als gegen Killerameisen zu kämpfen, manchmal sogar gegen vier zugleich. Zwei von ihnen brachten mich deshalb nicht aus der Fassung. Ich war auf die Klauen vorbereitet, die auf mich zugerast kamen.

»Hngh!« Ich parierte den Angriff mit dem grünen Schutz an meinem linken Arm. Dank seiner hohen Verteidigungskraft trugen weder er noch ich einen Kratzer davon. Allerdings flog mein Arm durch den Aufprall nach hinten, wodurch ich angreifbar wurde.

Noch hielt ich mich auf den Beinen, aber ich schwankte bedenklich. Und nun kam die zweite Killerameise auf mich zugestürmt, als wollte sie zum entscheidenden Stoß ansetzen.

Das ist gar nicht gut. Wenn sie mich rammt, gehe ich bestimmt zu Boden …

Eina hatte mich ermahnt, niemals unter eine zu geraten: Wegen ihres harten Panzers waren sie ziemlich schwer; hatten sie einen einmal am Boden, kam man nicht wieder hoch und war ihren Klauen wehrlos ausgeliefert. Und da ich eher schmächtig war, hätte ich erst recht keine Chance, mich gegen ihren massiven Körper zu behaupten.

Da ist wieder dieses Gefühl … Wie damals beim Minotaurus. Das Gefühl, dass ich nicht entkommen kann. Dass ich sterben werde.

Furcht packte mich. Ich vergaß zu atmen. Die Zeit schien langsamer zu vergehen.

Ich sah, wie die Killerameise ihr Maul öffnete und mir ihre grässliche Fratze entgegenstreckte. Sabber lief über ihre widerlichen Zähne und den Kiefer herunter. Ich konnte einfach nur zusehen, wie das Monster auf mich zustürmte.

»NEIN!«, hörte ich Lili schreien, und dann kam ein Feuerball von meiner Seite herangeflogen.

»Kchhrraaaaa!!«, kreischte die Killerameise schmerzerfüllt, als die flammende Kugel sie am Kopf traf. Dieser kurze Schockmoment half mir, mich wieder zu fangen.

»Meister Bell!«

Angespornt von Lili ließ ich das Hestia Knife in meiner linken Hand aufblitzen.

»Haaaaa!« Der ersten Killerameise trennte ich den brennenden Kopf vom Leib, dann wirbelte ich zur zweiten herum, um ihr ebenfalls den Todesstoß zu versetzen. Mit einem einzigen Angriff schlug ich sie in der Mitte durch, doch ich sah die Hälften nicht mehr zu Boden stürzen, denn ich wirbelte bereits im Schwung herum und wappnete mich gegen den Hornhasen, der mich erneut ansprang. Ich zog meinen Dolch und blockte den Angriff. »Hcchrgh!!«

Schließlich hatte ich auch das letzte Monster im Raum erledigt. Ich seufzte erleichtert, sank erschöpft in die Hocke und wischte mir den Schweiß von der Stirn – bis jetzt hatte ich ihn nicht einmal bemerkt.

Das war verdammt knapp.

Mein Herz schlug wie verrückt, und ich atmete keuchend. Erst als ich Lili auf mich zulaufen sah, wich das letzte bisschen Anspannung aus meinen Muskeln, und ich fiel auf den Hintern.

»Alles in Ordnung, Meister Bell?«

»Lili ... Du hast mir das Leben gerettet!«

»Das war viel zu gefährlich!«, rief sie aufgebracht. »Ich weiß, es war ein Überraschungsangriff, aber du hättest besser aufpassen müssen!«

»Ja, tut mir leid ...«

Eine bessere Antwort hatte ich nicht parat. Sie hatte ja recht, ich war unvorsichtig gewesen. Nein, überheblich. Ich hatte mir eingebildet, es sei ein Kinderspiel, gegen zwei Killerameisen gleichzeitig zu kämpfen. Wenn ich mich einfach an das gehalten hätte, was Eina mir beigebracht hatte, wäre das nicht passiert. Hätte ich mir die Monster der Reihe nach vorgenommen, wäre der Überraschungsangriff des Hornhasen kein Problem für mich gewesen. Zumindest wäre es nicht so weit gekommen.

Wieder einmal wurde mir bewusst, wie gefährlich der Dungeon war. Jedes Gefühl der Sicherheit war eine Täuschung.

Wäre Lili nicht gewesen, wäre ich jetzt tot.

Es lief mir eiskalt den Rücken herunter. Aber ich nahm mir vor, mir diesen Vorfall eine Lehre sein zu lassen. Ab jetzt wollte ich den Dungeon nie wieder unterschätzen.

Ich stieß einen Seufzer aus. Dass Lili mir gerade eine Standpauke hielt, bekam ich nur am Rande mit.

»Hörst du mir überhaupt zu, Meister Bell?!«

»Ähm, ja, entschuldige … Das wird nicht wieder vorkommen. Versprochen.«

»Gut, dann kann ich mir ja alle weiteren Belehrungen sparen. Solltest du wider Erwarten doch nichts hieraus gelernt haben, ist das dein Problem.«

Ich nickte reuevoll und stand auf. Gerade, als ich mich erneut bei ihr bedanken wollte, wurde mir erst so richtig bewusst, was gerade geschehen war. »Sag mal, hast du da gerade Magie eingesetzt, Lili?«

Sie zuckte erschrocken zusammen. »W… Was soll ich …« Eilig versteckte sie das rote Messer, das sie in der rechten Hand hielt, hinter ihrem Rücken.

»Ah, du hast also ein Magieschwert benutzt! Diese Dinger sollen ja echt praktisch sein. Danke, dass du es extra meinetwegen eingesetzt hast!«

»V… Versteh das bloß nicht falsch! Ich hab dir nur geholfen, weil ich weniger Geld verdienen würde, wenn du abkratzt! Das ist alles, klar?«

»Was ist denn mit dir auf einmal los?«

Lili wirkte, als wäre es ihr unangenehm, dass sie mir geholfen hatte. Das verwunderte mich. Ich warf ihr einen skeptischen Blick zu, woraufhin sie tief seufzte. »Was rede ich nur?«, murmelte sie vor sich hin und zog sich die Kapuze ins Gesicht.

Ja, das frage ich mich auch.

Ich räusperte mich. »Ähm, du besitzt also ein Magieschwert?«

»He he he, jaaa … Ach, das hab ich durch puren Zufall in die Hände bekommen.«

»Ach so. Aber zerbrechen Magieschwerter nicht, wenn man sie zu oft benutzt?«

»Genau, deswegen benutze ich es auch nur, wenn es absolut nötig ist. Aber für dich setz ich es gern ein!«

Das widersprach zwar dem, was sie kurz zuvor gesagt hatte, aber ich ließ es gut sein.

Da wir beide Hunger hatten, beschlossen wir, die Gelegenheit wahrzunehmen und Mittagspause zu machen. Lili kümmerte sich noch schnell um die Überreste der Monster, dann setzten wir uns in die Mitte des Raums, denn dort konnte man sich am ehesten entspannen. Saß man in der Nähe der Wände, konnte jederzeit ein Monster daraus hervorbrechen. Dieser Raum war sehr weitläufig. Wenn Monster über die Zugänge hereinkamen, würden wir sie schon von Weitem kommen sehen.

Da fällt mir ein, dass ich Syr ihren Korb noch gar nicht zurückgebracht hab …

Während ich meine einfache Mahlzeit aß, dachte ich an das Mittagessen, dass ich am Tag davor von Syr bekommen hatte. Wir waren zu spät aus dem Dungeon gekommen, und am Morgen hatte ich verschlafen. Darum war ich noch nicht dazu gekommen, beim Hostess of Fertility vorbeizugehen und den leeren Korb zurückzubringen. *Das muss ich heute unbedingt noch machen …*

Um uns herum war es ruhig, keine Monster in Sicht. Es war wohl sicher genug, um sich etwas zu unterhalten. Ich schielte zu Lili hinüber, die gerade genüsslich in etwas hineinbiss. Angespannt wartete ich auf den richtigen Moment, um sie etwas zu fragen, was mir schon die ganze Zeit auf dem Herzen lag.

»Übrigens, Lili … Wie war's eigentlich gestern bei deiner Familia?«

Eine harmlose Frage, dachte ich. Doch Lilis Mimik fror augenblicklich ein. Sie setzte zwar sofort wieder ein Lächeln auf, aber es wirkte unecht. Vielleicht hätte ich das Thema doch nicht anschneiden sollen …

»Warum fragst du, Meister Bell?«

»Ich hab mir nur ein wenig Sorgen gemacht, weil du erzählt hast, dass du dich mit deiner Familia nicht gut verstehst … Tut mir leid.«

Dass Lili sich in ihrer Familia so ausgeschlossen fühlte, wollte mir einfach nicht aus dem Kopf gehen. Nachdem sie sich in der Nacht von mir verabschiedet hatte, war ich ganz nachdenklich geworden.

Auf meine Entschuldigung hin lächelte sie nur sanft. »Ich weiß deine Fürsorge zu schätzen, aber es ist nichts passiert, worüber du dir Sorgen machen müsstest.«

»Wirklich nicht?«

»Wir hatten gestern bloß unsere allmonatliche Familienversammlung.«

»Bei euch gibt's eine Familienversammlung?«

»Ja, aber wenn ich dir das alles jetzt erzähle, sitzen wir hier ewig. Um es kurz zu machen: Wir haben erfahren, wie viel Geld wir im nächsten Monat verdienen müssen. Jeder bekommt einen eigenen Betrag zugewiesen.«

Mussten Somas Anhänger etwa so etwas wie einen Mitgliedsbeitrag zahlen? Bis zu einem gewissen Grad sah ich ein, dass alle Mitglieder helfen mussten, um die Betriebskosten der Familia zu decken, zum Beispiel für die Unterkünfte. Vermutlich hatte Lili sich mir als Supporterin angeboten, weil sie Geld verdienen musste, um ihre Quote zu erfüllen.

»Aber setzt das nicht diejenigen, die wenig verdienen, sehr unter Druck?«

»Definitiv. Besonders Supporter oder wenig erfolgreiche Abenteurer …«

Mit einem Mal glaubte ich Lili ein bisschen besser zu verstehen. Ihre sarkastischen Bemerkungen zuvor hatten möglicherweise damit zu tun, dass sie wegen ihres Ertragsziels unter Strom stand. Bestimmt waren die finanziellen Streitigkeiten einer der Gründe für die schlechte Stimmung innerhalb der Familia.

»Und was passiert, wenn ihr eure Quote nicht schafft?«

Lili sah mich an, als wüsste sie, was in mir vorgeht. Sie lachte und schüttelte den Kopf. »Eigentlich nichts.«

Also wird sie nicht bestraft ... Irgendwie beruhigte mich das nicht. Allein die Tatsache, dass die Soma-Familia einen kleinen Tiermenschen wie sie allein losschickte, damit sie Geld verdiente, bereitete mir Magenschmerzen.

Als sie sah, wie ich die Stirn runzelte, rieb sie sich über ihre Kapuze. Sie sah irgendwie schuldbewusst aus. Warum wohl?

»Sag mal, die Soma-Familia handelt doch mit Wein, oder?«, wechselte ich das Thema, um die unangenehme Situation zu überspielen. Ich stellte fest, dass ich blöd grinste.

»Ach, du meinst ... Ja, das ist nur Fusel.«

»Wa... Fusel?!«

»Alles, was bei der Produktion des guten Weins abfällt, wird einfach auf den Markt gebracht. Wäre ja auch Verschwendung, es wegzuschütten.«

Moment mal. Hatte Eina mir nicht erzählt, wie beliebt und lecker der Wein der Soma-Familia sei? Selbst Weinkenner waren verrückt nach dem Zeug; die konnten doch unmöglich so daneben liegen, was den Geschmack angeht ... »Fusel« sollte das sein?

Lili entging meine Verwunderung nicht, und sie lächelte finster. »Was bei uns als Fusel gilt, ist für die Welt da draußen immer noch ein prima Wein.«

Ich fragte mich, ob Fusel dann wirklich das richtige Wort war. Wenn ein Produkt, das als Fehlschlag galt, schon so gut war ... wie gut wäre dann erst das angestrebte, perfekte Produkt?

»Es stimmt: Mein Gott Soma kann nichts mit anderen Göttern anfangen, und auch sonst interessiert ihn kaum irgendwas. Eine Sache liegt ihm aber am Herzen: sein Wein.«

»Hm ...«

»Die Produktion feinsten Weins ist seine oberste Priorität, der er sich voll und ganz widmet. Ich übertreibe jetzt nicht: Im Prinzip hat er die Soma-Familia nur gegründet, um dieser Leidenschaft nachgehen zu können.«

Offenbar bürdete er seinen Anhängern eine Einkommensquote auf, um die hohen Herstellungskosten des Weins aufzufangen. Es war keine Seltenheit, dass ein Gott seine Familia dazu nutzte, um seine eigenen Interessen zu verfolgen und zu finanzieren. Immerhin suchten die Götter fortwährend nach Zerstreuung, und die musste ja irgendwie bezahlt werden. Und warum sollte der Betrieb einer professionellen Winzerei nicht auch dazu zählen?

Aber irgendwie blieb ich misstrauisch. Vielleicht war ich einfach nur überempfindlich, weil die Soma-Familia so mit Lili umgesprungen war. Aber für mich sah es so aus, als stimmte da etwas nicht.

Sie wirken alle so ... rastlos. Als wäre das Leben für sie jeden Tag ein Kampf. Was Eina über die Soma-Familia gesagt hatte, und mit welchem Gesichtsausdruck, ging mir immer wieder im Kopf herum.

»Ha ha, wenn euer Wein wirklich so gut ist, würde ich ihn gern mal probieren!«, scherzte ich, um mir nichts anmerken zu lassen.

Lili kicherte. »Ich glaube, davon sollte ich dich besser abhalten.«

Hier versandete unsere Unterhaltung, und ehe wieder jemand etwas sagen konnte, tauchten Monster auf, denen wir uns stellen mussten. Lili war sofort wieder sie selbst, und ich bemühte mich ebenfalls, meine Sorgen vorerst zu verscheuchen. Aber das Thema war für mich noch nicht erledigt, das wusste ich. Wieder einmal fühlte ich mich daran erinnert, wie ausgesprochen machtlos ich in mancherlei Hinsicht war, und das nagte an mir.

Seit unserem Gespräch im Dungeon waren zwei Tage vergangen. Den Vortag hatten wir uns freigenommen. Lili hatte gemeint, sie müsse dringend etwas erledigen und könne deshalb leider nicht mit in den Dungeon kommen. Ich wusste nicht, ob es mit ihrer Familia zu tun gehabt hatte oder nicht, aber ich hatte noch deutlich vor Augen, wie sie zu mir aufgeschaut und sich entschuldigt hatte. Da auch ich nicht besonders in Stimmung gewesen war, war ich einfach gar nicht in den Dungeon gegangen.

Eigentlich hätte ich es als wohlverdiente Pause betrachten können, aber irgendwie war ich unzufrieden damit. Es klang wie eine Ausrede. Immer wieder stellte ich mir vor, was Aiz wohl dazu sagen würde: »Das ist nicht der richtige Zeitpunkt, auf der faulen Haut zu liegen!« Aber es wollte keine Motivation bei mir aufkommen. Ich fühlte mich wie ein Luftballon, aus dem die Luft entwichen war.

»Mann, so kann das doch nicht weitergehen!«

Ich setzte mich auf dem Sofa auf, auf dem ich mich zuvor hin und her gewälzt hatte, wuschelte mein Haar ein wenig und stieß einen tiefen Seufzer aus, als könnte ich so all die negativen Gefühle vertreiben. Ich musste mich bewegen. Ich konnte ja nicht die ganze Zeit nur hier herumliegen.

Ein bisschen träge fühlte ich mich immer noch, aber jetzt hatte ich immerhin das Gefühl, als könnte ich den Tag in Angriff nehmen. Die Sache mit Lili verbannte ich vorerst in die Tiefe meines Herzens.

Vielleicht sollte ich zur Abwechslung mal putzen?

In letzter Zeit war ich seltener zu Hause gewesen und hatte daher den Haushalt etwas vernachlässigt. Ich wollte Hestia aber nicht alles aufbrummen, also schwang ich mich vom Sofa und … sah den Korb, der auf dem Regal stand.

»Oh …«

Ich bin so ein Blödmann!

»Es tut mir unendlich leid!«

»Ha ha ha …«

Ich legte die Handflächen zusammen und verbeuge mich tief. In der Hitze der Mittagssonne hatte ich mich auf den Weg zum Hostess of Fertility gemacht, um mich bei Syr zu entschuldigen. Ich hatte keine zufriedenstellende Erklärung dafür, warum ich ihr den Korb immer noch nicht gebracht hatte.

»Ist schon gut, Bell. Hör auf dich zu verbeugen. Es macht mir nichts aus.«

»A… Aber …«

»Was geschehen ist, ist geschehen. Denk das nächste Mal einfach dran, ja?«

Ganz bestimmt, dachte ich. Vorsichtig schielte ich zu ihr hoch, und dann richtete ich mich auf. Syr lächelte mich freundlich an. In solchen Momenten zeigte sich deutlich, dass sie etwas älter und reifer war als ich.

»Aber Sorgen hab ich mir schon gemacht, als ich so lange nichts von dir gehört hab … Mir sind deswegen auf der Arbeit sogar Fehler passiert!«

»Tut mir ehrlich leid …«

»Keine Sorge, ich zieh dich nur ein bisschen auf!« Syr schürzte vorwurfsvoll die Lippen. Als ich sie mit großen Augen ansah, lächelte sie und räusperte sich übertrieben. »Also?«

Ich übergab ihr den Korb und nahm die Speisekarte in die Hand. Schließlich konnte ich nach der peinlichen Übergabe nicht direkt wieder verschwinden. Was hätte das für einen Eindruck gemacht? Als eine Art Wiedergutmachung bestelle ich etwas Kleines zu essen. Sonst waren hauptsächlich Frauen im Laden. Der Anblick einer Tiermenschenfrau mit ihren zwei Kindern zauberte mir ein Lächeln ins Gesicht. Die Kleinen hatten einen Teller voller Obst vor sich, das sie sich genüsslich in den Mund schaufelten.

»Nanu, war das schon immer da?«

Als ich zu meinem Platz am Rand des Tresens hinsah, bemerkte ich ein Buch mit weißem Einband. Es lehnte an der Wand, als gehörte es zur Innenausstattung, wofür es sich nicht besonders gut eignete.

»Ach ja, das … Wir glauben, dass ein Gast das vergessen hat. Ich hab es dort aufgestellt, damit derjenige es sofort bemerkt, wenn er wieder herkommt.«

»Aha …«

Wer brachte denn so ein dickes Buch ins Wirtshaus mit und vergaß es dann?

Kurze Zeit später brachte Syr mir das Stück Kuchen und den Schwarztee, die ich bestellt hatte. Sie blieb bei mir, um sich mit mir zu unterhalten. Offenbar war eine der Felina-Kellnerinnen zu ihr gekommen und hatte ihr grinsend angeboten, Pause zu machen. Ich war mir nicht sicher, ob ich ihr wirklich ihre wohlverdiente Pause stehlen konnte …

»Und du legst heute eine Erholungspause ein?«

»Ich bin mir nicht sicher, ob ich es so nennen würde …«

Ich verschwieg die Sache mit Lili und erzählte Syr nur, dass ich mich heute einfach nicht motiviert genug fühlte. Irgendwie tat es gut, mit jemandem darüber zu reden. Insgeheim hoffte ich, dass sie mir vielleicht einen guten Rat geben könnte. Syr sah mich einen Moment lang wortlos an und lächelte schließlich.

»Vielleicht bringt dich ja ein Buch auf andere Gedanken?«

»Ein … Buch?«

»Sonst kommst du nicht viel zum Lesen, oder? Dann solltest du die Gelegenheit nutzen.«

Vielleicht dachte sie, dass ich in einem Buch den ein oder anderen neuen Anreiz finden könnte. Von allein hätte ich nicht einmal daran gedacht. Aber möglicherweise konnte es mir wirklich aus meinem Loch heraushelfen. So wie mich früher die Heldensagen inspiriert hatten, konnte ein gutes Buch mich vielleicht motivieren und mir zu neuem Tatendrang verhelfen.

»Ja, da könntest du recht haben, Syr. Vielen Dank! Ich werde was lesen.«

»Freut mich, dass ich dir helfen konnte. Hast du denn schon eine Idee, was für eins du dir vornimmst?«

»Hm … Meine Göttin hat zu Hause ein paar …«

Ich dachte kurz daran, in einen Buchladen zu gehen, doch Syr kam mir zuvor. »Wenn das so ist …« Sie nahm das mysteriöse weiße Buch in die Hand. »Warum liest du nicht das hier?«

»Was? Aber das gehört doch einem eurer Gäste …«

»Kein Problem, solange du es wieder zurückbringst. Du kannst ihm ja schlecht die Buchstaben weglesen. Falls es einem Abenteurer gehört, stehen vielleicht ein paar gute Tipps für dich darin!«

Das klang logisch, schließlich waren die meisten der Gäste des Hostess of Fertility Abenteurer. Vielleicht würde ich tatsächlich nützliche Informationen darin finden? Außerdem sah dieses Buch außergewöhnlich aus, und jetzt war meine Chance, es in die Finger zu bekommen. Dennoch zögerte ich, schließlich handelte es sich um den Besitz eines anderen.

»Mach dir keinen Kopf. Mama Mia ist sowieso nicht besonders glücklich darüber, es hier rumliegen zu haben. Du würdest uns also einen Gefallen tun, wenn du es mitnimmst. Außerdem ...« Syr senkte schüchtern den Blick. »Na ja, ich bin froh, wenn ich dir helfen kann.«

Ich wusste nicht recht, was ich dazu sagen sollte.

»Mehr kann ich leider nicht für dich tun. Also sei doch so nett und nimm es an, ja?«

Ich erinnerte mich an das letzte Mal, als sie das zu mir gesagt hatte, und lächelte beschämt. Wenn sie mich so bat, konnte ich ja schlecht ablehnen. Also nahm ich das Buch entgegen. Als sie es mir gab, strichen ihre Finger ganz leicht an meinen entlang.

»V... Vielen Dank. Ich ... Ich gehe dann mal, ja?«

»Natürlich. Komm bald wieder!«

Ich versuchte, so gut wie möglich zu überspielen, wie sehr sie mich aus der Fassung gebracht hatte, stand auf, bedankte mich noch für den leckeren Kuchen und ging nach draußen.

Das war wieder das gleiche wie bei Eina ... Ich wurde immer so nervös, wenn ich eine Frau berührte. Knallrot. Ich zweifelte an meiner geistigen Reife.

»Hast du ihm etwa das Buch gegeben, Syr?«

»Ja, hab ich.«

»Dass du ihm einfach etwas ausleihst, was dir gar nicht gehört ... Sonst hältst du dich doch immer so strikt an die Regeln!«

»Miaaau! Liebe macht blind, wisst ihr das nicht? Schnurr … Syr kann doch gar nicht mehr klar denken!«

Während ich mit Herzklopfen an Syrs warme Hand zurückdachte, machte ich mich eilig auf den Heimweg.

Wieder in der Kirche angekommen, machte ich mich sofort daran, das Buch zu lesen. Da es noch etwas dauern würde, bis Hestia von der Arbeit zurückkäme, zog ich mir einen Stuhl heran, setzte mich an den Tisch und schlug mit etwas Anspannung die erste Seite auf.

»Spieglein, Spieglein an der Wand, wer ist die schönste Hexe im ganzen Land? Sonderedition: Dein Weg zum Meister der Magie!«

Na, das ist ja mal ein enttäuschender Anfang. Weiter …

»Zeitgenössische Magie, die selbst ein Goblin versteht! Erstes Kapitel.«

Irgendwie kann ich mir nicht vorstellen, dass man einem Goblin Magie beibringen kann …

Ich stand kurz davor, das Buch einfach wieder zuzuschlagen, aber Syr zuliebe kämpfte ich mich weiter durch den Dschungel aus Schriftzeichen. Der Titel überzeugte mich nicht, aber inhaltlich schien das Buch ganz vernünftig zu sein. Es war eine Abhandlung über die Natur der Magie.

»Im Groben lässt sich die Magie in angeborene und angeeignete Magie unterteilen. Angeborene Magie hängt mit dem Talent und der Abstammung des Nutzers zusammen. Per Vererbung wird das Potenzial über Generationen hinweg weitergegeben und kann dann durch Übung und Rituale früh zur Entfaltung gebracht werden. Zwar liegt bei dieser Art des Magieerwerbs meist eine Neigung zu einer bestimmten Schule vor, was den Nutzer einschränken kann; dafür ist seine Magie in der Regel mächtiger.«

Glücklicherweise war das Buch mit Anmerkungen in Umgangssprache versehen, sodass auch ich es lesen konnte. Doch zwischen den einzelnen Wörtern befanden sich kleinere Zeichen, die mir nichts sagten. Waren das Zahlen oder … Ich blätterte zur nächsten Seite um.

»Die angeeignete Magie hingegen beruht auf dem Segen der Götter, der Falna. Ihre Möglichkeiten sind endlos und hängen stark von der Excelia ab, die der Nutzer erwirbt.«

Die Zeichen waren weder Hieroglyphen, noch erinnerten sie an eine der Halbmenschensprachen. Es waren rätselhafte Symbole ohne wiederkehrende Elemente. Mir war, als würde ich in ein Meer aus Strichen und Formen hineinzezogen.

Ich blätterte weiter.

»Die Magie spiegelt das Interesse des Nutzers wider. Insbesondere gilt dies für die angeeignete Magie. Sie entsteht aus dem, was er entdecken will, wonach er strebt, was er hasst, bewundert, verehrt, betrauert. Sie wird aus Schwur und Verlangen geboren, ist tief in der Seele des Nutzers verankert und wird durch die Falna ans Tageslicht gebracht.«

Es folgte ein mit schwarzen Pinselstrichen gezeichnetes Bild: humanoid; mit Nase, Mund, Ohren und Augen, die geschlossen waren.

Ich blätterte weiter.

»Wenn du sie begehrst, frage nach ihr. Wenn du sie begehrst, strebe nach ihr. Wenn du sie begehrst, suche nach ihr. Es erwartet dich ein scheußlicher Spiegel, der keine Lügen duldet.«

Moment mal. Das ist ja MEIN Gesicht!

Nein, es ist eine Maske. Mein anderes Gesicht. Mein anderes Ich.

Ich blätterte weiter.

»Fangen wir an.« Die Augen des Gesichts hatten sich geöffnet. Und was ich da hörte, war meine eigene Stimme.

Rote Augen, die nur aus Schriftzeichen bestanden, blickten tief in meine Seele. Der Mund sprach.

Ich blätterte weiter.

»Was bedeutet Magie für mich?«

Das wusste ich nicht genau. Sie war etwas Fantastisches, Unbestimmbares. Eine Spezialtechnik, mit der sich Monster im Nu erledigen ließen. Eine mysteriöse Kraft, mit der die Helden Verstorbene wieder zum Leben erweckten.

Mächtig, unbarmherzig, überwältigend.

Ich sehnte mich so danach, sie selbst einmal zu beherrschen.

Ich blätterte weiter.

»Was bedeutet Magie für mich?«

Stärke.

Große Stärke.

Eine Waffe, mit der ich meine Schwäche besiegen konnte.

Eine mächtige Waffe, die meine Schwäche hinwegzufegen vermochte.

Kein edler Schild, mit dem man andere beschützt, keine reine, heilende Hand.

Eine heroische Kraft, die alles vernichtete, was sich mir in den Weg stellte.

Ich blätterte um.

»Was verkörpert Magie?«

Was sie verkörperte? Flammen. Wenn ich an Magie dachte, stellte ich mir Flammen vor. Loderndes, alles verzehrendes Feuer, das ganze Felder in Brand steckte, aufwirbelnde Asche, ein

Flammenmeer. Eine glutrote Wut, die überhaupt nicht zu mir passte.

Eine unsterbliche Flamme, die niemals erlosch. Das wollte ich werden.

»Was erhoffe ich mir von der Magie?«

Ich wollte stärker werden, um an sie heranzureichen. Wie ein Licht, das durch die dunkle Wolkendecke dringt. Wie ein Blitz, der den Himmel zerteilt.

Ich wollte besser werden als alle anderen. Schneller.

Damit ich ihr ebenbürtig war.

Damit sie mich sah.

»Das ist alles?«

Wenn ich mir etwas wünschen durfte ... dann wollte ich ein Held sein.

Ein Held wie die aus den Heldengeschichten, denen ich schon seit meiner Kindheit nacheiferte. Wie sie wollte ich sein, und alle sollten mich preisen und zu mir aufschauen.

Es mochte vermessen sein, eitel, zum Scheitern verurteilt, aber ich wollte ein Held werden, den sie respektierte.

»Wie kindlich.«

Das wusste ich, und es tat mir leid.

»Aber so bist du. Und so bin ich.«

Mein Abbild im Buch lächelte. Dann wurde mir schwarz vor Augen.

»Bell ... Bell!«

Ich hörte eine Stimme, schön und warm, inmitten der Dunkelheit, die mich umgab.

Langsam wich die Dunkelheit dem Licht.

»Bell!«

Im nächsten Moment wachte ich auf.

»Oh ... Bist du das, Göttin?«

»Wer sonst? Warum schläfst du denn mit dem Kopf auf dem Tisch? Da fallen mir etliche bequemere Plätze ein.«

Hestia stand direkt vor mir, und ich blickte sie verschlafen an. Dann schaute ich mich um. Ich war zu Hause, in unserem Zimmer unter der Kirche. Es war sieben Uhr abends. Draußen musste es schon dunkel sein.

Noch war mein Kopf nicht ganz klar, ich musste Schritt für Schritt wieder in die Realität zurückfinden.

»Hast du etwa gelesen? Ha ha, bestimmt bist du mittendrin eingeschlafen, weil du es nicht gewöhnt bist!«

»Hm ... Ich ... weiß nicht.«

Hatte ich geschlafen?

Das Buch, das Syr mir gegeben hatte, lag aufgeschlagen vor mir auf dem Tisch. Offenbar hatte ich darauf gelegen und selig geschlummert. Hatte ich es eigentlich zu Ende gelesen?

Verwirrt massierte ich mir die Schläfen. Ich erinnerte mich nur sehr verschwommen an das, was passiert war. Es kam mir so surreal vor, dass ich glaubte, einem Tagtraum nachzuhängen. Hatte ich mit jemandem geredet? Hatte mich jemand etwas gefragt? Oder waren das nur Erinnerungsfetzen aus einem Traum? Ich konnte es beim besten Willen nicht sagen.

»Ha ha, wie niedlich! Dich so zu sehen, ist genau das, was ich nach einem anstrengenden Arbeitstag gebraucht hab!«

»Machst du dich über mich lustig?«

»He he. Komm, lass uns was essen.«

Mit hochroten Ohren sah ich zu, wie Hestia grinsend auf ihren Schrank zuhüpfte. Ich verließ das Zimmer, damit sie sich ungestört umziehen konnte. Nach einer Weile streckte sie ihren Kopf zur Tür heraus und sagte, die Luft sei rein, also ging ich wieder zu ihr, und wir kümmerten uns ums Abendessen. Ihr schien es nichts auszumachen, dass ich nichts vorbereitet hatte, obwohl ich früher zu Hause gewesen war als sie. Vielmehr schien sie glücklich darüber zu sein, neben mir in der Küche stehen zu können. Ihr Anblick brachte auch mich zum Lächeln.

»Woher hast du eigentlich dieses dicke Buch, Bell? Das hast du doch nie im Leben selbst gekauft, oder?«

»Wenn du es so formulierst, klingt das richtig traurig ... Aber nein, ich hab es mir von einer Bekannten geliehen.«

»Ach ... Von einer Bekannten, ja? Du musst es mir später mal zeigen. So alte Wälzer kriegt man selten zu Gesicht, da juckt es mich richtig in den Fingern!«

»Ich glaub, da mag jemand alte Bücher!«

Nach dem Abendessen duschten wir beide, und danach widmeten wir uns der Aktualisierung meines Status. In letzter Zeit kamen wir wieder öfter dazu, weil Hestia sich an die Arbeit in Hephaistos' Geschäft gewöhnte und es jeden Tag etwas früher heim schaffte. Wie üblich zückte sie die Nadel und stach sich in den Finger. Währenddessen zog ich mein Hemd aus und legte mich aufs Bett.

»Mhm ... Mhm ... Hm?!«

»Was ist, Göttin?«, fragte ich, als sie so merkwürdige Laute von sich gab. »Komm ich immer noch so schnell voran?«

»Ja, alles wie immer«, erwiderte sie knapp. »Du machst große Fortschritte.«.

Sie war wütend. Immer noch oder schon wieder? Als sie meinen Status neulich aktualisiert hatte, war sie in derselben Stimmung gewesen ...

»Tja, er ist eben ein Dickkopf. So leicht kann man ihn nicht umstimmen. Ja, daran muss es liegen ...«

Ich wusste nicht, was ich von ihrem seltsames Gemurmel halten sollte. Mir blieb nichts anderes übrig, als dazuliegen und die leicht unangenehme Atmosphäre zu ertragen. Dann spürte ich auf meinem Rücken immer wieder kleine Stiche, die von einer Nadel hätten stammen können. *Autsch! Halt, das ist eine Nadel!*

»He, Göttin! Aua! Das machst du doch mit Absicht!«

»Bin abgerutscht.«

»Von wegen!«

Auf meinen Protest hin hielt Hestia mir die Nadel bedrohlich nah vors Gesicht – ich sollte wohl aufhören, mich zu beschweren. Ich konnte nichts weiter tun, als meine Tränen mit meinem Kissen zu trocknen.

Oh Mann, das wird ja immer ungemütlicher hier ...

»Na ja, abgesehen von deiner Ausdauer nähern sich deine Meisterschaftsgrade langsam, aber stetig Rang S. Da geht's natürlich nicht im selben Tempo weiter.«

»Ach so?«

»Deine Entwicklung verläuft dennoch außergewöhnlich schnell.«

Der maximale Rang bei den Statuswerten war S. Je näher die Meisterschaftsgrade sich dieser Stufe näherten, desto langsamer stiegen sie. Angeblich war es schon vorkommen, dass sich Werte selbst nach dem Töten Hunderter von Monster nicht weiter verbessert hatten. Auch wenn also meine Meisterschaftsgrade nun langsamer stiegen, hieß das nicht, dass sich meine Entwicklung an sich verlangsamt hätte. Ich kam weiterhin schnell voran. Oder mit den Worten meiner Göttin: Außergewöhnlich schnell.

»Was hast du, Göttin?«, fragte ich sie vorsichtig, als mir bewusst wurde, dass sie sich eine Weile lang weder geregt noch etwas gesagt hatte. Wieder verging ein etwas zu langer Augenblick …

»Magie …«

»Was?«

»Du hast Magie erlernt!«

»WAAAAS?!«

Ich war völlig von den Socken. Mit dieser Antwort hatte ich nun überhaupt nicht gerechnet. Blitzartig richtete ich mich auf, wodurch Hestia, die auf mir gesessen hatte, regelrecht vom Bett flog und dem Boden einen Kopfstoß verpasste.

»O nein … Göttin, das tut mir leid! Bist du verletzt?!«

»Dass du dich so an mir rächen würdest …«

Nach ihrem unerwarteten Salto sah mich Hestia zitternd und mit Tränen in den Augen an. Da fiel mir auf, dass ihre Brüste sich aus irgendeinem Grund der Schwerkraft widersetzten … *Opa hätte jetzt gesagt: Das ist weder die richtige Zeit noch der richtige Ort dafür!*

Ich unterdrückte den Drang, ihr auf die Brüste zu starren, und half ihr auf. Dann ging ich sofort in die traditionsreiche Kniefall-Pose der Hestia-Familia und flehte um Verzeihung.

Es dauerte eine Weile, bis sie sich dazu herabließ, mir meinen Status mitzuteilen.

Bell Cranel

Level 1

Stärke: B 701 → B 737

Ausdauer: G 287 → F 355

Geschicklichkeit: B 715 → B 749

Beweglichkeit: B 799 → A 817
Zauberkraft: I 0
Magie:
Firebolt – *Flammenblitz*
Schnellangriffsmagie.
Skills:
-

Mit zitternden Händen nahm ich den Zettel entgegen, und als ich ihn las, musste ich mir alle Mühe geben, um nicht zu schreien. Auch ohne mich selbst zu sehen, wusste ich, dass meine Augen leuchteten und ich bis über beide Ohren grinste.

»Hm …« Hat vielleicht auch was mit diesem seltsamen Skill zu tun … Keine Ahnung.«

Sie fasste sich ans Kinn, legte die Stirn in Falten und schaute nachdenklich zwischen meinem Gesicht und meinem Rücken hin und her, aber das nahm ich alles nur am Rande wahr. Ich war ganz außer mir vor Freude. Mir wurde heiß, ich zitterte, und ich musste mich zusammenreißen, um nicht loszuheulen.

»Ich … Ich hab mir Magie angeeignet! Ich kann jetzt Magie einsetzen!«

»Du übertreibst ganz schön, weißt du das? Hmpf. Ich will mal nicht so sein.«

Mit einem schiefen Lächeln blickte sie auf mich herunter, während ich auf dem Boden hockte, das Papier mit beiden Händen fest umklammert. Ich war einfach nur glücklich. Endlich hatte ich gelernt, Magie einzusetzen! So wie die Helden in den Geschichten, die ich immer so bewundert hatte!

»Ich will die Stimmung nicht verderben, aber wir sollten mal über deine neue Magie reden.«

»Gern!«, rief ich und sprang auf. Dann hielt ich mich selbst dazu an, erst einmal ruhig durchzuatmen und mich zu entspannen.

»Hör gut zu: Magie kannst du nur einsetzen, wenn du den zugehörigen Zauberspruch aussprichst. So viel weißt du bestimmt, oder?«

Ich nickte. Magie entfaltete erst dann ihre Wirkung, wenn man die festgelegte Zauberformel aussprach. Man konnte dies mit einer Kanone vergleichen: Das Aufsagen des Spruchs entsprach dem Ladevorgang, der abgefeuerte Zauber dem Geschoss. Je länger der Ladevorgang dauerte, desto größer war am Ende das Geschoss. Ließ man sich also viel Zeit mit dem Zauberspruch, entfaltete die Magie eine verheerende Wirkung. Umgekehrt bedeutete ein kurzer Zauberspruch, dass die Magie weniger stark ausfiel. Dafür ließ sie sich ohne größere Verzögerung einsetzen, was kampfentscheidend sein konnte.

»Eine Freundin hat mir erklärt, dass der Zauberspruch, den du aufsagen musst, an der entsprechenden Stelle in deinem Status geschrieben steht. Eigentlich muss man ihn also einfach nur ablesen.«

»Aber auf dem Zettel, den du mir gegeben hast, steht gar kein Zauberspruch ...«

»Ganz richtig. Glaub jetzt bloß nicht, dass ich vergessen hätte, ihn aufzuschreiben!«

An der Stelle, an der »Firebolt« aufgeführt war, stand nichts, was wie ein Zauberspruch aussah. So konnte ich meine neugewonnene Magie nicht einsetzen.

Ich sah Hestia fragend an, woraufhin sie fortfuhr: »In der Zeile darunter steht vielleicht der entscheidende Hinweis. Ich denke – aber das ist nur eine Vermutung –, dass du für diese Magie keinen Zauberspruch brauchst.«

Ich hielt inne und warf erneut einen Blick auf den Zettel. Dort war keine Spur von einem Zauberspruch, aber dafür fand sich dort der Zusatz »Schnellangriffsmagie«. Ich hätte gern mehr darüber gewusst, aber wahrscheinlich hatte Hestia recht. Ich konnte es mir auch nicht anders erklären.

»Wie sich das auf die Stärke der Magie auswirkt, weiß ich zwar nicht, aber immerhin sparst du so Zeit …«

»Dann muss ich also einfach nur Firebo…«

Hestia presste mir beide Hände auf den Mund, bevor ich das Wort beenden konnte. Sie war aufgesprungen und sah mich ernst an.

»Den Namen des Zaubers solltest du lieber nicht einfach so aussprechen!«

»Hmpf?«

»Wir wissen zwar noch nicht, wie du ihn auslöst, aber es wäre gut möglich, dass es genügt, »Firebolt« zu sagen.«

Oh. Ich erbleichte. Auch wenn noch nicht ganz sicher war, welche Wirkung die Magie zeigen würde … Gut möglich, dass ich unser Zuhause in Flammen aufgehen ließ, wenn ich sie sie aus Versehen einsetzte.

»Hast du das verstanden?«, fragte Hestia mich. Als ich nickte, nahm sie die Hände von meinem Mund. »Im Endeffekt können wir momentan nur Vermutungen anstellen. Das Beste wäre also, wenn du's morgen im Dungeon einfach mal ausprobierst. Dann haben wir Gewissheit.«

»Was, morgen erst?«

»Du willst doch nicht etwa jetzt noch in den Dungeon? Du hast doch gerade geduscht!« Sie lächelte schief. »Deine Magie läuft doch nicht weg.«

»Jaaa … Du hast ja recht.«

Es war schon spät. Hestia war erschöpft von ihrem harten Arbeitstag und gähnte mit der Hand vor dem Mund. Wir beschlossen, uns die Zähne zu putzen und ins Bett zu gehen. Ich wartete, bis Hestia ins Bett gesprungen war, und pustete dann die Kerze aus.

Jetzt bloß noch aufs Sofa fallen …

Tut mir leid, Göttin!

Nein, an Schlaf war nicht zu denken. Nach Hestias Offenbarung lag ich hellwach. Schnurstracks sprang ich wieder auf und horchte, ob Hestia schon schlief. Als ich sie ruhig atmen hörte, schnappte ich mir leise den Rucksack mit meinen Sachen und ging aus dem Zimmer. Vor der Tür zog ich die Rüstung an und legte den leeren Rucksack an die Kirchentreppe. Dann ging ich nach draußen.

Ich muss diese Magie unbedingt sofort ausprobieren!

Um diese Uhrzeit schienen der Mond und die Sterne auf die Zentralstraße herab. Aus den Fenstern der Läden am Straßenrand fiel warmes Licht. Getrieben von dem Gelächter und Gegröle der Betrunkenen hier und da beschleunigte ich meine Schritte. Orario war ebenfalls schlaflos, so wie ich.

Je näher ich dem weißen Turm in der Stadtmitte kam, desto breiter wurde mein Grinsen. Im Zentralpark angekommen, stürmte ich sofort in den Turm und direkt auf die große Öffnung zu, die in den Dungeon hinabführte. Eilig stieg ich die Wendeltreppe hinunter, wurde dabei immer schneller und sprang zuletzt einfach über das Geländer hinweg in die Mitte, um schneller unten zu sein. Der harte Aufprall trieb mir die Tränen in die Augen.

Ich betrat die erste Ebene, blieb jedoch kurz darauf schon wieder stehen, denn vor mir, mitten im Korridor, stand eine wankende grüne Gestalt: ein Goblin.

Das sind die perfekten Testbedingungen: Mein Gegner ist groß genug, und ich habe ausreichend Abstand zu ihm!

Ich schluckte und ballte meine schweißnasse Hand zur Faust. Mittlerweile hatte der Goblin mich bemerkt und torkelte mit einem Kampfschrei auf mich zu. Ich streckte ihm meine Hand entgegen, öffnete und schloss sie und stellte mir dabei vor, ihm etwas entgegenzuschleudern. Mein Herz schlug mir bis zum Hals, und meine Schultern verkrampften sich vor Anspannung. Ich atmete einmal tief durch ... Dann riss ich die Augen auf und schrie aus voller Kehle: »FIREBOLT!!«

Kurz wurde alles glühend rot. Und dann sah ich einen feurigen Blitz aus meiner Hand schießen – nein, eine blitzartige Flamme. Im Zickzack, keiner klaren Linie folgend, zischte sie auf den Goblin zu, und ich sah, wie er getroffen wurde. Es gab ein gleißendes Licht, und eine orangefarbene Blüte öffnete sich. Am Ende des feurigen Spektakels stand der Goblin verkohlt da. Feine Rauchschwaden stiegen von ihm auf. Dann sackte er zu Boden, während sein Todesschrei noch von den Wänden widerhallte.

»Das gibt's doch nicht ...«

Doch, das gab es. Das war meine Magie gewesen. Wie angewurzelt stand ich da und starrte meine noch immer ausgestreckte Hand an. Hier und da sah ich noch die Schwielen von der Arbeit auf dem Feld. Nichts hatte sich geändert, es war immer noch meine Hand. Dennoch hatte ich damit soeben Magie abgefeuert.

»Ha ... Ha ha!«

Ich konnte es kaum fassen. Mir wurde ganz heiß, und ich ballte die Hand zur Faust.

Jawoll!

Dies war ein echter Erfolg, greifbarer als der bloße Anstieg meiner Statuswerte, und er brachte mich Aiz ein Stückchen

© Suzuhito Yasuc

näher. Firebolt, mein Flammenblitz, war ein unmittelbarer, mächtiger Zauber. Ich konnte ihn schneller wirken als andere, die erst eine Formel aufsagen mussten. Und es war MEINE Magie!

Freude überwältigte mich, und ich sprang mehrmals in die Luft. Ich war allein, aber selbst wenn mich jemand dabei gesehen hätte, es hätte mir nichts ausgemacht. Hitze stieg mir die Wangen, und vermutlich leuchteten meine Augen wieder wie an jenem Tag, an dem ich mich in der Gilde offiziell als Abenteurer registriert hatte.

Und auf dem Höhepunkt meiner Begeisterung ließ ich mich zu etwas hinreißen: Ich rannte los und ging auf die Jagd nach weiteren Angriffszielen. Da war auch schon das nächste Monster, und ich streckte die Hand nach ihm aus.

»Firebolt!«

»Guuuaaaaargh!«

»Fireboooolt!«

»Guärgh?!« Ein schriller Schrei, fast wie der eines Kindes.

»Firebooolt!«

»GAAAAAGAAARGH!«

Ich kam, sah und wirkte Magie.

»Firebolt! Firebolt! Firebooolt!« Wieder und wieder setzte ich meine neue Macht ein. »Firebolt! Firebolt! Firebolt!«

Jedes Mal erfreute ich mich an dem Feuerwerk vor meinen Augen, wenn ein weiteres Monster in den Flammen zugrunde ging.

»Ups, ich bin ja schon auf der fünften Ebene ...«

Mit einem selbstzufriedenen Grinsen auf dem Gesicht schaute ich mich um. Die Wände schimmerten nun grün statt blau, ein unmissverständliches Zeichen, dass ich die ersten vier Ebenen hinter mir gelassen hatte.

»Da hab ich's wohl etwas übertrieben ...«

Ich beschloss, vorerst lieber umzukehren. Als ich jedoch summend auf demselben Weg zurückging, würde mir mit einem Mal mulmig.

»Hm?«

Ich hatte das Gefühl, als würde etwas in meinem Kopf vibrieren. Zwar hatte ich noch nie Alkohol getrunken, aber ich stellte mir vor, dass es sich so anfühlen musste, betrunken zu sein. Mir war nicht mehr klar, ob meine Füße überhaupt den Boden berührten. Dann drehte sich mit einem Mal alles, und das letzte, was ich sah, bevor ich das Bewusstsein verlor, war der Boden, der auf mich zurauschte.

»Was hast du, Aiz?«

Die beiden Abenteurerinnen hatten es soeben auf die fünfte Ebene zurückgeschafft. Drei Tage hatten sie benötigt, um von Ebene 37 hierhin zu gelangen, aber weder zeigten sich bei ihnen Anzeichen der Erschöpfung, noch hatten sie irgendwelche Verletzungen davongetragen. Die vielen Monsterattacken schienen spurlos an ihnen vorübergegangen zu sein. Es würde nicht mehr lange dauern, dann hätten sie den Ausgang erreicht. Doch da blieb Aiz, die vorangegangen war, plötzlich stehen.

»Was ist los?«, fragte Riveria, die plötzlich auf golden glänzendes, wallendes Haar blickte.

»Da liegt jemand auf dem Boden.«

»Von einem Monster getötet?«

Vor ihnen lag ein einsamer Abenteurer, der aussah, als wäre er beim Gehen zusammengeklappt. Die beiden näherten sich ihm.

»Äußerlich kann ich keine Verletzungen und keine Vergiftung erkennen … sieht mir eher nach einer klassischen psychischen Erschöpfung aus.«

»Vermutlich hat er's mit der Magie übertrieben«, schlussfolgerte Riveria sofort.

Der Gebrauch von Magie war nicht umsonst: Man benötigte Willenskraft dafür, und die hatte ihre Grenzen, ganz wie die körperliche Kraft auch.

Aiz stützte sich auf die Oberschenkel und sah sich den Abenteurer genauer an: Er hatte weißes Haar.

»Das ist doch dieser Junge …«

»Sag bloß, du kennst ihn?«

»Na ja, miteinander geredet haben wir noch nicht … Aber das ist der mit dem Minotaurus, von neulich.«

»Ach, der Kleine, über den Bete sich lustig gemacht hat?«

Riveria nickte. Aiz hatte ihr alles erzählt: von der unglücklichen Begegnung mit dem Minotaurus, und dass der Junge an jenem Abend ebenfalls im Wirtshaus gewesen war. Riveria hatte Bete hinterher zwar die Leviten gelesen, aber sie fühlte sich schlecht, dass sie ihn nicht gleich gestoppt hatte, auch wenn sie nicht gewusst hatte, dass Bell gerade alles mitbekam. Sie hatten ihm weh getan.

Aiz schien sich noch größere Vorwürfe zu machen, denn ihretwegen hatte das alles ja überhaupt erst geschehen können.

»Riveria, ich will es wiedergutmachen.«

»Hältst du das wirklich für nötig?«

Aiz stand ratlos da und blinzelte.

»Ihm in dieser Situation zu helfen, wäre eigentlich eine Selbstverständlichkeit. So machst du gar nichts wieder gut.«

Aiz nickte. Riveria seufzte und musterte Bell, um sich zu vergewissern, dass er sich immer noch nicht rührte. Nein, der würde so bald nicht wieder aufwachen. Sie warf Aiz einen Seitenblick zu.

»Mach einfach, was ich dir jetzt sage. Das dürfte ihn versöhnlich stimmen.«

»Was denn?«

Die Elfin erklärte ihr, was sie zu tun hatte.

»Und das genügt, meinst du?«

»Hundertprozentig sicher bin ich nicht, aber eigentlich müsste das deine Schuld begleichen. Ich glaub, es gibt keinen Mann auf dieser Welt, der das anders sehen würde.«

»Ich kann dir nicht so recht folgen ...«

»Musst du auch nicht«, entgegnete Riveria mit einem schiefen Lächeln. Eine Weile sah sie noch mit mütterlichen Blick zu, wie Aiz vor sich hingrübelte, dann kehrte sie wieder zu ihrer gewohnten stoischen Haltung zurück und stand auf. »Ich gehe schon mal zurück – ich würde hier ja doch nur stören.«

»In Ordnung. Danke, Riveria.«

»Schon gut«, sagte sie und ging.

Um Monster machte sie sich keine Sorgen: Der Junge hatte die fähigste Beschützerin an seiner Seite.

Ich döste vor mich hin. Eine frische Brise strich über mich hinweg, und ich spürte die Wärme der Sonne auf meiner Haut. Ich fühlte mich so wohl, dass ich gar nicht aufwachen wollte.

Dann streichelte mir plötzlich jemand übers Haar. Zarte Finger legten sich auf meine Stirn, beruhigend.

Zögerlich öffnete ich die Augen.

»Mama?«, fragte ich. Ein Wort, mit dem ich weder ein Gesicht noch einen Menschen verband.

Die Frau, die ich nur schemenhaft sah, hörte auf mit dem Streicheln. »Tut mir leid, aber ich bin nicht deine Mutter.«

»Wa…« *Moment. Diese Stimme kenne ich doch …*

Schließlich öffnete ich meine Augen ganz. Nun sah ich die Konturen der Person deutlicher: goldenes Haar, ein hübsches Gesicht, zuletzt die Augen, die ebenfalls golden leuchteten.

»Bist du wach?«

Und ob ich wach war! Die Zeit schien still zu stehen. Mit kreidebleichem Gesicht starrte ich sie einfach nur an.

Mein Kopf lag auf etwas Weichem, Warmem. Langsam dämmerte mir, was gerade vor sich ging. Ich lag auf ihrem Schoß, ziemlich sicher. Auf Aiz Wallensteins Schoß. Und gerade hatte sie mir mit ihren Fingern durchs Haar gestrichen.

Ganz langsam richtete ich mich auf, auch wenn ich die Wärme gern noch etwas länger genossen hätte. Mein Blick fiel auf die Monsterleichen um uns herum, die sie erledigt haben musste. Als ich mich wieder umwandte, saß Aiz immer noch da.

»Bilde ich mir das ein?«

»Ich denke nicht«, sagte Aiz mit einem leicht verlegenen Lächeln.

Dann starrten wir einander an. Das Schweigen schien ihr zunehmend unangenehm zu sein. Ich hingegen musste so aussehen, als hätte mich jemand von oben bis unten rot angemalt. Als Aiz dies bemerkte, war mein Limit erreicht. Mein Blick zuckte hin und her – und dann sprang ich auf und lief weg, so schnell ich konnte.

»AAAAAH!!!«

»Warum rennt er nur immer vor mir davon?«, fragte Aiz traurig.

Kapitel 4: Göttlicher Wein

© Suzuhito Yasuda

»Hier, bitte.«

»Dann lass mal sehen.«

Ein Amulett mit einem grünen Edelstein wurde auf den Tresen gelegt. Der Ladenbesitzer, ein Gnom mit rotem Hut und weißem Bart, nahm es mit in den hinteren Teil des Geschäfts, das den plumpen Namen »Des Gnoms Allerlei« trug. Umgeben von den einzigartigen Dingen, mit denen die Wände des Ladens dekoriert waren, stand ein Pallum schweigend da und lauschte dem Ticken der großen Standuhr.

»So, fertig.«

»Also, was sagst du?«

»Ich bin zufrieden. Wie du gesagt hast, verleiht das Amulett dem Träger Giftresistenz. Bist du mit 48.000 Valis einverstanden?«

Der Pallum nickte zufrieden. Damit war der Handel abgeschlossen. »Soll ich heute bar zahlen?«

»Nein, wie sonst auch.« Der Gnom wiegte bedächtig das Amulett in der Hand. »Das mag aus meinem Mund vielleicht etwas seltsam klingen, aber es wäre vielleicht besser, wenn du dich fürs Erste ein bisschen bedeckt hältst.«

Sein Kunde neigte skeptisch den Kopf.

»Unter den Abenteurern geht ein Gerücht über eine diebische Pallum um, die ganze Gruppen um ihr Hab und Gut erleichtert.«

»Was willst du damit sagen?«

»Keine Sorge, ich meine nicht, dass ich dich verdächtige. Schließlich bist du ja kein Mädchen. Manche reden auch davon, dass es mehrere Täterinnen sind. Aber ...« Der Gnom rieb sich nachdenklich den Bart. »Aus irgendeinem Grund landet das ganze Diebesgut am Ende bei mir. Ich rate dir nur, dir gut zu überlegen, mit wem du dich abgibst.«

»Es gibt da draußen eben auch bösartige Pallum«, sagte der Pallumjunge ungerührt. »Aber das gleiche gilt für Abenteurer, wenn du mich fragst. Mistkerle, die einen ausnehmen und bedrohen …«

»Na ja …«

»Die sollen bloß nicht glauben, sie seien was Besseres.« Der Pallum grinste gehässig. »Klingt zwar hart, aber sie sind doch selbst schuld, wenn sie sich reinlegen lassen.«

Der Gnom brummte nur mürrisch.

»Aaaah …«

»Was treibst du denn da, Bell?«

Ich hatte das Gesicht in den Sofapolstern vergraben und hielt mir mit beiden Händen ein Kissen über den Kopf, um mich von der Außenwelt abzuschotten. Als Hestia mich so sah, den Hintern in die Luft gestreckt, wollte sie natürlich wissen, was mit mir los war, doch ich hatte nicht die Kraft, ihr zu antworten.

Schon wieder war ich vor Aiz weggelaufen. Zwar wusste ich nicht, wie genau es überhaupt dazu gekommen war, aber ich war sicher, es war wirklich passiert. Ich hatte im Schoß meiner Angebeteten gelegen. Und dann hatte ich wie ein Vollidiot herumgeschrien und war Hals über Kopf davongelaufen.

Gaaaaah … Ich könnte vor Scham sterben!

»Hast du ins Bett gemacht oder so?«

»Neeein!!«

An anderen Tagen hätte ich auf so eine Frage hin vor Wut getobt, aber jetzt konnte ich nur kläglich winseln. Ich hatte mich geschämt und war von der Situation so überfordert gewesen, dass ich blindlings durch die Stadt gerannt war. Hinterher hatte ich mich nicht mehr erinnern können, welchen Weg ich auf der Flucht zurückgelegt hatte. Beim ersten Sonnenlicht war ich schließlich erschöpft zu Hause angekommen, wieder einigermaßen bei Sinnen.

»Puh ... Ich hab zwar keine Ahnung, was passiert ist, aber du bist manchmal ein ganz schönes Sensibelchen.«

Ich bin nicht sensibel, Göttin. Ich bin am Boden zerstört!

Schließlich raffte ich mich dazu auf, mit ihr zu frühstücken. Meine Ohren waren immer noch etwas rot. Mir war klar, dass ich nicht ewig Trübsal blasen konnte wegen dieser Sache, deshalb nahm ich mir vor, das Unmögliche zu versuchen und erst einmal nicht weiter darüber nachzudenken. Eines Tages würde ich mich bestimmt bei ihr bedanken können ... und entschuldigen. Eines Tages.

»Ach ja, bevor ich's vergesse: Zeig mir doch mal das Buch, das du gestern gelesen hast, Bell. Ich hab heute Vormittag nichts zu tun.«

»Oh, na klar.«

Anscheinend begann Hestias Schicht heute erst am Nachmittag. Also arbeitete sie neben ihrer Stelle im Laden der Hephaistos-Familia weiterhin am Verkaufsstand. Ob sie sich damit nicht ein wenig übernahm?

Ich überreichte ihr das dicke Buch, das ich von Syr bekommen hatte. Mit seiner Größe erinnerte es ein wenig an ein Lexikon.

»Hm ... Je länger man es sich ansieht, desto seltsamer wirkt es. Wenn ich ... Hm?«

Nachdem sie den Einband genauer studiert hatte, blätterte sie zügig durch die Seiten. Dann hielt sie plötzlich inne. Sie riss die Augen auf, und ihre Augenbrauen begannen zu zittern. Ihr Blick war voller Ehrfurcht, als hätte man ihr gerade ein unbezahlbares Schmuckstück in die Hände gelegt.

Was? Was ist denn damit?!

»Das ist ein Grimoire!!«

»Grimoire?« Dieses Wort hatte ich noch nie gehört, doch mich beschlich eine böse Vorahnung. »Und was genau ist das?«

»Einfach gesagt: Ein Buch, mit dem man Magie lernen kann.«

Mir brach der Schweiß aus.

»Ich weiß nicht, ob du schon mal von Entwicklungswerten gehört hast, aber solche Bücher kann nur jemand anfertigen, der über ein besonderes Talent für Mystik und Zauberei verfügt.«

Ja, davon habe ich schon mal gehört, Göttin.

Zwei verschiedene Entwicklungswerte brauchte man dafür … Es musste sich um jemanden handeln, der mindestens Level 3 erreicht hatte, also wesentlich stärker als der Durchschnittsabenteurer war. Möglicherweise jemand von legendärem Status, ähnlich jenem Weisen, von dem Eina mir erzählt hatte. Mir war, als würde ich zu Stein.

»Das ist also der Grund dafür, dass du diesen Zauber erlernt hast … Wie bist du überhaupt an dieses Grimoire herangekommen?«

»Ich hab es mir von einer Bekannten geliehen … Jemand hatte es vergessen oder so …«

Hestia sah mich mit großen Augen an.

»Wie … Wie viel ist so was denn wert?«

»Mindestens so viel wie die besten Waffen oder Rüstungen der Hephaistos-Familia. Vermutlich mehr.«

Ich fühlte mich wie eine Statue, durch die sich langsam ein Riss zog.

»Übrigens verlieren Grimoires ihre Wirkung, wenn sie gelesen werden. Sie sind dann nur noch wertlose Papierbündel.«

Das war's, ich bin tot.

Nicht nur hatte ich ein mystisches Buch gestohlen, das die unglaubliche Eigenschaft besaß, jemandem Magie beizubringen, ich hatte es auch noch benutzt und somit unbrauchbar gemacht. Ein Hunderttausende Valis teurer Gegenstand war dank mir nur noch Altpapier.

Eine bedrückende Stille breitete sich im Zimmer aus. Ich hatte etwas verbrochen, was sich nicht mehr rückgängig machen ließ.

Hestia sah mich eine Weile lang an, ohne eine Miene zu verziehen. Dann schleifte sie einen Stuhl zu mir herüber, setzte sich, legte mir beide Hände auf die Schultern und sah mir tief in die Augen.

»Hör gut zu, Bell: Du wirst dem Besitzer rein zufällig über den Weg laufen, ihm das Buch zurückgeben und ihm sagen, du hättest es nicht gelesen, nicht einmal geöffnet!«

»Aber das wäre doch gelogen, Göttin!«, rief ich. Glaubte sie etwa, das Problem würde sich so leicht unter den Teppich kehren lassen?!

»Hier in der irdischen Welt kommt man mit Ehrlichkeit eben nicht weit, das weiß ich am besten von allen. Erst wurde ich von zu Hause vertrieben; dann war ich so arm, dass ich mir nicht mal eine frittierte Kartoffel leisten konnte; ich lebte im Keller einer Ruine; musste horrende Schulden auf mich nehmen ... Die Welt ist voller Ungerechtigkeit!«

»Aber das alles war doch nicht deine Schuld!« Von was für Schulden sprach sie da eigentlich? Was hielt sie vor mir geheim?

»Jedenfalls muss ich der Bekannten, die mir das Buch ausgeliehen hat, erst mal alles erklären!«

»Bell, nicht! Du hast ein viel zu reines Herz! Diese Welt ist noch verdorbener, als wir Götter es sind!«

»Solche Weisheiten helfen mir gerade gar nicht! Wenn ich versuche, es zu verheimlichen, kommt es ja doch nur irgendwann raus!«

Das konnte ich in meiner Situation nicht bringen. Syr würde ganz sicher wissen wollen, ob ich das Buch schon gelesen hatte, und spätestens, wenn der eigentliche Besitzer im Gasthaus auftauchte, war mein Spiel vorbei! Mir blieb nichts anderes übrig, als mit der Wahrheit herauszurücken und die Kniefall-Taktik anzuwenden.

Ich ließ mich nicht länger von Hestia aufhalten, schnappte mir das Buch und flitzte aus dem Zimmer.

»Ist Syr da?«

»Oh, miaaau! Der junge Bursche ist wieder da. Hallo!«

Die Felina, die gerade vor dem Laden fegte, hieß Chloe, wenn ich mich recht erinnerte. Sie wedelte freudig mit dem Schwanz und grinste mich frech an.

»Was denn, musst du Syr so dringend sehen, dass ich nicht mal eine Begrüßung kriege, miaaau?«

»Bitte sag Syr Bescheid, dass ich mit ihr reden muss! Jetzt gleich!«

»Miaaau! Schon gut, ich beeil mich ja!«

Eilig verschwand sie durch die Tür ins Wirtshaus, dass das Türglöckchen nur so bimmelte. Mein ungewöhnliches Auftreten musste ihr begreiflich gemacht haben, wie dringend es war. Kurz darauf streckte sie ihren Kopf wieder heraus und winkte mich zu sich. Ich betrat den Laden, in dem gerade noch alles für die spätere Öffnung vorbereitet wurde.

»Guten Morgen, Bell!« Syr kam eilig angelaufen, ein hölzernes Tablett in den Händen. Ihr graues Haar steckte in einem dreieckigen Kopftuch. »Was gibt es denn so Dringendes?«

Ich erzählte ihr von meiner Misere. Zuerst lächelte sie mich nur etwas ratlos an, aber je länger ich redete, desto größer wurden ihre Augen. Als ich am Ende meiner Geschichte angekommen war, blickte sie betreten zu Boden.

»Da hast du ja ganz schön was angestellt, Bell ...«

»Moment mal, warum tust du jetzt so unbeteiligt? Soll ich etwa allein dafür geradestehen?«

Syr hielt sich das Tablett vors Gesicht. Dann blickte sie verstohlen darüber hinweg. »Würdest du das für mich tun?«

»Das ist zwar verdammt niedlich, aber nein!«, rief ich mit hochrotem Kopf. Wie eigennützig von ihr!

»Was soll der Krach am frühen Morgen, Bürschchen?!«

Unser lautes Hin und Her hatte die Wirtin Mia auf den Plan gerufen. Für eine Zwergin war sie groß, und sie war auch ziemlich kräftig gebaut. Ihr einschüchternder Auftritt ließ mich erstarren, was es ihr erleichterte, mir das Buch aus den Händen zu reißen. Kurzerhand blätterte sie durch die Seiten.

»Das ist ein Grimoire, kein Zweifel ... Aber nutzlos, da es schon gelesen wurde. Mach dir nichts draus, Bürschchen.«

»Was?! A... Aber ...«

»Wer so ein Ding einfach rumliegen lässt, legt es doch regelrecht darauf an, dass jemand es liest. Selbst schuld. Hättest du es nicht aus Versehen getan, dann hätte es irgendein anderer Abenteurer absichtlich mitgenommen und gelesen. So läuft das eben.«

Das hörte sich für mich plausibel an.

»Wem auch immer das Buch gehört, er musste auf so was gefasst sein, als er es verloren hat. Oder würdest du erwarten, dass du deinen Geldbeutel unangetastet wiederbekommst, wenn du ihn verlierst?«

»Na ja ...«

»Sag ich doch. Es bringt nichts, sich den Kopf darüber zu zerbrechen. Nimm es einfach so hin und denk nicht weiter drüber nach.«

Damit ließ sie uns stehen. Als ich zu Syr hinüberblickte, lächelte sie mich verlegen an und neigte ihren Kopf zur Seite. Ich konnte mein schlechtes Gewissen nicht so leicht abschütteln. Leider sah man mir das wohl auch an: Mia hatte sich noch einmal umgesehen und warf mir nun einen stechenden Blick zu.

»Bist du ein Mann oder eine Maus?«, rief sie barsch. »Stell dich nicht so an!«

»Jawohl!!«, rief ich und stand stramm.

Dann verschwand sie endgültig im hinteren Teil des Wirtshauses. Ich sah ihr nach und fragte mich, ob ich die Sache wirklich einfach würde vergessen können. Missmutig kratzte ich mich am Kopf.

»Tut mir leid, dass ich so einen Wirbel gemacht hab. Ich geh dann mal ...«

Ich drehte mich um und wollte gerade aus dem Laden gehen, da war Syr auf einmal wieder neben mir und hielt mir einen Korb hin, den Chloe ihr gereicht hatte.

»Willst du dein Essen heute nicht mitnehmen?«

»O... Oh, sehr gern!«

Mit einem verlegenen Lächeln nahm ich den Korb entgegen. Ich hatte zwar jedes Mal ein schlechtes Gewissen, wenn sie mir Essen mitgab, aber es schien ihr Freude zu machen. Sonst zeigte sie sich nicht so offen glücklich. Man hätte fast sagen können, dass sie praktisch nie wirklich glücklich wirkte, aber ... Ich wusste nicht genau, wie ich diesen Eindruck in Worte fassen konnte.

Mit roten Ohren bedankte ich mich noch einmal, und dann verließ ich das Hostess of Fertility.

Erneut zu Hause angekommen, legte ich das Grimoire auf dem Tisch ab und bereitete mich vor, um in den Dungeon aufzubrechen. Ich berichtete Hestia noch kurz, was im Wirtshaus vorgefallen war, dann verabschiedete sie mich herzlich.

Oh, ich glaub, mir sind die Heiltränke ausgegangen …

Erst als ich schon auf der zentralen Straße war, fiel mir plötzlich ein, dass ich nicht vollständig ausgestattet war. Bei meiner Expedition in den Dungeon vor drei Tagen hatte ich alle Tränke aufgebraucht. Die Tasche an meiner linken Hüfte war leer.

Ich beschloss also, noch rasch in einem Laden vorbeizuschauen, in dem ich schon lange nicht mehr gewesen war. Er befand sich in einer Hintergasse, etwas abseits der zentralen Weststraße. In dieser nicht ganz so vorteilhaften – um nicht zu sagen ungemütlichen – Lage stand ein Haus, auf dem das Emblem einer gewissen Familia prangte: Das Abbild eines kerngesunden Mannes.

»Hallooo!«

Ich öffnete die doppelflügelige Holztür und steckte meinen Kopf zögerlich ins halbdunkle Geschäft. Dort stand eine Tiermenschenfrau, die gerade in den Regalen nach etwas suchte. Als sie mich bemerkte, drehte sie sich um und lächelte mich mit halboffenen Augen an.

»Morgen, Bell! Lange nicht gesehen.«

Ihre Stimme ließ Elan vermissen, und sie guckte, als wäre sie gerade erst aufgestanden, aber das war bei ihr der Normalzustand. Unter ihrem Rock lugte ihr Schwanz hervor, und der linke Ärmel war kürzer als der rechte. An der rechten Hand trug sie zudem einen Handschuh. Sie hatte schon einen etwas eigenwilligen Kleidungsstil. Sie musste etwa so alt sein wie Eina, möglicherweise ein wenig jünger. Nachdem sie mich begrüßt hatte, ging sie hinter den Tresen.

»Tut mir leid, dass ich schon so früh auf der Matte stehe«, sagte ich. »Passt es gerade?«

»Ach, nach dir kommen eh keine Kunden mehr. Was möchtest du denn heute kaufen?«

Sie holte einen Behälter hervor und stellte ihn vor mir auf den Tresen. Darin befanden sich allerlei Phiolen, die mit verschiedenfarbigen Flüssigkeiten gefüllt waren.

»Ist Gott Miach heute gar nicht da?«, fragte ich, während ich die Phiolen gründlich beäugte.

»Nein, der ist gerade privat unterwegs. Ich bin heute allein.«

Dies war nicht nur das Geschäft der Miach-Familia, sondern auch ihr Zuhause. Das Tiermenschenmädchen vor mir hieß Naaza und war Miachs einzige Anhängerin. Sie hielt mir einen Heiltrank hin, dessen Reinheitsgrad besonders hoch wirkte. »Willst du nicht langsam mal starke Heiltränke benutzen?«

»Ach was«, winkte ich ab. »Das wäre noch viel zu früh für mich!«

Starke Heiltränke kosteten mehrere zehntausend Valis pro Stück. Das gehörte mittlerweile zu unserem Ritual: Sie versuchte, mir diese Dinger anzudrehen, und ich zog mir irgendwelche Ausreden aus der Nase, um sie nicht kaufen zu müssen. Unsere beiden Familien waren notorisch pleite, deshalb war es ganz alltäglich, dass sie bei jeder Gelegenheit versuchte, mir ihre Sachen aufzuschwatzen, ich aber jede Münze zweimal umdrehte. Man sah es Naaza nicht an, aber sie konnte mächtig Druck ausüben. Meistens ließ ich mir am Ende doch das ein oder andere andrehen.

»In letzter Zeit hast du dich aber nicht oft hier blicken lassen, Bell!«

»Ähm ...«

»Miach war sehr traurig darüber. Und sein Magen hat geknurrt. Weil wir so arm sind.«

Seit ich Lili alle Vorbereitungen überlassen hatte, wie beispielsweise die Besorgung von Heiltränken, war ich nicht mehr oft hier gewesen. Dementsprechend schlecht war mein Gewissen.

Mist, wenn das so weitergeht, kauf ich ihr doch noch irgendwas Teures ab ...

»Ach ja, gestern ist mir was total Seltsames im Dungeon passiert!«, lenkte ich schnell ab und erzählte davon, wie ich im Dungeon ohnmächtig geworden war.

Naaza hörte mir geduldig zu und sagte dann: »Ah, natürlich. Das war psychische Erschöpfung. Kommt oft vor bei Leuten, die Magie neu gelernt haben und es dann übertreiben.«

»Psychische Erschöpfung?«

»Magie einzusetzen, erfordert Willenskraft. Verbrauchst du zu viel davon, kippst du um. Eigentlich ganz einfach. Und genau deshalb«, Naaza wühlte in der Kiste auf dem Tisch herum, »brauchst du einen Trank, der deine Willenskraft wiederherstellt und dich vor solchen Situationen bewahrt. Ich habe erst neulich einen hergestellt ...«

»Wirklich? Aber ist der nicht unheimlich teuer?«

»Keine Sorge, da du unser bester Kunde bist, mach ich dir einen guten Preis: Nur 8700 Valis!«

Ich überlegte kurz, dann sagte ich: »Na gut ...«

Sie wackelte mit ihren Hundeohren und holte noch zwei weitere Phiolen hervor. »Nimm noch diese zwei Heiltränke dazu, dann bekommst du alles zusammen für nur 9000 Valis! Was sagst du?«

Ich strengte mein Hirn an – nicht unbedingt meine Stärke. Ich wusste, dass ein Trank der Miach-Familia mich ansonsten mindestens 500 Valis gekostet hätte. Ich riss die Augen auf. Das war ja ein stattlicher Rabatt! 9000 Valis waren für mich momentan zwar ein schmerzhaft hoher Betrag, aber wenn ich dafür meinen Zauber öfter einsetzen konnte, war es das womöglich wert.

»Man weiß doch nie, was im Dungeon alles passieren kann. Je gründlicher du dich vorbereitest, desto besser!«

Mit diesen Worten hatte sie mich überzeugt. Einem Feigling wie mir war die Sicherheit der Gruppe wichtiger als Geld.

»In Ordnung, dann nehme ich dein Angebot an.«

»Danke, Bell«, sagte sie mit schläfrigem Blick. »Du bist der Beste!«

Wie offensichtlich sie mit meinen Gefühlen spielte. Mit rotem Kopf gab ich ihr das Geld, nahm meine Tränke entgegen und verließ eilig den Laden.

»Das war viel zu leicht, Bell …«

Kurz dachte ich, ich hätte beim Hinausgehen etwas gehört, aber ich stempelte es als Einbildung ab. Nur Einbildung.

Mit meinen Einkäufen ging ich auf der zentralen Weststraße zum Zentralpark weiter. Es war schönstes Wetter, und auf dem runden Platz hatten sich schon etliche Abenteurer eingefunden, alle in voller Montur.

Sie ist noch nicht hier …

Ich hielt nach Lili Ausschau, aber sie war nirgends zu sehen. *Seltsam*, dachte ich und beschloss, schon einmal vorzugehen. Doch auf dem Weg in den Turm nahm ich zwischen den vielen Bäumen eine Bewegung wahr. Im Schatten der Blätter, die sich sanft im Wind bewegten, stand Lili, umgeben von drei großen

Männern, die wie Abenteurer wirkten. Mit wütenden Gesichtern redeten sie auf sie ein. Sie stand mit hochgezogenen Schultern da und schüttelte immer wieder energisch den Kopf. Das sah nach einer unangenehmen Situation aus. Ob das Mitglieder der Soma-Familia waren? Schon bewegte ich mich auf die Gruppe zu.

»Jetzt ... rück ... raus!«

»Ich ... wirklich nichts mehr!«

Je näher ich kam, desto mehr bekam ich von dem Streit mit. Eilig ging ich an einem großen Baum vorbei, der im toten Winkel der Gruppe stand ...

»Hey!«

Jemand hatte mich an der Schulter gepackt, um mich am Weitergehen zu hindern. Erschrocken drehte ich mich um. Es war ein schwarzhaariger Abenteurer. Er war muskulös und trug ein Langschwert auf dem Rücken.

Moment, diesen Kerl kenn ich doch ...

»Du bist doch der Rotzbengel von neulich! Umso besser. Hör zu: Du hast doch was mit der Kleinen da zu tun, oder?«

Kein Zweifel: Dies war der Abenteurer, der mich neulich in jener Hintergasse bedroht hatte.

»Jemand zu Hause? Los, raus mit der Sprache! Sie ist deine Supporterin, oder?«

»Sie ist nicht die, für die du sie hältst!«, antwortete ich aus einem Reflex heraus. Man konnte sich leicht täuschen wegen der Robe und der Kapuze, aber sie war keine Pallum, sondern eine Chienthropin. Er hatte sich geirrt.

Aber der Mann grinste mich nur höhnisch an. »Bist du ernsthaft so ein Trottel? Kann ich mir kaum vorstellen. Aber ist mir auch egal. Denk doch, was du willst.«

Was er da sagte, brachte mich zum Grübeln. Wollte er andeuten, dass Lili mich belog? Konnte ich jemandem wie ihm überhaupt glauben? Vermutlich sah er mir meine Zweifel an, denn er lachte erneut spöttisch.

»Mal was anderes«, sagte er dann. »Willst du mir helfen, die Kleine übers Ohr zu hauen?«

»Wa…«

»Natürlich nicht umsonst, du kriegst 'ne Belohnung. Wir teilen uns das Geld, das wir ihr abknöpfen.«

Er schien es tatsächlich ernst zu meinen. Es verschlug mir die Sprache.

»Geh einfach mit ihr in den Dungeon, so wie immer. Dann passt du eine günstige Gelegenheit ab und trennst dich von ihr. Den Rest erledige ich. Ist doch ein Kinderspiel, oder?«

Und dann lachte er wieder. Was für ein widerwärtiges Lachen das war. Mit solch einer Verdorbenheit war ich bisher noch nicht in Berührung gekommen. Kälte breitete sich in mir aus, und ich ballte die Hand zur Faust.

»Wie kannst du so was nur sagen?«

»Hä? Nerv nicht rum, sag einfach Ja! Immerhin winkt dir ne ordentliche Stange Geld. Wo ist das Problem?« Wieder dieses spöttische Lachen. »Die Kleine ist doch nur 'ne Supporterin! Kann nichts, spielt keine wichtige Rolle … Wir benutzen sie, quetschen sie aus und werfen sie hinterher weg. Ganz einfach.«

Ich hatte genug. Meine Wangen glühten. Diesmal war es anders als in jener Hintergasse. Da war keine Angst mehr. Diesmal durchströmte mich pure Wut.

»Auf keinen Fall!«

»Du verdammter Mistbengel …«

Der Mann verzog das Gesicht zu einer furchterregenden Fratze, doch davon ließ ich mich nicht einschüchtern. Die Situation wurde langsam gefährlich für mich. Das Laub über uns bebte, als fürchtete es sich vor dem Zorn, der unter ihm entflammte. Eine Weile lang funkelten wir einander an, dann schnalzte mein Gegenüber mit der Zunge und wandte sich um. Er machte keine Anstalten, sein Schwert zu ziehen, ging einfach langsam davon.

»Meister Bell?«

Als ich Lilis vertraute Stimme hörte, drehte ich mich um. Sie blickte fassungslos zu mir auf. Ihr plötzliches Auftauchen brachte mich so sehr aus dem Konzept, dass die Wut, die ich bis eben verspürt hatte, einfach verflog. »Lili, seit wann stehst du denn da?«

»Ich bin gerade erst gekommen. Worüber hast du dich denn mit dem Abenteurer unterhalten?«

»Unterhalten? Ähm … Der hat nur Streit gesucht, sonst nichts.«

Das war zwar nicht die ganze Wahrheit, aber ich konnte ihr ja schlecht erzählen, dass er mich gerade dazu hatte anstiften wollen, sie zu hintergehen. Sie bemerkte wohl, wie unruhig ich war. Sie sah mich prüfend an und machte ein finsteres Gesicht.

»Ach ja, geht's dir eigentlich gut? Gerade haben dich doch diese drei Kerle bedrängt …«

»Du hast es gesehen? Keine Sorge, wie du siehst, bin ich wohlauf.« Sie breitete die Arme aus, drehte sich einmal im Kreis und ließ dann ein Lächeln unter ihrer Kapuze aufblitzen. Ich konnte keine Anzeichen für Verletzungen erkennen und war erleichtert.

»Lili, diese Leute …«

»Haben auch bloß Streit gesucht, Meister Bell – die halten uns wohl beide für schwach, was?« Sie grinste. Offensichtlich wollte sie nicht, dass ich weiter nachbohrte. »Lass uns aufbrechen,

Meister Bell! Ich habe schon zwei Tage ausgesetzt, heute verlasse ich mich also besonders auf deine Künste!«

Sie machte kehrt und ging auf Babel zu. Einmal blickte sie sich noch um, sah mich mit ihren kastanienbraunen Augen an und lächelte, als wäre nichts gewesen. Ich beschloss, es auf sich beruhen zu lassen, und ging ihr wortlos hinterher. Inmitten der vielen Abenteurer, die in den Turm drängten, fragte ich mich, ob Lili wohl immer noch lächelte.

»So, jetzt ist Jagdsaison ...«

»Oh, machst du schon Schluss, Eina?«

»Ja, das hatte ich vor.«

Die Rezeption des Gildenhauptquartiers war ganz aus Marmor, und es herrschte eine offizielle, feierliche Atmosphäre. Während Eina ihren Schreibtisch aufräumte, blickte sie immer wieder zum Eingangsbereich hin. Er war ins Licht der Abendsonne getaucht, das durch die Fenster hereinfiel. Schließlich stand sie auf.

»Eina macht pünktlich Feierabend ... Dass ich das noch erleben darf! Wartet etwa ein Mann auf dich?«

»Warum muss es ausgerechnet an einem Mann liegen?«, fragte Eina und wedelte abwehrend mit den Händen.

Sie verabschiedete sich noch von den anderen Kollegen und verließ das Gebäude. Die schicken Schuhe, die zu ihrer Gildenuniform gehörten, klackerten über den Boden. Vom Hauptquartier war es nicht weit bis zu ihr nach Hause, aber dorthin ging sie heute nicht. Sie folgte der zentralen Nordweststraße. Sie war nicht von kleinen Läden oder Ständen gesäumt, sondern von großen Geschäften, die hier, so nahe beim Gildenhauptquartier, sehr gut Abenteurerbedarf verkaufen konnten. Aus dem Grund nannten die Anwohner diese Straße auch Abenteurerstraße. Die Wege waren so breit, dass mehrere Personen in schwerer Rüstung problemlos nebeneinander gehen konnten.

So ein Ärger, dass man in den Dokumenten der Gilde nur offizielle Informationen über die Soma-Familia findet …

In den letzten Tagen hatte Eina versucht, mehr über diese Familia herauszufinden. Hätte jemand sie nach dem Grund gefragt, so hätte sie vermutlich geantwortet, es interessiere sie eben. In Wahrheit wollte sie verhindern, dass Bell wegen dieser Familia in Schwierigkeiten geriet.

Von den Soma-Repräsentanten bekomme ich immer nur dieselben wenig aussagekräftigen Antworten. Also muss ich wohl selbst ein paar Nachforschungen anstellen.

Auf offiziellem Wege hatte Eina mit der Informationsbeschaffung wenig Erfolg gehabt. Nur so viel war von außen ersichtlich: Die Familia war ungewöhnlich stark aufs Geldverdienen fixiert, und die Mitglieder standen deswegen derart unter Druck, dass sie rücksichtslos im Umgang mit anderen Abenteurern wurden.

Eina ließ ihre Gedanken noch etwas weiter wandern. *Der Gott der Familia setzt seine Kinder unter Druck, um seinen egoistischen Zielen nachzukommen … Nein, irgendwie kann das nicht alles sein.*

Die Punkte, die sie am meisten ins Grübeln brachten, waren die Versessenheit auf Geld und die Organisationsstruktur der Familia.

Es gibt so viele Mitglieder, die den Ansprüchen ihres Gottes nicht gerecht werden … Was, wenn das alles gar nichts mit Soma zu tun hat? Wenn einige seiner Anhänger einfach außer Kontrolle geraten sind?

Eina blieb stehen. Vor sich sah sie ein großes Wirtshaus.

»Hm ... Da drin hab ich vielleicht die besten Erfolgsaussichten ...«

Zur Informationsbeschaffung eigneten sich Wirtshäuser oder Märkte am besten, das wusste sie. Doch sie sträubte sich ein wenig. Orte, an denen sich viele betrunkene Abenteurer tummelten, mied Eina im Allgemeinen. Dort wurde sie nämlich häufiger, als ihr lieb war, von aufdringlichen Männern umschwärmt wie eine Blüte von Bienen.

»Ha ha ... Nein, dass lasse ich doch lieber.«

Allzu deutlich sah sie vor sich, was ihr in dem Wirtshaus bevorstand, daher setzte sie ihren Weg fort. Als sie aus der Eingangstür das Gelächter und Gegröle der Abenteurer anschwellen hörte, ging sie noch etwas schneller.

Nicht, dass ich die schönste Frau da drin wäre, aber ...

Eina war sich ihrer überdurchschnittlichen Attraktivität durchaus bewusst. Immerhin gehörte sie zur Hälfte dem Volk der Elfen an, das für seine hübschen Frauen und Männer bekannt war. Sie musste damit rechnen, vom anderen Geschlecht nicht in Ruhe gelassen zu werden.

Prinzipiell hab ich ja nichts gegen etwas Aufmerksamkeit ...

Sie dachte an das überraschte Gesicht ihrer Kollegin zurück, die vermutet hatte, dass Eina wegen eines Dates das Büro so pünktlich verlassen hatte. Woher kam diese Reaktion? Eigentlich hielt sie sich nicht für ein so unschuldiges Mädchen, und sie war auch bereits 19 Jahre alt. Es wäre also nichts Ungewöhnliches daran, mal jemanden an ihrer Seite zu sehen. Manchmal fand sie es selbst schade, dass ihre Arbeitswut stärker war als der Wunsch nach einer Beziehung.

Andererseits hab ich den Richtigen auch noch nicht gefunden ...

Sie stellte sich jemanden vor, der etwas weniger tüchtig und zuverlässig war als sie selbst. Der zwar irgendwie zurechtkam, sein Bestes gab, sich aber letzten Endes erschöpft mit seinen Problemen an sie wandte, weil er auf sie angewiesen war. Sie würde ein wenig protestieren, dann aber nachgeben und gemeinsam mit ihm an einer Lösung arbeiten. Ja, so jemand fände sie am passendsten: einen Mann, der ihren Beschützerinstinkt gerade genug kitzelte, aber nicht so sehr, dass er ihr lästig wurde.

Ach, vielleicht finde ich ja irgendwo einen, der so ist wie Bell …

Ja, genau. Jetzt, wo sie es in Worte gefasst, seinen Namen gedacht hatte, fiel es ihr wie Schuppen von den Augen. Offenbar hätte sie gern einen Mann wie Bell – wie lustig! Zu einer so deutlichen Antwort war sie bisher noch nie gelangt.

Moment mal … was denke ich denn da?!

Sie fuchtelte mit den Armen, als könnte sie so ihre Gedanken verscheuchen. Nun stand sie mit hochrotem Kopf da, völlig allein auf der Straße, und lachte beschämt.

»Oh, ich bin ja angekommen!«, sagte sie laut. Die Röte war aus ihrem Gesicht noch nicht verschwunden, als sie den mit groben Steinen gebauten, zweistöckigen Laden betrat. Auf dem Schild, das über dem Eingang hin, stand in großen Buchstaben: »Einzelhandel«.

Sie war hergekommen, um sich den Wein genauer anzusehen, den die Soma-Familia verkaufte. Zum einen hatte sie nicht viele andere Anhaltspunkte, denen sie nachgehen konnte, zum anderen fand sie es verdächtig, dass der Wein in solch geringen Mengen verkauft wurde. Sie machte sich zwar keine allzu großen Hoffnungen, ausschließlich durch den Wein etwas herauszufinden, aber einen Versuch war es wert.

Ich war schon lange nicht mehr hier ... Das Sortiment ist ja ganz schön erweitert worden!

Hohe Schaukästen aus Kristall, genauso durchsichtig wie Glas, aber viel robuster, reihten sich in der Mitte des Raums ordentlich aneinander. Sie ging herum und sah sich die vielen Waren an. Die mit blauer Flüssigkeit gefüllten Rundkolben waren Heiltränke. Die langen Phiolen mit der grünen Flüssigkeit waren Gegengifte, und die Fläschchen mit dem ausgeklügelten Design Elixiere ...

Es gab viele solcher Läden, in denen verschiedene Familias die von ihnen hergestellten Waren anboten. Da dieser spezielle Laden aber nah an der Abenteurerstraße lag, war er sehr beliebt und bot eine entsprechend große Auswahl.

Nachdem Eina sich das Angebot für Abenteurer kurz angesehen hatte, folgte sie dem Pfeil, der zu den Lebensmitteln führte.

Da! Gefunden!

Sie war ganz aufgeregt, als sie unter all den Flaschen eine mit dem Etikett der Soma-Familia entdeckte. Die Flasche war in jeder Hinsicht gewöhnlich, hatte keinerlei Verzierungen, der Inhalt war klar ... Dieser Wein sah beim besten Willen nach nichts Besonderem aus. Unter all den Flaschen war es jedoch die einzige der Soma-Familia. Die Nachfrage schien also wirklich hoch zu sein.

»›Soma‹ ... Das ist alles?«

Das weiße Etikett mit der primitiven Aufschrift erweckte den Eindruck, als hätte es jemand völlig lustlos entworfen. Der Wein war also nach dem Gott der Familia benannt. Hatte Soma das selbst entschieden? Sie wollte gerade losgehen, um die Flasche von einem Angestellten aus der Vitrine holen zu lassen, da fiel ihr Blick auf das Preisschild: 60.000 Valis.

DONG! Eina presste die Stirn gegen den Kristall.

W... Was?! So viel für eine Flasche Wein?!

Sie konnte es kaum fassen. Der war ja teurer als Bells Ausrüstung! Sie rieb sich die gerötete Stirn, während sie weiter fassungslos das Preisschild anstarrte. Für einen gewöhnlichen Abenteurer war dieser Wein unerschwinglich. Er war teurer als die meisten wertvollen Gegenstände in diesem Laden. Das hielt sie bei einem Genussmittel für völlig übertrieben.

So viel Geld hab ich natürlich nicht dabei ...

Als Angestellte der Gilde verdiente sie zwar ganz gut, aber auch wieder nicht so viel, dass sie 60.000 Valis einfach so mit sich herumschleppen würde. Außerdem wäre nach dem Einkauf ihr Haushaltsgeld auf absehbare Zeit aufgebraucht. Und gerade erst hatte sie Bell einen Ausrüstungsgegenstand geschenkt.

Ratlos stand Eina nun vor dem Weinregal, da hörte sie plötzlich eine klare, helle Stimme: »Eina?«

»Hm ...?« Sie drehte sich um. Hinter ihr stand eine schöne, große Elfin. Über ihren Rücken floss jadegrünes Haar, aus dem spitze Ohren hervorragten, die wie Blätter geformt waren. Sie war so anmutig, dass sie selbst unter Elfen herausstach. Erhaben stand sie da, und ihre smaragdgrünen Augen übertrafen in ihrer Intensität sogar Einas eigene.

»H... Herrin Riveria!«

»Wusste ich doch, dass du es bist ...« Riveria Ljos Alf zog nur leicht die Mundwinkel nach oben, die bloße Ahnung eines freundlichen Lächelns. »Du bist noch viel hübscher als bei unserem letzten Treffen. Ich hätte dich fast nicht erkannt.«

Eina versteifte sich. »D... Das ist zu gütig von Euch! Es ist mir eine Ehre, derart von Euch gelobt ...«

»Du musst nicht so höflich mit mir reden. Wir sind hier nicht im Land der Elfen. Du bist ja nicht einmal dort geboren.«

»Aber meine Mutter hat mir beigebracht, Hochgeborenen gegenüber stets höflich zu sein …«

»Das hat Aina dir gesagt? Bedauerlich, dabei sind wir doch zusammen aus der Heimat geflohen.« Riveria seufzte und sah Eina eindringlich an. »Ein Mindestmaß an Höflichkeit genügt mir völlig. Ich hasse es, so übermäßig förmlich behandelt zu werden wie einst in jenem Käfig. Wenn du mir Respekt erweisen willst, nimm darauf Rücksicht.«

»A… Aber …«

Auf Riverias nachdrückliche Worte wusste Eina nichts zu erwidern. Es stimmte: Sie war hier in Orario geboren, in einer freien Stadt, in der sich die Völker nach Belieben mischten, und kannte die Heimat der Elfen nur aus Geschichten … Aber die Frau vor ihr gehörte zu den Hochelfen! Es floss genug elfisches Blut durch Einas Adern, dass sie sich automatisch verneigte.

»Ich sage ja nicht, dass du alle Höflichkeiten vergessen sollst. Übertreib es einfach nicht.«

»I… In Ordnung …«

Riveria wirkte zufrieden. Eina wurde mit dem Gedanken zwar noch nicht ganz warm und behielt ein mulmiges Gefühl, aber sie fasste sich und rief sich in Erinnerung, was für ein freudiges Wiedersehen dies war. Als sie noch jung gewesen war, war ihr die Hochelfin mehrfach in ihrem Heimatdorf begegnet. Nachdem sie in die Stadt gezogen war, hatte sie durch ihre Arbeit bei der Gilde davon erfahren, dass sich Riveria auch in Orario aufhielt, aber als Gildenmitarbeiterin hatte sie ihre alte Bekannte nicht einfach so aufsuchen können. Unmöglich wäre es zwar nicht gewesen, aber … sie hatte einfach zu viel Ehrfurcht vor ihr gehabt.

»Jedenfalls schön, dass du wohlauf bist. Wer hätte gedacht, dass du eines Tages bei der Gilde landest?«

»Tut mir leid, dass ich nie auf dich zugekommen bin ... Ich wollte ja, aber ...«

»Kein Problem. Seit ich in Orario bin, verbringe ich meine Tage sowieso meistens im Dungeon. Ich komme kaum noch zu etwas anderem und schiebe ständig alles auf.«

Jede ihrer Gesten erschien Eina so würdevoll. Auch sie hatte zwar von ihrer Mutter gelernt, wie man vornehm auftrat, aber die Erscheinung eines Mitglieds der Königsfamilie war eben doch etwas anderes. Als käme sie aus einer anderen Zeit.

»Was tust du denn hier, Herrin Riveria?«

»Bei meiner gestrigen Dungeon-Expedition sind mir die Vorräte ausgegangen, Tränke und so. Also stocke ich ein wenig auf.«

»Reicht dir nicht deine Heilungsmagie? Verzeih die dumme Frage.«

»Nun, Magie kann nicht alles lösen. Ein Trank ist manchmal schneller und praktischer. Und wonach suchst du?«

»Ich? Oh ...« Als sie danach gefragt wurde, erinnerte sie sich wieder, warum sie eigentlich hier war. Sie überlegte kurz und beschloss dann, lieber nicht zu erwähnen, dass sie Nachforschungen über die Soma-Familia anstellte. Wenn herauskäme, dass eine Mitarbeiterin der Gilde eine bestimmte Familia genauer unter die Lupe nahm, konnte das zu Problemen führen.

»Ach, auf diesen Wein hast du es abgesehen? Meine Familia trinkt den sehr gern.«

»Wirklich? Ähm, dürfte ich fragen, ob diejenigen, die diesen Wein öfter trinken, sich irgendwie seltsam verhalten oder eine Abhängigkeit entwickeln?«

»Nun, in meinen Augen ist ja das Trinken von Wein an sich schon seltsam genug, aber ... Ich denke nicht, dass irgendjemand aus dem Rahmen fällt. Warum fragst du?«

»Ähm, na ja ... Eine Bekannte hat mir den Wein empfohlen, aber ich muss zugeben, dass ich den Erzeugnissen der Soma-Familia gegenüber ein wenig voreingenommen bin ...«

Sie bemühte sich, immerhin einen Teil der Wahrheit zu sagen: Zum einen ließ Riverias Frage nichts anderes zu, zum anderen versprach sie sich davon einen neuen Anhaltspunkt.

»Verstehe. Nun, es stimmt, dass die Mitglieder der Soma-Familia sich oft sehr kaltherzig verhalten.«

»Weißt du denn mehr darüber?«, fragte Eina ein wenig zu energisch. Kurz danach war sie sich unsicher, ob das angemessen gewesen war.

Riveria kniff ein Auge zu und sah sie an, als wüsste sie, was in Eina vorging. Sie schluckte und fühlte sich ertappt. Riveria war sehr scharfsinnig. Für sie war es eine Leichtigkeit, die wahren Absichten ihrer Gesprächspartner zu durchschauen. Auch früher, als Eina noch ein Kind gewesen war, hatte sie nichts vor ihr verheimlichen können. Sie fragte sich, ob sie sich verraten hatte und Riveria nun wusste, dass sie die Soma-Familia verdächtigte. Mit Schweißperlen auf der Stirn erwartete sie Riverias Antwort.

»Leider weiß ich selbst nicht viel über diese Familia. Vermutlich sogar weniger als du.«

»O... Oh, verstehe ...« Erleichtert atmete Eina auf und legte sich die Hand auf die Brust. Offenbar war sie nicht aufgeflogen.

Riveria musterte sie kurz und sagte dann: »Ich selbst weiß zwar nicht viel, aber ... Ich könnte mir vorstellen, dass ein Mitglied meiner Familia dir weiterhelfen kann.«

»Was?«

»Würdest du mich zu mir nach Hause begleiten?«

Ein fürstliches Anwesen. Anders ließ sich dieser Ort nicht beschreiben.

Ich hatte ja bereits davon gehört, aber … Hier lebt nun also eine der herausragendsten Abenteurerfamilien Orarios …

Es lag im nördlichsten Teil der Stadt, eine Straße von der dortigen zentralen Straße entfernt. Ein übertrieben großes Gebäude, auf eine möglichst kleine Fläche gezwängt. Etliche hohe Türme wuchsen wie Speere aus dem bronzefarbenen Dach empor. Es reichte nicht einmal über Babels Erdgeschoss hinaus, aber es genügte, um einem Kopfschmerzen zu bereiten, wenn man zu lange hinaufblickte. Die Spitze des mittleren Turms ragte am weitesten in die Höhe und verschwand im Dunkel der Nacht. Das gesamte Anwesen wirkte, als wäre es einer feurigen Schmiede entsprungen.

Vor dem Eingang empfingen sie ein Mann und eine Frau.

»Willkommen zurück, Riveria!«, sagte sie.

»Entschuldigung, wer ist denn deine Begleiterin?«, fragte er. »Gehört sie zur Gilde?«

»Sie ist die Tochter einer Freundin. Heißt sie bei uns willkommen.«

Eina und Riviera durften eintreten. Hätte man sie nebeneinander aufgestellt, hätten sie wie gleichaltrige Schwestern ausgesehen. In Wahrheit bestand jedoch ein recht großer Altersunterschied zwischen ihnen. Unter den Halbmenschen gehörten Elfen zu den Völkern mit der höchsten Lebenserwartung.

»Das ist jetzt vielleicht zu spät, aber ... War das wirklich eine gute Idee?«

»Was meinst du?«

»Dass du mich, eine Angestellte der Gilde, in euer Zuhause eingeladen hast. Was, wenn durch mich vertrauliche Informationen der Loki-Familia nach außen dringen?«

»Rede keinen Unsinn. Wenn ich dir so etwas zutrauen würde, hätte ich dich gar nicht erst eingeladen. Oder willst du mich etwa dazu bringen, deine Ehre zu verletzen?«

»N... Nein, natürlich nicht ...« Bei diesem Austausch fühlte sich Eina an ihre Kindheit erinnert.

Als Nächstes führte Riveria sie vom Eingang aus direkt zum Empfangsbereich. Die dominierende Farbe war Orange, und die Innenausstattung strahlte eine beruhigende Atmosphäre aus. An mehreren Stellen standen Sofas und runde Tische mit Tischtüchern. Trotz der luxuriösen Einrichtung wirkte dieses Foyer eher wie ein Ort des Verweilens und geselligen Miteinanders. Möglicherweise gab es ja Aufschluss darüber, was für eine Stimmung innerhalb der Loki-Familia herrschte.

Wie gemütlich ... Hier würde ich auch gern wohnen! Hm?

Als Eina ihren Blick durch den Raum schweifen ließ, sah sie über der Lehne eine Stuhls etwas golden glänzen. Dann erkannte sie, dass es der Kopf von jemandem war, dessen goldenes Haar sich über die Lehne ergoss. Die Person drehte ihren zarten Hals langsam in Eina und Riverias Richtung. Eina stockte der Atem.

»Willkommen zurück, Riveria.«

»Danke, Aiz.«

Da saß ein hübsches Mädchen, das jünger war als Riveria, dessen Silhouette jedoch mehr von Kühnheit als von Sanftmut sprach. Doch die glänzenden, goldenen Augen waren so klar wie das Wasser einer reinen Quelle und verliehen ihr eine Aura der Unschuld. In ihr vereinten sich unbeschreibliche Schönheit und liebenswerte Kindlichkeit. Eina hatte selbst schon einmal gesagt, sie sei so ansehnlich, dass jeder, der sie sah, erst einmal seufzen musste. Dies war die Abenteurerin mit dem goldenen Haar und den goldenen Augen, die es Bell so angetan hatte. Aiz Wallenstein.

»Wer ist das?«, fragte sie.

»Oh … Ich?«

»Sie ist so etwas wie eine Verwandte«, sagte Riveria. »Belasst es bei einer kurzen Vorstellungsrunde.«

Also stellten sich die beiden einander vor. Aiz wandte ihren Blick dabei nicht von Eina ab. Ohne ihre Rüstung wirkte sie wie eine Prinzessin, die wohlbehütet aufgewachsen war. Das silberne Kleid, in das sie gehüllt war, ließ sie sehr schlank wirken und brachte ihre eigentlich durchschnittliche Oberweite gut zur Geltung.

Da sie keine Schuhe oder Socken trug, sah Eina ihre weichen, alabasterfarbenen Füße. Sie konnte nicht zur Ruhe kommen. Sie wusste, dass es unfair gegenüber Aiz war, aber sie kam sich vor, als würde sie gerade zwischen ihr und Bell stehen. Etwas unbeholfen setzte sie sich neben Riveria an den Tisch. Nun saß sie Aiz direkt gegenüber.

»Aiz, hast du schon aufgestockt? Du weißt, dass wir in zehn Tagen wieder aufbrechen?«

»Ich geh morgen einkaufen«, murmelte Aiz, die zusammengekauert mit den Knien in den Armen auf ihrem Stuhl hockte. Ihre Stimme klang zart, wie das Klingeln eines Glöckchens.

Den mütterlichen Blick, mit dem Riveria Aiz gerade ansah, erkannte Eina wieder: So hatte sie Eina vorhin auch angesehen.

Sie musste dringend etwas wissen. »Ähm, Riveria?«

»Was denn?«

»Fräulein Wallenstein wirkt irgendwie niedergeschlagen …«

Aiz hatte sich zu einer kleinen Kugel Elend zusammengerollt und die untere Gesichtshälfte schmollend in ihren Knien vergraben. Selbst ihr Haar wirkte matter und weniger glänzend als sonst. Es war so offensichtlich, dass es selbst Eina auffiel, obwohl sie nicht mit Aiz bekannt war.

Riveria ließ ein seltenes Glucksen hören. »Ein Junge, den sie schon länger mag, hat wohl vor ihr Reißaus genommen.« Sie kicherte, und ihre Schultern zuckten dabei leicht.

Doch Eina fand das ganz und gar nicht witzig. »Oje …«, sagte sie und fasste sich an die Stirn. Wie es aussah, war der Frühling für den jungen Bell noch fern. Sie beschloss, das Gesagte für sich zu behalten.

»Ach ja, Herrin Riveria, die eigentliche Sache …«

»Natürlich, verzeih. Ich rufe sie her.«

Riveria schmunzelte noch immer, als sie die Hand nach der Tüte ausstreckte, die sie mitgebracht hatte. Aus dem Inneren holte sie den Soma-Wein hervor.

»Ähm, wolltest du nicht eigentlich jemanden …«

»Sie zu suchen, kann schon mal eine Weile dauern. Sie kommt und geht, wie sie will. Ich halte es für klüger, sie zu uns kommen zu lassen.«

Mit einem großen Fragezeichen im Gesicht starrte Eina die Elfin an, die gerade den Stöpsel der Weinflasche herauszog. Kurz darauf breite sich ein süßes Aroma im Raum aus, das an Wein erinnerte und doch eine distinguierte Note hatte.

»Das riecht ja … geradezu erfrischend!«

»Oh ja. Ich habe diesen Duft schon so oft gerochen und bin trotzdem immer wieder überrascht.«

Eina genoss eine Weile lang das Aroma, bis Riveria ihr schließlich ein Glas in die Hand drückte. Und dann bekam sie von einem Mitglied der hochelfischen Königsfamilie höchstpersönlich Wein eingeschenkt. Sie konnte es kaum fassen. Sie schrumpfte vor Demut zusammen, während sie das Glas behutsam an ihre Lippen führte.

Unglaublich!

Je näher ihr der Wein kam, desto mehr von seinem köstlichen Duft stieg ihr in die Nase. Als sie das Glas an ihre Lippen setzte und einen Schluck nahm, riss sie die Augen weit auf. Dieser Wein war beinahe zu köstlich. Seine Süße betäubte die Zunge und breitete sich danach im Mund aus. Von dort aus stieg ihr der Duft in die Nase, die er ebenfalls sanft kitzelte. Im Abgang war dieser Tropfen überraschend erquickend und blieb bis zuletzt präsent. Schließlich hatte Eina das Gefühl, als hätte sich sein Aroma nicht verflüchtigt, sondern wäre ihr in den Körper gesickert. Nach nur einem Schluck war ihr klar: So ein Wein lockte Wiederholungstäter an.

»Den Duft kenne ich doch …«, hörte man es kurz danach durch die Hallen tönen. Dann näherte sich jemand mit raschen Schritten, offenbar vom Duft des Weins angelockt. »Ihr trinkt gerade Soma-Wein, hab ich recht oder hab ich recht?!«

Und schon wehte das zinnoberrote Haar von Loki, der Göttin der hiesigen Familia, an Eina vorbei.

»Da ist sie auch schon.«

»Das meintest du also, als du sagtest, wir lassen sie zu uns kommen …«

»Hab ich's doch gewusst: Das ist der gute alte Soma-Wein! Hast du den etwa extra für mich gekauft, Riveria? Was bist du doch für ein treues Kind!«

Eina sah zu der Göttin hinüber, die plangemäß aufgetaucht war. Ihr rotes Haar schien im Dunkeln wie Glut zu leuchten. Ihre ebenso feurig-roten Augen waren schmal und wirkten irgendwie liebenswürdig. Ihr Körper, so perfekt geformt wie das Werk eines Bildhauers, ließ sie eindeutig als Göttin erkennen. Und ihr schmales, ebenmäßiges Gesicht ... strahlte in diesem Moment wie das eines Hundes, der ein Leckerli bekam.

»Ich wollte ihn kaufen, aber dann hat ihn mir jemand weggeschnappt.«

»Bestimmt meine kleine Aiz! Hast wohl nur so getan, als hättest du miese Laune, als du aus dem Dungeon zurückgekommen bist, was? Ach, du bist einfach zuckersüß!«

»Nein.«

Loki war vor Freude auf Aiz zugesprungen, um sie zu umarmen, aber Aiz war immer noch schlecht gelaunt und hatte ihre Göttin mit nur einem Wort abblitzen lassen. Ihrer Miene nach hätte sie einen weiteren Annäherungsversuch womöglich mit dem Schwert beantwortet.

Loki wich zurück, und Schweiß trat ihr auf die Stirn. »Aizilein könnte ein bisschen weniger Schwert und ein bisschen mehr Prinzessin sein, findest du nicht auch, Riveria?«

»Falls du jemanden suchst, der dir nach dem Mund redet, bist du bei mir an der falschen Adresse. Den Wein hat übrigens diese Frau dort mitgebracht.«

Jetzt begriff Eina, was Riveria vorhatte. Wenn jemand exklusive Einblicke in die Soma-Familia hatte, dann wohl eine Göttin. Und mit einer Nettigkeit konnte man sie vielleicht dazu bringen, Fragen zu beantworten. Es war Eina zwar ein wenig unangenehm, eine Göttin direkt um Antworten zu bitten, aber sie nahm schon einmal all ihren Mut zusammen.

»Hmmm? Wer ist denn die Kleine?«

»Es freut mich, Eure Bekanntschaft zu machen, Göttin Loki. Ich bin Eina Tulle. Es tut mir leid, Euch zu belästigen, aber ...«

»Aaah, hör bloß auf damit! Von all dem höflichen Blabla krieg ich noch Juckreiz!« Loki winkte ab und verzog angewidert das Gesicht. Dann fixierte sie Einas Uniform, öffnete ihre schmalen Augen ein wenig und grinste. »Oha, jemand von der Gilde schaut persönlich bei unserer Familia vorbei? Wollte Ouranos nicht, dass seine Leute die Neutralität wahren?«

»N... Nicht doch, ich ...«

»Sie ist einfach nur mein Gast. Also behandle sie bitte dementsprechend.«

»Ach so. Wenn sie dein Gast ist, hab ich nichts gesagt. Bitte verzeih mir, Eina!«

»Sch... Schon in Ordnung.«

Schweigend blickte Riveria Loki an. Die sah so aus, als wäre sie etwas aus dem Konzept, und ließ sich auf eins der Sofas plumpsen.

»Dann lassen wir doch die gestellten Höflichkeiten und kommen zum Punkt. Du hast mir meinen Lieblingswein mitgebracht, weil du etwas von mir willst, oder? Worum geht's?«

»Wenn Ihr es erlaubt, bin ich ganz direkt ... Ich würde mich freuen, wenn Ihr mir etwas über die Soma-Familia erzählen könntet.«

»Es geht dir nur um die Soma-Familia? Ha ha, verstehe.«

Loki hielt in einer Hand die Weinflasche und goss sich etwas davon in ein Glas, das sie in der anderen Hand hielt. Dann trank sie, stieß ein genussvolles »Ahhh!« aus und wandte sich erneut Eina zu. Ihr Gesicht war nun ein wenig errötet.

»Mit diesem Penner Soma versteh ich mich selbst nicht besonders gut, ich weiß also nicht, ob ich dir weiterhelfen kann, aber ich werd's versuchen. Also, was willst du wissen?«

»Gibt es einen bestimmten Grund dafür, dass diese Familia so anders ist als alle anderen?«

»Da steigst du aber mit einer ziemlich tiefgehenden Frage ein. Hm, wie erkläre ich das ...« Sie hielt kurz inne und trank das Glas in einem Zug aus. »Dann erzähl ich dir mal, was es mit meinem Soma auf sich hat. Oh, und damit mein ich nicht diesen Penner, sondern den leckeren Wein.«

»O... Okay ...«

»Wie du merkst, liebe ich Wein. So sehr, dass ich früher täglich mehrere Geschäfte abgeklappert und mich durch alle Sorten durchprobiert hab. Dann war ich betrunken, hab mich ausgekotzt, hab mich wieder betrunken und so weiter und so fort ... ein glückliches Leben, das sich immer im Kreis drehte. Doch eines Tages hab ich dann diesen feinen Tropfen hier gefunden, den Soma-Wein ...«

Riveria seufzte schwer, als sie Loki von ihren Eskapaden erzählen hörte, doch die ließ sich nicht beirren.

»Eine klassische schicksalhafte Begegnung – Liebe auf den ersten Schluck! Anfangs wusste ich nicht, von welcher Familia er stammte. Ich wusste nur, dass ich jede einzelne Flasche davon haben wollte! Also suchte ich die ganze Stadt danach ab und kaufte alles auf. Dabei erfuhr ich rein zufällig was Spannendes ...«

»Und zwar?«

»Dieser Wein ist angeblich nur billiger Fusel, quasi ein Abfallprodukt. Kannst du das fassen, Kleine?«

Eina machte ein ebenso verdutztes Gesicht wie Bell, als Lili ihm davon erzählt hatte. Loki grinste nur.

»Wenn das Abfallprodukt schon so lecker ist, wie muss dann erst das richtige Produkt, der perfekte Wein schmecken? Da wird man doch neugierig. Also bin ich direkt zur Soma-Familia marschiert, um mich danach zu erkundigen.«

Eina war bestürzt, und sogar Riveria sah ein wenig erschrocken aus. Auch wenn zwei Gottheiten nicht verfeindet waren, war es doch höchst unüblich und provokant, dass die eine einfach ins Territorium der anderen eindrang.

Unter den Göttern gab es bestimmte Benimmregeln, denen man zu folgen hatte. Dazu gehörte auch, dass Mitglieder anderer Familias nicht einfach ins Zuhause eines Gottes marschierten.

»Soooma! Heiraaate mich! Das hab ich geschrien, als ich vor seiner Tür stand, aber er hat mich ignoriert. Daraufhin war ich so stinksauer, dass ich einfach reingegangen bin.«

Eina fasste sich an die Schläfen. Sie ahnte, dass sie von dieser Geschichte dicke Kopfschmerzen bekommen würde. Allerdings fand sie es seltsam, dass die Soma-Familia an Lokis Verhalten überhaupt kein Interesse gezeigt zu haben schien.

»Und was hab ich da drinnen gesehen? Gar nichts. Kein einziges seiner Kinder war da. Ist doch seltsam, oder? Waren etwa alle damit beschäftigt, Geld zu verdienen? Dann bekam ich langsam ein schlechtes Gewissen … Aber ich war viel zu wild auf den Wein, um einfach wieder zu gehen. Also hab ich mich umgesehen …«

Eina starrte sie ungläubig an.

»Ich würde vorschlagen, dass du unserer Familia mit deinen Geschichten nicht noch eine größere Schande machst«, bemerkte Riveria schnippisch.

»Ach komm schon, sei doch nicht so! Jedenfalls hab ich nichts gefunden. Weder den Wein noch sonst irgendwas. Irgendwann hatte ich dann auch die Nase voll und wollte gerade gehen … und da hab ich den Penner dann endlich gesehen.«

Lokis freches Grinsen, das die Geschichte bis an diesen Punkt begleitet hatte, fiel plötzlich in sich zusammen. Sie schien die Begegnung erneut im Kopf durchzuspielen.

»Ich dann so: ›Hey!‹, und er nur so: ›Willkommen‹. Ist das zu fassen? Das war unsere erste Begegnung! Er hat mich nicht mal angesehen, sondern in einer Ecke seines Gartens mit dem Spaten irgendwas im Feld gewerkelt. Hinterher hab ich erfahren, dass er darauf besteht, die Zutaten für seinen Wein selbst anzubauen.«

Je weiter die Geschichte voranschritt, desto öfter hob Loki ihr Weinglas an die Lippen. Sie wurde immer betrunkener, und damit stieg auch ihre Lautstärke.

»Und es kommt noch besser … Dieser Penner hat mich echt aufgeregt!«

»W… Warum das …?«

»Weil man mit dem keine vernünftige Unterhaltung führen kann! Was ich auch gesagt hab, es kam immer nur ein ›Aha‹ oder ›Mhm‹ zurück! Sein Feld mit Scheiße zu düngen, war anscheinend interessanter, als mit mir zu reden!«

In Lokis Augen brannte der Zorn. Eina begann zu schwitzen.

»Meinetwegen kann ein Typ ja zurückhaltend sein, aber mich dastehen zu lassen wie eine dämliche Vogelscheuche, das ist … Boah, wenn ich nur dran denke, regt mich das so auf!«

Eina verkniff sich selbst ein Mhm.

»Und das ist noch nicht alles, Nana!«

»N… Nana?«, fragte Eina verdutzt.

»Ich war sogar bereit, über seine Unhöflichkeit hinwegzusehen, wenn ich nur einmal vom echten Soma-Wein kosten durfte.

Beinahe auf die Knie gegangen bin ich, hab ihn angefleht um einen einzigen Schluck! Weißt du, was er geantwortet hat? Hm?!«

Offenbar hatte sich Loki gute Chancen ausgerechnet, zumindest auf ein Schlückchen. Immerhin hatte Soma sie bisher bloß ignoriert und nicht angefeindet. Doch da hatte der bis dahin passive Gott seine Arbeit unterbrochen, Loki tief in die Augen gesehen und ungewöhnlich entschieden gesagt: »Das geht nicht.«

»Gaaaah! So was musste ich mir von diesem Penner nicht bieten lassen! Ich war stinksauer!«

»Loki«, sagte Riveria, »bitte komm wieder auf das eigentliche Thema zurück.«

Die Göttin schnaubte noch einige Male wütend, dann lehnte sie sich wieder entspannt zurück.

»Ja, ja, tut mir leid. Er hat mir zwar 'ne dreiste Abfuhr erteilt, aber immerhin durfte ich mit ihm über seine Familia reden. Das hat er einfach so ausgeplaudert, dieser Blödmann! Jedenfalls scheint er keine Ahnung zu haben, wie er seine Familia schmeißen soll. Offenbar hatte er auch von Anfang an keine große Lust gehabt, sie zu gründen und zu leiten.«

Eina merkte auf. Von Anfang an keine Lust? Sie fragte sich, was dahintersteckte.

»Nana, grüble bloß nicht zu angestrengt darüber nach. Soma hat einfach nichts anderes im Kopf als seinen Wein. Ist doch nichts Außergewöhnliches, oder? Leute, die sich so auf ein Thema einschießen, dass sie alles um sich herum ignorieren. Er ist ein Paradebeispiel dafür. Keine Ambitionen, keine Durchtriebenheit, keine geheimen Pläne ... Der Wein ist sein Hobby, und sein Hobby ist sein Leben – wie ein Einsiedler, dem unter einer Weinrebe die Erleuchtung gekommen ist.«

Selbst unter den Seltsamsten der Götter scheint er noch herauszustechen, dachte sich Eina.

»Um wieder zum Soma-Wein zurückzukommen: Dieser Penner hat seine Familia nur gegründet, damit er sich ganz und gar der Weinherstellung widmen kann. Leider bringt die nicht genug Geld ein, das er aber braucht, um sein Hobby zu betreiben. Deshalb hat sich die Hohlbirne eine Belohnung ausgedacht, die die Mitglieder seiner Familia dazu anspornen soll, mehr zu verdienen.«

»Ihr meint doch nicht etwa ...«

»Ganz genau: sein göttlicher Wein. Nicht der billige Fusel, sondern das vollkommene Endprodukt.« Loki leckte sich die letzten Tropfen des Weins von den Lippen. »Du hast den hier ja selbst probiert, Eina. Und das war nur das Abfallprodukt, also kannst du dir vorstellen, wie gut erst das richtige Produkt schmecken muss. Wenn man davon trinkt, wird man nicht einfach nur betrunken – man wird verzaubert! Er vereinnahmt Körper und Geist völlig!«

Eina lief es eiskalt den Rücken herunter. Sie dachte an das Hochgefühl zurück, das ihr kleiner Schluck Wein bei ihr ausgelöst hatte. Der Geschmack hatte all ihre Sinne vereinnahmt, hatte sie fasziniert, ihr Herz höher schlagen lassen. Und danach hatte sie eine Art wohliges Gefühl gehabt. Und Gänsehaut.

»Ich glaube, so kann man es ganz gut zusammenfassen: Die Mitglieder der Soma-Familia verehren nicht Soma, den Gott, sondern Soma, den Wein!«

Im Zentrum des Soma-Glaubens stand also das Verlangen nach einer besonderen Spirituose, nicht nach der Aufmerksamkeit des Gottes selbst. Darum also hatte die Soma-Familia so viele Mitglieder: Der Wein hatte ihnen allen den Verstand geraubt. Somas Anhänger hatten davon gekostet und gaben nun alles dafür, dieses Hochgefühl erneut zu erleben.

»Dieser Penner ist echt verschroben. Er lässt sich nicht einmal von den Mitgliedern seiner Familia helfen, die in der Mystik bewandert sind, sondern macht alles allein, von der Auslese und Anpassung der Zutaten bis hin zur Herstellung seines Götterweins. Man muss seinem Hobby schon wie ein Versessener nachgehen, um ein derart vollkommenes Produkt zu erschaffen.«

In dem Moment ging Eina etwas auf: Loki nannte Soma nicht nur deshalb einen Penner, weil sie ihn beleidigen wollte, sondern auch, weil sie auf gewisse Weise Respekt für ihn empfand.

»Er hat übrigens kein bisschen göttliche Kraft dafür eingesetzt. Mit nichts als den Möglichkeiten seiner Kinder, nein weniger sogar, hat er es zu diesem Punkt geschafft. Ist das zu fassen? Allein mit den Mitteln der Menschen hat er einen göttlichen Wein erschaffen. Da fragt man sich, was wir oben im Himmel überhaupt getrieben haben.«

»Um es zusammenzufassen: Soma verwendet seinen göttlichen Wein also als Köder für die Mitglieder seiner Familia?«

»Ja, darauf läuft es hinaus. Wer davon gekostet hat, würde jeden Betrag zahlen, um es nochmal zu tun. Deshalb sind sie so auf der Jagd nach Geld. Aber nicht jeder, der Geld verdient, darf auch davon kosten, sondern nur diejenigen, die ihre vorgegebene Quote erfüllen. Deshalb konkurrieren sie auch alle untereinander. Ach ja, und wenn man seine Quote nur gerade so erfüllt, bekommt man auch nur eine winzige Kostprobe, wenn ich mich richtig erinnere.«

Nun verstand Eina endlich, warum sich die Abenteurer der Soma-Familia so verhielten, wie sie es im Büro der Gilde oft genug beobachtet hatte: Sie alle waren getrieben vom Durst nach dem göttlichen Tropfen.

»Aber das klingt doch sehr nach einer gefährlichen Droge! Dürfen wir über so etwas einfach hinwegsehen?«

»Hm, vielleicht hab ich mich nicht gut ausgedrückt. Wer vom Götterwein trinkt, wird nicht im klassischen Sinne betrunken oder erleidet körperliche Beschwerden wie bei übler Medizin. Man fühlt einfach intensiver. Kriegt Gänsehaut. Will noch einen Schluck haben. Aber irgendwann klingt das Gefühl ab, so wie bei normalem Wein eben auch.«

Loki zufolge war dieser Wein also doch etwas anderes als eine gewöhnliche Droge. Es gab keine Entzugserscheinungen, und die Abhängigkeit war nicht so stark. Somas Anhänger wurden nur kurzzeitig vom Zauber des Götterweins vereinnahmt, dann klang die Wirkung von allein wieder ab. Doch Soma ließ seine Anhänger in zu kurzen Abständen davon kosten, sodass sich dann doch ein Teufelskreis der Sucht daraus entwickelte.

»Also wird man von dem Wein abhängig, aber nur für kurze Zeit?«

»Ganz genau. Es gibt ja genügend Leute, die das Zeug getrunken haben und denen es jetzt wieder gut geht.«

Loki fügte hinzu, man baue mit der Zeit eine Resistenz gegenüber dem Wein auf, und die hochrangigen Mitglieder der Soma-Familia, die den Wein oft zu kosten bekämen, zeigten keine große Abhängigkeit mehr. Dabei fiel Eina auch wieder ein, dass die Level-2-Abenteurer der Soma-Familia auf sie bisher den vernünftigsten Eindruck gemacht hatten.

»Um es zusammenzufassen: Die Fahrlässigkeit dieses Penners der nichts als sein Hobby kennt, die magische Wirkung seines Götterweins und die Gier der Anhänger darauf haben wunderbar zusammengespielt und die Familia zu dem seltsamen Haufen gemacht, der sie heute ist.«

Unter einem wachsamen Gott wäre so etwas nicht passiert. Er war das Oberhaupt seiner Familia, sein Wort Gesetz. Lehnten sich einige seiner Kinder dagegen auf, so konnte er ihnen stets den Entzug seines Segens androhen. Streng genommen hatte Soma nichts Falsches getan, aber er hatte diese Situation herbeigeführt, indem er nicht gegengesteuert hatte.

»So sieht es aus. Also, Eina ... wolltest du mich noch was fragen?«

»Nein, das war's. Ich danke Euch vielmals.«

Eina wusste nun alles, was sie über diese auffällige Familia hatte wissen wollen. Die Wirkung dieses außergewöhnlichen Weins war zwar bedenklich, aber alles in allem konnte man das Problem wohl vorerst ignorieren. Im Grunde genommen folgten ja auch alle anderen Abenteurer dem Drang, im Dungeon möglichst viel Geld zu scheffeln, und waren deswegen nach Orario gekommen. Schwierigkeiten traten nur dann auf, wenn sie versuchten, auf Biegen und Brechen an Geld zu kommen und vor keinem Mittel mehr zurückschreckten. Loki zufolge war das jedoch nur bei einigen wenigen Soma-Anhängern der Fall. Bells Supporterin hatte auf Eina so gewirkt, als wäre sie bei klarem Verstand. Anscheinend hielt sich bei ihr die Abhängigkeit vom Götterwein in Grenzen. Eina war ein wenig beruhigt, denn Bells Leben schien akut nicht in Gefahr zu sein.

Während sie über all das nachdachte, musterte Loki sie und machte noch etwas schmalere Augen als sonst.

»Eina?«

»J... Ja ...?«

»Weißt du, was passiert, wenn man einem Esel sein Leben lang eine Karotte vor die Nase hält und sie ihn nie fressen lässt?« Eina wusste keine Antwort, aber die Göttin schien auch keine zu erwarten. Nacheinander hob sie beide Zeigefinger in die Luft und fuhr fort: »Ein schwacher Esel gibt auf und bricht zusammen. Ein gieriger Esel aber stiehlt die Karotten der anderen Esel, wenn nötig mit Gewalt.«

Einen Moment lang war Eina verwirrt, doch dann begriff sie, worauf Loki hinauswollte.

»So läuft es in der Soma-Familia. Und solange dieser Penner ihnen weiter die Karotte vor die Nase hält, wird sich daran auch nichts ändern.«

Dann knickte sie alle Finger um und streckte nur ihren rechten kleinen Finger aus.

»Manchmal gibt es aber auch schwache Esel, die nicht aufgeben, wenn sie von ihren Kameraden herumgeschubst werden. Sie sind zwar selbst nicht stark genug, um an ihrer Situation etwas zu ändern, nutzen aber geschickt das Mitleid anderer aus und fädeln es so ein, dass ein anderes Herrchen sie durchfüttert. Das sind die gerissenen Esel!«

In Lokis zinnoberroten Augen sah Eina ihr eigenes Gesicht, das immer mehr versteinerte.

»Und ehe man sich's versieht, hat einen ein solcher Esel bis aufs Hemd ausgenommen – soll vorkommen.«

Loki beugte sich vor und sah Eina bedeutungsschwer in die Augen. Dann ließ sie sich wieder aufs Sofa zurückfallen. Einas Weinglas war halbvoll. Loki goss etwas nach und bedeutete ihr zu trinken.

»Falls du jemanden kennst, der dir wichtig ist und mit diesen Leuten zu tun hat … Warne ihn! Sonst könnte er noch sein blaues Wunder erleben.« Sie verknotete auf dem Sofa ihre Beine und sagte neckisch: »Ach, ihr von der Gilde habt's auch nicht leicht mit euren Abenteurern!«

Sie hatte Eina durchschaut. Kein Wunder, schließlich war sie eine Göttin. Eina atmete langsam aus und nickte bedächtig.

»Tut mir leid, falls ich meine Nase da zu tief reingesteckt haben sollte.«

»Nein, vielen Dank. Ich werde mir Euren Rat zu Herzen nehmen.«

Loki schien eine wohlwollende Göttin zu sein. Netter als manche andere, nach allem, was Eina so mitbekommen hatte. Vielleicht lag es auch daran, dass Eina eine Bekannte von Riveria war. Auf Einas freundlichen Dank hin lachte Loki nur.

»So, der Wein ist alle, dann können wir unser kleines Beisammensein ja beenden!«

»Tut mir leid, dass ich Euch so lange in Anspruch genommen habe.«

»Ach was! Ich bin froh, dass ich mal mit einer hübschen Halbelfin wie dir reden konnte!«

»Ha ha ha …«

Mit Schwung stand Loki auf, bog den Rücken durch, so weit sie konnte, und wandte sich schließlich Aiz zu, die die ganze Zeit über schweigend auf ihrem Stuhl gesessen hatte.

»Jetzt reicht's aber, Aiz! Wie lang willst du denn noch Trübsal blasen?«

Aiz blickte mürrisch vor sich hin.

»Wollen wir nicht lieber mal deinen Status aktualisieren? Das haben wir seit deiner letzten Expedition noch gar nicht gemacht. Na?«

»Meinetwegen …«

»He he, endlich kann ich wieder deine zarte Haut anfassen!«

»Wenn du dich an mir vergreifst, schlag ich zu«, erwiderte Aiz mit ernster Stimme.

Loki lehnte sich nach vorn und legte Aiz einen Arm um die Schultern. »Dein Ernst?!«, fragte sie, und führte sie aus dem Empfangsraum. Kurz vor der Tür zwinkerte sie Eina und Riveria noch einmal zu und winkte, dann verschwanden die beiden.

»Sehr unterhaltsam, eure Göttin.«

»Unterhaltsam ist sie in der Tat. Man weiß nie, wie sie reagiert. Aber sie genießt unser vollstes Vertrauen.«

»Auch deines, Herrin Riveria?«

»Auch meines.« Riveria schloss die Augen und lächelte sanft, woraufhin Eina kichern musste. Zum Schluss trank sie noch den Wein aus, den Loki ihr eingeschenkt hatte.

Ob ich morgen wohl Bell sehe?

Diesmal kam es ihr so vor, als hätte der Götterwein einen etwas bitteren Beigeschmack. Lokis warnende Worte gingen ihr nicht aus dem Kopf.

»Aiz hat Level 6 erreicht, Leuteeee!!«, tönte es von nebenan.

Eina prustete ein bisschen von dem Wein aus.

»Eina!«, ermahnte Riveria sie.

»Aaaah! Tut mir leid!«

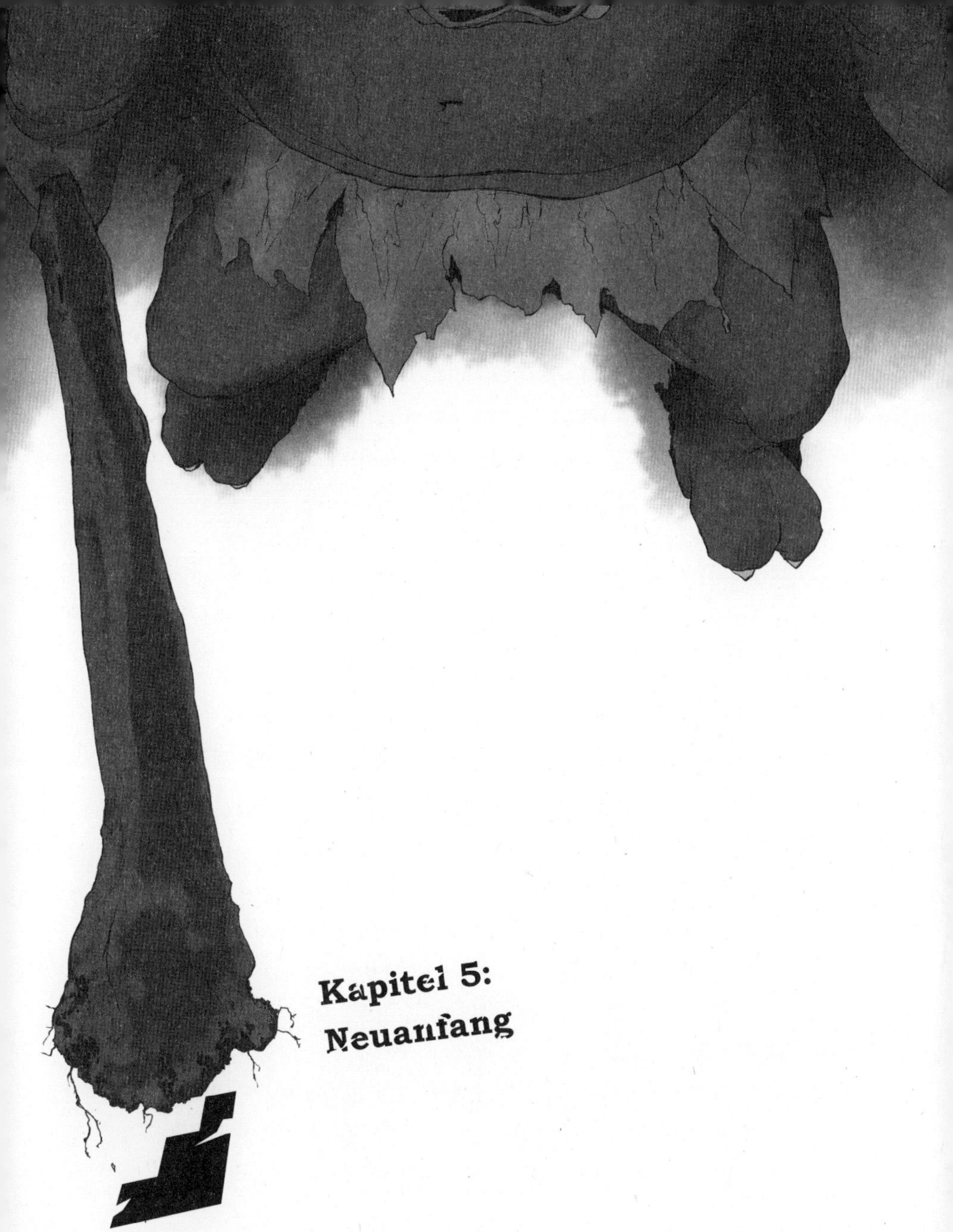

Kapitel 5: Neuanfang

© Suzuhito Yasuda

Die Sonne ging unter, der Mond ging auf, dann wurde der Himmel heller und die Sonne erhob sich im Osten wieder. Ein neuer Tag war angebrochen.

Üblicherweise war ich um diese Uhrzeit noch zu Hause, aber heute stand ich bereits am Eingang Babels.

Bei unserer gestrigen Tour hatte ich die Worte des Abenteurers nicht mehr aus dem Kopf bekommen, der sich mit mir gegen Lili hatte verschwören wollen. Ich war übertrieben nervös gewesen, womit ich wohl auch Lili beunruhigt hatte. Immer wenn ich mich erkundigt hatte, ob es ihr gut ging, hatte sie so finster ausgesehen.

Auch nun, während ich so früh an unserem üblichen Treffpunkt wartete, dachte ich über sie nach. Ich schaute zum blauen Himmel auf, und irgendwann kehrten meine Gedanken zum gestrigen Abend zurück.

Als ich aus dem Dungeon heimgekommen war, hatte ich mit meiner Göttin besprechen wollen, was mit Lili vorgefallen war. Eigentlich hatte ich sie überreden wollen, Lili bei uns zu Hause unterzubringen, bis sich die Situation in ihrer Familia wieder gebessert hatte und sie nicht mehr in Gefahr war.

»Glaubst du denn wirklich, dass du dieser Supporterin trauen kannst, Bell?«, fragte sie schließlich, nachdem sie mich zu Ende angehört hatte.

Erst verstand ich nicht, was sie damit andeuten wollte. Dann stemmte ich mich auf den Tisch und wollte Widerrede leisten, doch als ich ihren ruhigen, eindringlichen Blick sah, fehlten mir die Worte.

»Nach allem, was du mir erzählt hast, denke ich, dass mit ihr irgendwas nicht stimmt. Als du damals das Messer verloren hast, das ich dir geschenkt hatte … Ich will sie ja nicht direkt verdächtigen, aber es war schon auffällig, dass sie ausgerechnet an dem Tag mit dir unterwegs gewesen war. Möglicherweise hatte sie etwas damit zu tun.«

Unser plötzliches Kennenlernen, die Isolierung von ihrer Familia, dass Abenteurer es auf sie abgesehen hatten … Alles, was ich ihr von Lili erzählt hatte, führte mir Hestia nun in aller Nüchternheit vor Augen. Als sie sah, dass ich nichts erwidern konnte, sah sie mich mitleidig an.

»Tut mir leid, dass ich es so hart formuliere. Du kennst sie persönlich und kannst sie vielleicht besser einschätzen. Ich aber kann die Sache nur von außen betrachten, und als deine Göttin mache ich mir eben Sorgen um dich. Meinst du nicht, es könnte was dran dran sein am Verdacht dieses Abenteurers? Dass sie etwas vor dir geheimhält?«

Hestia brachte nur zum Ausdruck, was die ganze Zeit über schon an mir nagte. Möglicherweise hatte ich einfach nur nicht darüber nachdenken, die verdächtigen Zeichen nicht sehen wollen. Schließlich hatte Lili mir als Supporterin schon so sehr geholfen, mich sogar vor Monstern gerettet.

Während Hestia mich direkt ansah, dachte ich an all die Momente zurück, in denen ich Lilis Gesicht gesehen hatte – die Fassade und das, was sich darunter verbarg.

»Göttin, ich …«

»Meister Bell?«

Als ich meinen Namen hörte, wurde ich aus meinen Erinnerungen in die Realität zurückgeholt.

»Oh, Lili!« Ich schüttelte den Kopf, um die letzten Gedankenreste loszuwerden. »Morgen.«

Lili lächelte unter ihrem Pony hervor. »Guten Morgen, Meister Bell. Ich traue meinen Augen kaum, dass ich dich um diese Uhrzeit schon hier sehe!«

»Ha ha, stimmt! Du bist sonst immer vor mir hier.«

Mit Lili war augenscheinlich alles in Ordnung. Das beruhigte mich. Immerhin wagte dieser Halunke nicht, sie außerhalb des Dungeons anzugreifen.

Abenteurer, die für Probleme sorgten, wurden von der Gilde auf eine schwarze Liste gesetzt, was ihnen das Leben in dieser Stadt enorm erschwerte. Manche Vergehen zogen den Entzug der Abenteurerlizenz nach sich, und dann wurde man seine Beutegegenstände oder Magiesteine aus dem Dungeon nicht mehr los. War es einmal so weit gekommen, dann war es nicht ungewöhnlich, dass einen die Familia ausschloss, die Gottheit einen verstieß. Bei einem schweren Verbrechen konnte man sogar im Gefängnis landen.

Dank der Bemühungen der Gilde bewegten sich Abenteurer schon länger nicht mehr im rechtsfreien Raum. Um ein Zeichen zu setzen, wurden Verbrechen oft besonders schwer bestraft. Wenn jemand also vorhatte, einen anderen Abenteurer anzugreifen, dann wartete er meist auf einen günstigen Augenblick im Dungeon. Dort konnte man stets behaupten, man habe sich nur verteidigen wollen oder denjenigen mit einem Monster verwechselt. Zeugen gab es dort unten nur selten.

»Meister Bell?«

»Oh, tut mir leid. Was denn?«

»Könnten wir heute bis auf Ebene 10 hinuntersteigen?«

»Was?«, rief ich verdutzt, noch halb in Gedanken. »Ebene 10?«

Wie üblich hielt Lili ihre Augen unter ihrem Pony und der Kapuze versteckt, aber ich sah, wie sie grinste.

»Wie kommst du denn plötzlich darauf?«

»Dachtest du, es fällt mir nicht auf, dass du schon längst stark genug bist, um die Monster auf Ebene 10 zu besiegen?«

Sie hatte wohl eine gewisse Ahnung, wie es um meinen Status bestellt war. Sicher, viele meiner Werte hatten bereits Rang A oder B erreicht. Dem Dungeonführer der Gilde nach zu urteilen, müsste ich damit in der Lage sein, bis auf Ebene 11 oder 12 vorzudringen. Dass ich es bisher nicht getan hatte, hatte zwei Gründe: Ich war es gewohnt, allein unterwegs zu sein und war deshalb immer etwas vorsichtiger; außerdem wurde der Dungeon ab Ebene 10 wesentlich heimtückischer, denn ab da hatten Abenteurer mit der geologischen Beschaffenheit der Gänge selbst zu kämpfen. Gemeinhin drang man mit Statuswerten auf Rang G maximal bis Ebene 7 vor, während man sich auf Rang A bis Ebene 12 vorwagen konnte.

Bei den letzten Streifzügen hatte es mir schon wenig Mühe bereitet, Ebene 9 zu erreichen. Wenn ich in diesem Tempo weitermachte, sollte ich selbst allein mit Ebene 10 oder sogar 11 zurecht kommen. Ich nahm an, dass dies Lilis Gedankengang war. Um ehrlich zu sein, teilte ich ihre Meinung, aber ich wollte nicht übermütig werden.

Tatsächlich gab es noch einen dritten guten Grund für mich, Ebene 10 zu meiden. Ab dort tauchte nämlich ein ganz bestimmtes Monster auf, das man zu den größeren Monstern zählte: der Minotaurus.

»Aber vor Kurzem wäre ich auf Ebene 7 noch fast gestorben! Da kann ich doch nicht einfach bis auf Ebene 10 runtergehen …«

»Bei dem Vorfall hast du aber gelernt, wie wichtig es ist, seinen Übermut im Zaum zu halten. Deshalb kannst du jetzt umso selbstsicherer sein, Meister Bell! Alle deine Fehler machen dich letzten Endes doch stärker. Zumindest sehe ich das so.«

Ich hatte meine Zweifel.

»Und vergiss nicht, dass du jetzt auch noch einen Zauber beherrschst. Einen ziemlich mächtigen sogar! Du bist bestens vorbereitet.«

Am Vortag hatte ich Lili meinen Firebolt gezeigt. Dabei war es mir nicht darum gegangen, vor ihr anzugeben. Ich hatte mich mit der Magie vertraut machen und sie stärken wollen, indem ich sie mehrfach einsetzte. Am Abend davor hatte Hestia nämlich meinen Status aktualisiert. Lili war jedoch hellauf begeistert gewesen.

Abgesehen von meiner Supporterin war ich immer noch allein im Dungeon unterwegs, daher war eine Schnellangriffsmagie wie Firebolt unheimlich wertvoll für mich.

»Glaub mir ruhig, Meister Bell: Ich war mit manchen Gruppen sogar schon auf Ebene 11, darum kann ich das beurteilen. Ich bin mir ganz sicher, dass du auf Ebene 10 keinerlei Probleme haben wirst!«

Noch bevor ich meine Magie erlernt hatte, hatte ich von Eina die offizielle Erlaubnis bekommen, Ebene 10 zu erkunden – wenn auch nur mit größter Vorsicht. Womöglich hatte Lili also recht. Nun musste ich eine Entscheidung fällen: Stieß ich weiter vor, oder blieb ich dort, wo ich mich sicher fühlte?

»Es ist nur so, dass … Ich muss in wenigen Tagen eine relativ große Summe Geld zusammenkriegen.«

»Was? Ist das etwa wegen …«

»Ich kann dir leider nichts Genaues verraten. Aber es hat mit meiner Familia zu tun.«

Unweigerlich fiel mir wieder ein, wie sie am Tag zuvor von der Abenteurergruppe bedrängt worden war. Ich war so wütend, dass sich mein Nacken verkrampfte.

»Ich weiß, es ist eine egoistische Bitte, aber … würdest du es vielleicht um meinetwillen tun, Meister Bell?« Lili sah mit großen Augen zu mir auf.

Kurz fragte ich mich, ob ich den Betrag nicht einfach für sie bezahlen könnte. Doch wenn es wirklich um eine Abmachung innerhalb ihrer Familia ging, war die Einmischung eines Mitglieds einer anderen Familia sicherlich nicht gern gesehen. Ich würde sowohl ihre Ehre als auch die ihrer Familia beschmutzen. Es wäre eine Schande.

Leider hatte ich keine Möglichkeit, mehr über ihre Situation in Erfahrung zu bringen. Wenn ich nachgefragt hätte, hätte sie sicherlich nicht ehrlich antworten können. Das wäre mir an ihrer Stelle nicht anders gegangen.

Ich ballte meine Hand zur Faust und fasste einen Entschluss. »Na gut – gehen wir runter auf Ebene 10!«

Als Lili das hörte, grinste sie breit. »Vielen Dank, Meister Bell!«, sagte sie aufgeregt und verbeugte sich mehrmals.

»Sollen wir direkt aufbrechen oder vorher noch in Babel aufstocken?«

»Darum hab ich mich gestern schon gekümmert. Ich hab dir auch etwas Besonderes mitgebracht. Vielleicht kannst du es ja gebrauchen?«

»Ach ja? Was denn?«

Lili stellte ihren Rucksack ab und zog ein Kurzschwert mit schwarzem Griff heraus. Es war etwa zweieinhalb mal so lang wie mein Hestia Knife. Ein Kurzschwert also … oder eher ein Baselard? Der Schwertknauf und das Stichblatt standen senkrecht auf der Klinge, eine recht simple Form.

»Wo hast du das denn her?«

»Ich hätte dich vielleicht vorher fragen sollen, aber ich war so frei und hab's dir einfach mitgebracht. Wenn du gegen größere

Monster kämpfst, haben deine derzeitigen Waffen möglicherweise nicht genügend Reichweite. Ich denk sowieso schon länger, dass du eine etwas längere Waffe gebrauchen könntest.«

»Und ... du willst sie mir schenken? Ich weiß nicht, ob ich das annehmen kann ...«

»Immerhin erfüllst du mir heute meinen Wunsch. Sieh es einfach als Dankeschön!«

»Na gut ...«

Ich nahm den Baselard an und zog ihn aus seiner Scheide. Die silberne Klinge war zweischneidig und schmal. Überhaupt war diese Waffe sehr leicht und wirkte im Prinzip wie ein etwas größerer Dolch. Das kam mir entgegen, da ich bisher noch nicht viel Erfahrung im Umgang mit Schwertern hatte.

»Ich hoffe, ich komme damit klar. Immerhin hab ich so eine Waffenart noch nie benutzt ...«

»Du kannst es ja einfach unterwegs ausprobieren. Für die Gegner bis Ebene 7 wird es schon reichen. Wenn ich mich nicht irre, sollten Kurzschwerter genau dein Ding sein, Meister Bell!«

Da Lili schon in verschiedenen Abenteurergruppen unterwegs war, hatte sie ein gutes Auge für solche Dinge entwickelt. Bisher hatte ich es nie bereut, wenn ich mich auf ihre Vorschläge verlassen hatte, also beschloss ich, auch heute ihren Rat anzunehmen.

»Oh, Moment, ich hab gar keinen Schwertgurt dafür«, fiel mir etwas spät auf. Wenn ich die Scheide nicht an meiner Hüfte befestigen konnte, würde sie mir sicherlich ständig im Weg sein…

»Aber Meister Bell! Ist in deinem Armschützer nicht genügend Stauraum für eine Waffe dieser Größe?«

Oh, das hab ich ja ganz vergessen. Dabei hab ich ihr selbst davon erzählt!

Ich holte das Hestia Knife aus dem Armschützer hervor, verstellte die Riemen im Innern und verstaute schließlich den Baselard darin. Alles passte hervorragend, kein Problem.

»Das hast du dir aber gut gemerkt, Lili! Ich hatte es selbst schon wieder vergessen …«

»He he, ich hab eben ein sehr gutes Gedächtnis!« Sie kratzte sich verlegen am Kopf.

Doch schon stieß ich auf das nächste Problem: Wo sollte ich nun das Hestia Knife verstauen? Bei dem Gedanken fielen mir plötzlich Hestias Worte vom vorigen Abend wieder ein: *Glaubst du denn wirklich, dass du dieser Supporterin trauen kannst, Bell?* Es war, als würde durch die Waffe meine Göttin zu mir sprechen und mich immer wieder an diesen Satz erinnern.

Einen Moment lang stand ich mit geschlossenen Augen da und bat Hestia innerlich um Verzeihung. Dann öffnete ich die Augen wieder und verstaute das Hestia Knife samt Scheide in meiner Hüfttasche. Lili beobachtete mich schweigend dabei und ließ ein wenig den Kopf hängen.

»Also, wollen wir?«

Nun blickte sie wieder auf, lächelte unter ihrer Kapuze hervor und nickte.

»Du weißt Bescheid, Tulle: Es ist zwar eine Kontrolle, aber sei nicht übermäßig streng, hörst du?«

»Ja, geht in Ordnung.«

Eina verabschiedete sich von ihrer Vorgesetzten und verließ das Gildenhauptquartier in Richtung der zentralen Nordweststraße. Heute war sie damit beauftragt worden, in Babel eine

Inspektion durchzuführen. Sie sollte die verschiedenen Geschäfte abklappern, die die Gilde an die Familias vermietete, und Augen und Ohren nach illegalen Aktivitäten offenhalten.

Dabei trug sie die Binde und den blauen Schal, die sie als Inspekteurin auswiesen. Sie war ein paar Minuten später aufgebrochen als ihre Kollegen und machte sich nun früh morgens auf den Weg ins Zentrum der Stadt.

Jetzt komme ich nicht dazu, mit Bell zu sprechen …

Immer wieder ging sie die Informationen im Kopf durch, die sie gestern von Loki erhalten hatte. Ihre abschließenden Worte hatte sie sich sehr zu Herzen genommen, und nun machte sie sich Sorgen um Bell. Mit jeder Minute, die verging, ohne dass sie ihm von ihren Erkenntnissen berichten konnte, wurde sie nervöser. Sie machte sich bereits Vorwürfe, ihn nicht von sich aus aufgesucht zu haben.

Eigentlich müsste ich damit zuerst zu Bell gehen, aber wenn ich sowieso nach Babel muss, könnte ich auch die Gelegenheit nutzen und seiner Göttin Hestia davon erzählen.

Eins der Geschäfte, das Eina kontrollieren sollte, war das der Hephaistos-Familia, in dem Hestia angestellt war. Dort könnte sie mit ihr sprechen. Zwar kamen ihr unterwegs Zweifel, ob es richtig war, private Angelegenheiten mit Gildengeschäften zu vermischen, doch die fegte sie kurzerhand aus ihrem Kopf.

»Oh!«

»Nanu?«

Als sie den Zentralpark betrat, kam ihr von der zentralen Nordstraße aus Aiz Wallenstein entgegen.

»G… Guten Morgen, Fräulein Wallenstein.«

»Guten Morgen.«

Aiz verbeugte sich höflich. Ihr golden glänzendes Haar fiel ihr über die Schultern. Eina war unsicher, wie sie sich ihr gegenüber verhalten sollte, wollte aber nicht so unhöflich sein, sich direkt nach der Begrüßung schon wieder zu verabschieden, also begann sie mit etwas Small Talk.

»Wohin geht's denn für dich heute?«

»Ich muss ein paar Items besorgen.«

»Ah, in Babel?«

Aiz nickte. Sie war in voller Montur, offenbar wollte sie später noch in den Dungeon. Kaufte sie also in einem anderen Laden ein als dem, in dem sie gestern Riveria getroffen hatte? Eina musterte sie und erinnerte sich dabei wieder an ihre Spitznamen: Prinzessin der Klingen oder Kriegsprinzessin. Bei ihrer außergewöhnlichen Schönheit fielen sie einem nicht als Erstes ein, doch wenn man sie in dieser Aufmachung vor sich sah, verstand man sofort, warum sie diese Namen verdient hatte.

Sie scheint immer noch niedergeschlagen zu sein …

Das erkannte Eina nicht nur an Aiz' energieloser Stimme, sondern auch daran, dass sie die Schultern ein wenig hängen ließ. Es musste ein ziemlicher Schock für sie gewesen sein, dass der Junge, für den sie sich interessierte, vor ihr davongelaufen war. Eina verstand einfach nicht, wie jemand vor einer Schönheit wie ihr die Flucht ergreifen konnte.

Da fiel ihr ein, dass dies eine Gelegenheit war, ihrem liebsten Schützling einen Gefallen zu tun.

»Fräulein Wallenstein, ich wollte mich noch dafür bedanken, dass du neulich einem Abenteurer geholfen hast, für den ich zuständig bin.«

»Hm?«

»Vermutlich erinnerst du dich nicht mehr daran, aber du hast ihn vor einer Weile auf Ebene 5 in letzter Sekunde vor einem Minotaurus gerettet.«

»Vor einem ... Minotaurus?«

»Genau. Sein Name ist Bell Cranel. Er ist dir dafür überaus dankbar ...«

Als Aiz den Namen Bell hörte, ließ sie augenblicklich den Kopf hängen, was Eina verwunderte.

Eine Weile lang stand Aiz einfach nur mit ausdrucksloser Miene da, bis sich schließlich ihre Lippen bewegten. »Dann ... fürchtet er sich nicht vor mir?«

»W... Was?«

Diesmal war Eina völlig verwirrt und wusste nicht, wie sie reagieren sollte. Sie schaute verlegen hin und her und wurde dabei zufällig Zeugin einer Unterhaltung. An einer Ecke des Platzes, versteckt zwischen Bäumen, standen vier Abenteurer. Auf den Rüstungen von dreien war ein Halbmond abgebildet: das Emblem der Soma-Familia. Bei Eina läuteten sofort die Alarmglocken. Sie nutzte ihre Kenntnisse im Lippenlesen dazu, der Unterhaltung aus der Distanz zu folgen.

»Alles ... wie nach Plan ... scheitern ...«

»... verstanden ... Arde wird ...«

Aufgrund der Entfernung erfasste sie zwar nicht alles, aber es fiel der Name von Bells Supporterin. Kurz darauf löste sich die Gruppe auf, und die Abenteurer verschwanden in Richtung des Turms, vermutlich auf dem Weg in den Dungeon.

Aiz war aufgefallen, dass Eina sich plötzlich anders verhielt. »Stimmt etwas nicht?«, fragte sie.

Eina blickte nachdenklich hin und her, dann rang sie sich zu etwas durch. »Ich weiß, es ist anmaßend von mir, dich um so etwas zu bitten, aber ... Bitte hilf meinem Schützling Bell Cranel!«

Aiz zog leicht die Augenbrauen hoch.

»Es kann sein, dass ich mir das alles nur einbilde. Aber mein Gefühl sagt mir, dass er in etwas Schreckliches verwickelt wurde. Bitte, falls du die Zeit dafür entbehren kannst …«

»Hat das etwa mit der Soma-Familia zu tun?«

Aiz war ja am Tag davor bei dem Gespräch mit Loki zugegen gewesen und hatte daher wohl sofort geschlussfolgert, dass Einas Bitte damit zusammenhängen musste. Eina nickte und erzählte ihr alles, was bisher passiert war, und dass gerade eine Gruppe, die vermutlich der Soma-Familia angehörte, in den Dungeon aufgebrochen war.

Aiz lauschte ihren Erklärungen geduldig bis zum Ende. Dann nickte sie und sagte: »In Ordnung.«

»Wirklich? Du hilfst ihm?«

»Ja. Ich wollte mich sowieso noch bei ihm entschuldigen.«

Diese Worte sorgten bei Eina zwar für Verwunderung, aber sie machte Aiz sofort den Weg frei. Eine Augenblick sah sie ihr hinterher, wie sie mit wallendem goldenem Haar auf den Turm zuging, dann rief sie: »Fräulein Wallenstein!«

»Ja?« Sie wandte sich um.

»Bell war wirklich sehr glücklich darüber, dass du ihn gerettet hast!«

Aiz machte große Augen. Und dann, da war sich Eina sicher, umspielte ein leichtes Lächeln ihre Lippen.

Auf den Ebenen 8 und 9 veränderten sich Aufbau und Aussehen des Dungeons maßgeblich. Es gab viel mehr Räume als vorher, und sie waren größer. Zugleich wurden die Passagen, die sie miteinander verbanden, immer kürzer. Die Decken waren vorher drei bis vier Medol hoch gewesen, und nun waren es beinahe zehn Medol. An den bräunlichen Wänden wuchs überall Moos, und der Boden war mit kurzen Grashalmen übersät. Das Licht von der Decke erinnerte ans warme Licht der Sonne. Wenn man diese Ebene betrat, hatte man kurzzeitig das Gefühl, sich in eine weitläufige Weidenlandschaft verirrt zu haben.

Es kamen keine neuen Monster, sondern wieder die gleichen wie zuvor: Goblins, Kobolde und so weiter. Nur waren sie stärker als ihre Artgenossen in den oberen Ebenen. Wenn man seine Gegner nicht unterschätzte und konsequent dieselben Strategien anwandte, mit denen man es bis zu dieser Ebene geschafft hatte, konnte man sich relativ sicher seinen Weg bis zur nächsten Treppe bahnen. Auch wir hatten es in wenigen Tagen geschafft, diesen Punkt zu erreichen. Und nun lag sie vor uns: Ebene 10.

»Nebel …«

In allen Räumen und Passagen hing ein Nebel, der zwar nicht besonders dicht war, aber die Sicht doch erheblich einschränkte. Der Aufbau der Ebene entsprach grob dem der Ebenen 8 und 9, doch das Licht von der Decke ließ nun eher an einen diesigen Morgen denken.

»Bleib in meiner Nähe, Lili!«

»Okay!«

Seit einer Weile schon sagte ich praktisch nichts anderes mehr zu ihr. Ich befürchtete, wir könnten bei all dem Nebel voneinander getrennt werden. Zudem machte ich mir Sorgen, dass der Abenteurer von gestern einen Überraschungsangriff auf Lili starten könnte. Auch in den Ebenen davor hatte ich mich ständig zu ihr umgedreht, was sie mittlerweile womöglich nervte.

Aber immerhin läuft es heute wirklich gut.

Mit dem Baselard kam ich erstaunlich gut zurecht, auch wenn es mir noch etwas schwerfiel, den Abstand zum Gegner richtig einzuschätzen. Selbst Killerameisen verspeiste ich nunmehr zum Frühstück.

Es war völlig neu für mich, mit einer solch angenehmen Reichweite anzugreifen. So konnte ich mich schön zurückhalten und aus der Distanz gezielte Angriffe platzieren. Wie erwartet hatte der Baselard nicht dieselbe Durchschlagskraft wie das Hestia Knife, aber ich konnte mich nicht beschweren.

Wir folgten weiter dem Weg, bis wir zu einem Raum gelangten. Als wir ihn betraten, breitete sich ein weites Feld vor unseren Augen aus. Zwar war es hier immer noch neblig, aber immerhin konnten wir bis in die Mitte des Raums sehen. Hier und da standen verdorrte Bäume ohne Laub, um deren Wurzeln Bodennebel waberte … insgesamt eine ungemütliche Atmosphäre.

Um nicht plötzlich einem frischgeborenen Monster über den Weg zu laufen, hielten wir uns von den Wänden fern und peilten die Mitte des Raumes an. Wir näherten uns einer Gruppe verdorrter Bäume, jeder ein bis zwei Medol hoch. Die Rinde erwies sich als außergewöhnlich fest, und die Stämme wurden zur Spitze hin immer dünner. Ein verdächtiger Anblick. Ich glaubte zu wissen, was es damit auf sich hatte, und fühlte mich zunehmend unwohl.

Ich drehte mich zu Lili um. »Soll ich die vorsichtshalber stutzen?«

»Dafür haben wir wohl keine Zeit«, sagte sie erschrocken. Ihr Blick blieb starr nach vorn gerichtet.

Es lag eine ungeheure Anspannung in der Luft, und mir stellten sich die Nackenhaare auf. Instinktiv wandte ich mich um.

Von jenseits des Nebels wackelte uns eine gewaltige Gestalt entgegen. Ihre Schritte dröhnten in meinen Ohren und ließen den Boden derart erzittern, dass ich es in meinem ganzen Körper spürte. Ich knirschte mit den Backenzähnen, bemüht, mir meine Nervosität nicht anmerken zu lassen.

»Ooouuuuhhh …«

Mit einem tiefen Grollen erschien ein Ork vor uns, ein Monster der Oberklasse.

Er hatte braune Haut und einen schweinsartigen Kopf. Abgestorbene Haut hatte einen Ring um seine Hüfte gebildet, wodurch es von Weitem so wirkte, als trüge er einen Lumpenrock. Er musste größer als drei Medol sein, vermutlich überragte er sogar einen Minotaurus noch ein wenig. Im Gegensatz zu dem war der Ork jedoch nicht drahtig und muskulös, sondern rund, fett und gedrungen.

»Ganz schön groß …«

»Weglaufen ist nicht drin, Meister Bell!«

Ich nickte und schluckte hörbar. Sie hatte recht. Nicht nur kämen wir dann nicht weiter, ich hätte auch keine Chance gegen andere große Monster wie den Minotaurus, wenn ich dieses nicht besiegte. Ich durfte keine Angst vor ihm haben, nur weil er viel größer war als ich. Also atmete ich tief ein und riss entschlossen die Augen auf.

»Grrooo … Gugruuooooh!!«

Die trüben, braunen Augen des schweineartigen Monsters durchbohrten Lili und mich förmlich. Durch die toten Bäume hinweg stapfte es auf uns zu, packte im Vorbeigehen einen der Stämme mit seiner kräftigen Hand und riss ihn mitsamt der Wurzel aus dem Boden.

Mit einem Mal hatte sich ein verdorrter Baum in einen derben Knüppel verwandelt. Dies war eine der unangenehmen

Eigenschaften des Dungeons: Er versorgte die Monster, die er gebar, mit natürlichen Waffen. Dieses Phänomen trat ab Ebene 10 auf und trug dazu bei, dass die Monster dort zu wesentlich gefährlicheren Gegnern wurden. Es machte schließlich einen großen Unterschied, ob ein Ork mit leeren Händen auf einen losging oder vom Dungeon mit Ausrüstung versorgt wurde.

»Schlechtes Timing …«

Solche »Landformen« ließen sich zwar zerstören, aber da sie Teil des Dungeons waren, regenerierten sie sich nach einiger Zeit von selbst. So würde auch der Baum, den das Monster ausgerissen hatte, in kürzester Zeit an derselben Stelle nachwachsen. Hatte man genügend Zeit, konnte man die Landformen im Voraus beseitigen und sie so den Monstern streitig machen … aber dafür war es jetzt wohl zu spät.

Der Ork war fast bei mir, gleich würde ich mich ihm stellen müssen. Mit jedem Schritt atmete er wilder, und mit jedem Atemzug flammten seine widerlichen Augen heller auf. Mir stand der erste Kampf gegen ein Monster der Oberklasse bevor. Ich war unheimlich nervös. Ich lockerte meine Schultern und versuchte mit purer Willenskraft, mein Herz zu beruhigen, das mir aus der Brust zu springen drohte.

»GRUUUOOOH!!!«, brüllte mir der Ork entgegen. Dies war das Signal – der Kampf hatte begonnen.

Ich darf mich nicht treffen lassen!, dachte ich, als ich auf den Ork zustürmte. Bei seiner Größe würde er mir mit nur einem Schlag die Rüstungsplatten zertrümmern und mich davonschleudern.

Welchen Körperteil sollte ich ins Visier nehmen? Definitiv den Unterkörper, am besten die Beine. Es war nicht unbedingt vorteilhaft für den Ork, so groß und schwerfällig zu sein. Er mochte furchterregend aussehen, aber auf schnelle Bewegungen würde er nur schwer reagieren können, und sicher ließ er sich leicht aus dem Gleichgewicht bringen.

Einem Angriff musste ich ausweichen, einem einzigen – dann konnte ich einen effektiven Konter anbringen.

»Uuuoooooh!«

Die Wurzeln des Baums formten einen dicken Wulst, mit dem der Ork mich in den Boden rammen wollte wie einen Nagel mit einem Hammer. Dafür musste er jedoch zunächst weit ausholen. Was bedeutete ...

Ich bleckte die Zähne und preschte unerschrocken weiter vorwärts. Seinem Schlag wich ich leicht aus, ich musste nur den Knüppel im Auge behalten. Zudem blieb er im Boden stecken, also hatte ich auch keinen Komboangriff zu befürchten. Vielmehr war der Ork jetzt für kurze Zeit äußerst angreifbar.

Ich durfte ihm keine Zeit lassen, seinen Knüppel loszureißen.

»GUUOOOOH!«

»Treffer!«

»Guuuugargh?!«

Ich war zu seiner linken Seite geflitzt und hatte ihm den Bauch aufgeschlitzt. Eine grüne Blutfontäne spritzte aus der Schnittwunde, und der Ork schrie schmerzerfüllt auf. In Orkblut getränkt sah das Gras am Boden des Dungeons gleich noch grüner aus.

»Ha!«

Seine Rückseite war wie geplant ungeschützt, wodurch es mir ein Leichtes war, einen weiteren Hieb anzubringen. Die Klinge meines Kurzschwertes sauste durch die Luft, säbelte die Spitzen der Grashalme ab und schnellte auf das dicke Bein des Orks zu ...

SSSCHTCK!

Ein ohrenbetäubender Schrei. Der Baselard steckte im Knie des Monsters. Ich spürte den Widerstand des harten Knochens, auf dem das gesamte Gewicht des riesigen Monsters lastete.

Ich biss die Zähne zusammen und warf mich mit meinem ganzen Gewicht gegen das Schwert, als wollte ich das Bein des Orks hochstemmen. »Komm ... schooooon!«

SSSCHING!

Das Bein war durchtrennt. Meine Klinge, nun befreit, sauste hoch, und gleich darauf ging der Ork zu Boden. Sein Schrei ließ den gesamten Raum erzittern, während er sich vor Schmerzen am Boden wälzte. Doch ich blieb unnachgiebig. Über seinen Rücken hinweg preschte ich zu seinem Hals vor und stieß mit dem Baselard zu. Mit einem scharfen Geräusch drang die Klinge in den dicken Schädel ein.

»Gu... gargh ...«

Nach diesem letzten Röcheln hauchte der riesige Ork sein Leben aus.

»Meister Bell, da kommt noch einer!«

Ich sah mich um und entdeckte seinen Artgenossen, auf den Lili mich hatte aufmerksam machen wollen. Offenbar angeheizt vom Kampfeslärm, bahnte er sich bereits wutschnaubend den Weg durch den Nebel. Die Landformen ließ er links liegen.

Ich sprang von dem erschlagenen Ork herunter und streckte dem Angreifer meine Hand entgegen. Verfehlen war keine Option. Ich riss die Augen auf und schleuderte meine Magie auf ihn.

»Firebolt!!«

»Bugraaaah!!«

Ein flammender Blitz flog im Zickzack auf ihn zu und traf ihn mitten in die Brust. Er schrie auf und geriet ins Torkeln, mehr aber auch nicht. Seine verkohlte Brust hielt ihn nicht davon ab, weiter auf mich zuzustürmen.

Es wunderte mich nicht, dass ich mit meiner Magie ein so großes Monster wie einen Ork nicht auf Anhieb töten konnte. Immerhin hatte ich den Zauber gerade erst erlernt. Noch war er nicht mächtig genug. Mir blieb nur, ihn so oft einzusetzen, wie es eben nötig war.

»Firebolt!!«

Immer wieder traf ihn meine Schnellangriffsmagie. Von der Wucht der Explosionen wurde er zurückgedrängt, taumelte, das Kinn zur Decke gerichtet – und dann erstarrte er plötzlich und fing an zu zerbröseln, ohne noch einen Laut von sich zu geben. Mein Firebolt musste seine Brust durchschlagen und den Magiestein zerstört haben. Ich sah zu, wie der Ork nach und nach zu Asche zerfiel, und ließ schwer atmend mein Schwert sinken.

Geschafft …

Alles lief hervorragend, sowohl mit dem Schwert, als auch mit der Magie. Und das, obwohl meine Gegner Monster der Oberklasse waren, so wie der Minotaurus. Als die Anspannung des Kampfs von mir wich, breitete sich Wärme in mir aus. Dies war das Gefühl des Erfolgs. Ich lächelte und ließ mich von der Wärme durchströmen.

»Lili! Ich hab's ge…«

Doch als ich mich zu ihr umdrehte, sah ich nichts außer weißem Nebel. Die Supporterin, die mich all die Tage über begleitet hatte, war plötzlich verschwunden. Mit einem Schlag verflüchtete sich die Wärme.

»Lili?!«

Ich rief nach ihr, so laut ich konnte. Hektisch schaute ich mich im Raum um, doch außer dichten Nebelschwaden war da nichts.

Ich hatte eine ganz miese Vorahnung und rannte panisch los, um sie zu suchen. Wenn dieser Abenteurer sie angegriffen hätte, hätte sie sicherlich um Hilfe geschrien. Mir kam es wahrscheinlicher vor, dass sie von einem Monster überrascht worden war. Ich brauchte eine Weile, den rechtwinkligen Raum zu durchkämmen, da der Nebel meine Sicht einschränkte.

Als ich mich zwischen den toten Bäumen hindurchschlängelte, stieg mir plötzlich ein strenger Geruch in die Nase. Ich hielt mir den Arm vor den Mund und sah mich nach der Quelle des Gestanks um. Es dauerte nicht lange, bis ich sie fand: An einer Baumwurzel lag ein großes Stück blutiges Fleisch.

»Das sieht ja aus wie ein … Monsterköder?«

Ich beugte mich hinab und sah, dass es sich um ein speziell angefertigtes, fettiges Fleisch handelte. Kein Zweifel, so etwas bekam man nur in einem Itemladen. Wenn man auf der Jagd nach Monstern war, erhöhte man damit die Wahrscheinlichkeit einer Begegnung. Warum lag der Köder ausgerechnet hier?

Plötzlich begann abermals die Erde unter meinen Füßen zu beben. Ein Ork? Nein, das war nicht nur ein Paar Orkfüße, das waren mehrere, die da über den Boden donnerten. Dann fiel mir auf, dass dort nicht nur der eine Fleischklumpen lag, sondern ringsherum mehrere glänzende Brocken verteilt waren.

Als ich den Blick hob, erstarrte ich vor Schreck.

»Das kann nicht sein …«

Vier Orks stapften auf mich zu! Mit einem allein hatte ich schon genug zu tun. Gegen vier gleichzeitig konnte ich unmöglich gewinnen. Sie würden mich sofort umzingeln und erledigen. Selbst wenn ich versuchte, einen nach dem anderen auszuschalten, irgendwann würde sich einer einen Baumstamm greifen und mich mit seiner großen Reichweite erwischen.

Meine einzig realistische Überlebenschance war die Flucht. Ich musste abhauen. Aber was war mit Lili? Was, wenn sie verletzt war und nicht aus dem Raum entkommen konnte? War ich wirklich bereit, sie zurückzulassen?

Die Orks hatten mich bereits erspäht. Sie spannten die Muskeln in ihren dicken Armen an, sodass die grünen Adern unter der Haut deutlich hervortraten. Ich durfte nicht länger warten, sonst nahmen sie mich in die Zange, und es war vorbei mit der Flucht.

Plötzlich hörte ich, wie etwas sirrend durch den Raum schoss.

»Was …«

KLINK! Etwas hatte die Tasche an meinem linken Bein getroffen, und der Beutel, in dem ich das Hestia Knife verstaut hatte, flog in hohem Bogen durch die Luft. Ich blickte hinunter und sah, dass in der Tasche ein metallisch schimmernder Pfeil steckte. Die Orks schienen das als gute Chance für einen Angriff zu sehen und stürmten gemeinsam auf mich los.

»OOOOUUUUOOOOO!!«

Zwei der Orks hatten sich mit Landformen bewaffnet und schlugen nach mir. Mit einem Sprung gelang es mir auszuweichen. Doch ich hatte keine Zeit, mich auszuruhen. Zwar waren die Orks aufgrund ihrer Größe schwerfällig, konnten jedoch mit wenigen Schritten große Distanzen überbrücken. Die anderen beiden streckten die Arme nach mir aus und versuchten mich zu erwischen.

»Uwah!«

Haarscharf zischten ihre gewaltigen Pranken an meinem Kopf vorbei.

Das ist wirklich nicht mehr lustig … Was soll ich denn jetzt machen?!

Noch nie war mir der Nachteil meiner Solotouren so schmerzlich bewusst gewesen wie jetzt. Der Ansturm der Monster erlaubte keine Sekunde der Unachtsamkeit. Mit zusammengebissenen Zähnen wich ich einem Hieb nach dem anderen aus. Und gerade, als wieder ein verdorrter Baumstamm knapp an mir vorbeirauschte, sah ich sie: In den Schatten der Orks lief Lili mit kleinen Schritten hin und her.

»Lili? Gah!«

Eins der brutalen Monster hatte mich gestreift. Ich durfte mich nicht ablenken lassen!

Währenddessen ging Lili auf den Beutel zu, der von meiner Tasche getrennt worden war, und nahm das Hestia Knife heraus. Sie musterte es kurz, steckte es in ihre Tasche und sah mich an. Und da war es wieder, dieses kalte, abweisende Lächeln.

»Tut mir leid, Meister Bell. Das Spiel ist jetzt vorbei.«

»Was redest du denn da, Lili?!«

»Wenn ich dir einen Rat geben darf: Du solltest anderen nicht so leicht vertrauen.« Lili neigte ihren Kopf beinahe liebenswert zur Seite. Ihre Augen waren wie üblich unter Kapuze und Haaren verborgen. Ihr kleiner Mund verzog sich zu einem Lächeln, das irgendwie traurig aussah. »Sieh zu, dass du bei nächster Gelegenheit abhaust.«

Es klang, als wollte sie mir noch einen letzten gut gemeinten Rat mitgeben. Dann setzte sie ihren prall gefüllten Rucksack wieder auf und wandte mir den Rücken zu. »Leb wohl, Meister Bell«, sagte sie. »Wir werden uns wahrscheinlich nicht wiedersehen.« Dann verschwand sie im Nebel.

»Lili? Liliiii! Das darf doch nicht wahr sein!«

»Ouuuuo?«

»Du bist einfach zu gutmütig, Meister Bell.«

Lili rannte mit ihrem viel zu vollgepackten Rucksack die Passage entlang, die Riemen fest umklammert. Nichts konnte sie von ihrem Weg abbringen.

Sie hatte Bell zwei Lügen erzählt. Erstens war sie keine Supporterin mit Geldsorgen. Sie war eine Diebin, eine Trickbetrügerin, die sich darauf spezialisiert hatte, Abenteurer um ihre wertvollsten Items oder Waffen zu bringen. Diesmal hatte sie es auf Bells Messer der namhaften Hephaistos-Familia abgesehen. Ihre Geschichten von der armen Supporterin waren nichts weiter als ein Vorwand gewesen, um sich Bell anzunähern. Und zweitens …

»Huch!« Der Gegenwind fegte ihr die Kapuze vom Kopf, sodass ihre wuscheligen Tiermenschenohren zum Vorschein kamen. Lili strich sanft mit den Händen darüber und sagte einen Zauberspruch auf: »Die Uhr hat zwölf geschlagen!«

Ein aschgrauer Schleier legte sich über ihren Kopf, und ihre Ohren lösten sich lautlos in nichts auf. Auch verschwanden der Pony und der Schwanz, der aus ihrer Robe hervorgelugt hatte.

»Scheint besser zu laufen, wenn ich mich nur teilweise und nicht komplett verwandle.«

Wenn Bell sie hätte sehen können, er wäre aus allen Wolken gefallen. Nun waren ihre großen, kastanienbraunen Augen deutlich zu sehen, und von den kindlichen Zügen der Tiermenschin war keine Spur mehr. Sie sah eindeutig aus wie jene Pallum, der Bell damals in der Hintergasse begegnet war.

Ihre zweite Lüge betraf also ihre Identität. Mit ihrer Spezialmagie hatte sie schon etliche Abenteurer hinters Licht geführt. Wann immer sie einen um sein Hab und Gut erleichterte und er ihr wütend hinterherstürmte, musste sie nur ihre Gestalt verändern, und schon war sie aus dem Schneider. Sie alle waren überzeugt, eine Reihe diebischer Pallum-Mädchen treibe in Orario ihr Unwesen – ein Riesenerfolg.

Manchmal verwandelte sie sich in eine Supporterin, manchmal in eine Stadtbewohnerin. Sie konnte nicht nur oberflächliche äußere Merkmale nach Belieben verändern, sondern sogar wie die Angehörige eines anderen Volkes erscheinen. Auf diese Weise hatte sie ihre kriminelle Karriere bis heute erfolgreich vorangebracht.

Dieser Abenteurer hätte nie sehen dürfen, wie ich meine Magie einsetze …

Als er Lili durch jene dunkle Gasse gefolgt war, weil sie ihn um seine Wertgegenstände erleichtert hatte, war er zufällig Zeuge geworden, wie sie ihren Zauber »Cinder Ella« eingesetzt hatte. Kurz danach war sie Bell in die Arme gelaufen.

Damals war sie noch einmal mit einem blauen Auge davongekommen, aber gestern hatte sie dann gesehen, wie ebendieser Abenteurer mit Bell gesprochen hatte. Anschließend hatte Bell sie anders behandelt, hatte sich ständig nach ihr umgedreht und sie mit seinen Blicken durchbohrt. Als hätte er ihr nicht getraut und nur darauf gewartet, dass sie verschwand.

Es war sicher das Beste gewesen, heute ihr Spiel mit Bell zu beenden. Dennoch trauerte sie all den Vorteilen nach, die sie durch ihn genossen hatte, und auch dem Gefühl der Geborgenheit, das er ihr gegeben hatte. In ihrem Herzen wohnte eine eiskalte Diebin, aber es wohnte auch noch jemand anderes darin, sie wusste nur noch nicht genau wer.

Eins wusste sie aber: Sie hätte das unausweichliche Ende nur unnötig in die Länge gezogen, wenn sie jetzt nicht gehandelt hätte. Das mit Bell hatte so nicht weitergehen können. Sie konnte die Risiken nicht ignorieren. Jetzt, da er mit großer Wahrscheinlichkeit ihr Geheimnis kannte, hätte er nie im Leben länger mit ihr zusammengearbeitet.

Sie ertappte sich dabei, dass sie ein finsteres Gesicht machte, und schüttelte den Kopf. *Was soll das jetzt? Das ist nicht die richtige Zeit dafür!*, dachte sie und verscheuchte ihre Schuldgefühle. Was fiel ihr ein, plötzlich mit einem Abenteurer Mitleid zu haben? In Wahrheit, dachte Lili, sah auch er sie doch nur als niedere Supporterin, auf die er herabblicken konnte. Irgendwann hätte er sie betrogen.

Lili zog die Augenbrauen zusammen. *Diese verfluchten Abenteurer … Sie sind alle gleich!*

Sie war das Kind eines Ehepaars der Soma-Familia, also war sie mehr oder minder dazu verpflichtet gewesen, selbst Mitglied dieser Familia zu werden. Vielleicht hatte sie recht, und die Welt war von Anfang an gegen sie gewesen.

Ihre Eltern, beide Pallum, hatten sie schon in jungen Jahren losgeschickt, um Geld zu verdienen. Sie waren ihrer Elternrolle kaum gerecht geworden und schon früh gestorben: Auf der Jagd nach Reichtum – mit dem sie an mehr Soma-Wein hatten herankommen wollen – waren sie auf eine Ebene des Dungeons vorgedrungen, für die sie nicht stark genug gewesen waren. Das hatte sie ihr Leben gekostet.

In der Soma-Familia, in der die Konkurrenz um den Götterwein über allem anderen stand, war Lili daraufhin isoliert gewesen. Ein kleines, schwaches Mädchen wie sie war von den anderen einfach übergangen worden. Jeder Tag war eine Qual gewesen. Anlässlich einer Vergrößerung der Familia war auch sie schließlich in den Genuss von ein wenig Soma-Wein gekommen und ihm sogleich verfallen.

Niemand hatte ihr geholfen, und sie hatte auf eigene Faust nach Mitteln und Wegen suchen müssen, das nötige Kleingeld zu verdienen. Aber es war zwecklos gewesen. Sie hatte kein Talent als Abenteurerin und war gezwungen gewesen, Supporterin zu werden.

Dann war sie ausgenutzt worden. Immer, wenn sie sich einer Abenteurergruppe angeschlossen hatte, hatte sie dieselben Anschuldigungen zu hören bekommen.

»Hast dir wieder einen Magiestein eingesteckt, hm?«

»Wie viel Geld hast du heimlich in deine Taschen wandern lassen?!«

»Das ist deine gerechte Strafe.«

»Deinen Anteil behalte ich.«

Sie hatte stets beteuert, es handle sich um einen Irrtum und sie habe nichts gestohlen, aber die Abenteurer hatten nur hämisch gelacht. Selbst wenn sie beinahe Monstern zum Opfer gefallen war, hatten sie ihr nicht geholfen und auch keine Anstalten gemacht, sie zu heilen. Und wenn sie einen ihrer Gegenstände verloren hatte, hatten sie sie mit Füßen getreten.

Mit den anderen Mitgliedern der Soma-Familia war sie von Anfang an nicht klargekommen. Kaum aus dem Dungeon heraus, ging die gegenseitige Abzocke los.

Ich kann Abenteurer nicht leiden. Nein, ich hasse sie sogar!

Nachdem sie von der Magie des Götterweins gekostet hatte, war es einmal vorgekommen, dass sie unter strömenden Tränen ihre Familia für immer hinter sich hatte lassen wollen. Sie hatte ihr entsagen und ein friedliches Leben als normale

Stadtbewohnerin führen wollen. Doch auch diesen Traum hatte ihr die Soma-Familia zunichte gemacht.

Irgendwie hatte jemand von ihrer neuen Identität und ihrem Aufenthaltsort erfahren. Nicht nur hatte er all ihr Geld gestohlen, er hatte auch ein Chaos in ihrem Zuhause angerichtet. Das alte Paar, in dessen Blumenladen sie gearbeitet hatte, hatte sich dazu gezwungen gesehen, sie hinauszuwerfen. Noch heute erinnerte sie sich an die verächtlichen Blicke der beiden. Vor der Soma-Familia gab es kein Entrinnen.

Lili hasste das Oberhaupt, den Gott Soma. Warum hatte er diese Familia überhaupt gegründet, wenn er sich keinen Deut für sie interessierte, keine Verantwortung für sie übernehmen wollte? Ihm war alles egal. Niemals würde er eingreifen, um innerhalb der Familia für Recht und Ordnung zu sorgen. Vermutlich wusste er nicht einmal, wie es um sie bestellt war.

Möglicherweise war es falsch, ihn dafür zu hassen. Ein großer, mächtiger Gott hatte wohl Besseres zu tun, als sich um die törichten Eskapaden seiner nutzlosen Kinder zu kümmern. Doch sie konnte nichts tun gegen ihren Hass.

Letzten Endes blieb ihr nur übrig, sich weiter als Supporterin der Soma-Familia durchzuschlagen. Eine falsche Entscheidung – etwa wenn sie aufhörte, das loyale Familia-Mitglied zu spielen –, und sie machten ihr wieder alles kaputt. Sie musste durchhalten, auch wenn das bedeutete, sich von einigen Mitgliedern ihrer Familia ausnutzen und von anderen Abenteurern zu harter Arbeit nötigen zu lassen.

Ja, Abenteurer waren alle gleich. Sie alle behandelten Lili schlecht, weil sie schwächer war als sie.

Meister Bell hätte es bestimmt genauso gemacht … irgendwann …

Irgendwann hätte es ein Ende gehabt mit seiner Freundlichkeit, und er hätte sein wahres Gesicht gezeigt. Ganz sicher.

Also war es besser, ihn zu hintergehen, bevor er sie hintergehen konnte.

Das alte Paar war ja anfangs ebenso freundlich mit ihr umgegangen, nur um sie schließlich kaltherzig davonzujagen.

Ja, am Ende wollen mich alle doch nur loswerden.

Lili rannte so schnell sie konnte, um nicht zu spüren, wie sehr sie unter ihrer Entscheidung litt.

»Heute steht eine Inspektion der Gilde an. Pass bloß auf, dass du keinen Blödsinn anstellst, Neue.«

»Alles klaaar.«

Die Chefin, eine Halbzwergin, hatte alle Anweisungen für heute erteilt, und Hestia kehrte an ihren Platz zurück. Sie war sich schon länger darüber im Klaren, dass sie hier nicht wie eine Göttin, sondern wie eine normale Angestellte behandelt wurde. Dementsprechend gewissenhaft führte sie ihre Arbeit aus.

In erster Linie war sie für die Betreuung der Kunden zuständig. Darum war sie auch die Erste, die die Inspekteurin der Gilde kommen sah – und das Halbelfenmädchen kam ihr bekannt vor.

»Oh, du bist doch ...«

»Eina Tulle, Inspekteurin der Gilde. Ich bin wegen der angekündigten Prüfung hier.«

Die förmliche Begrüßung war nicht verwunderlich, schließlich war Eina in offizieller Funktion gekommen. Hestia führte sie in das Geschäft hinein.

Pflichtbewusst machte sich Eina an die Arbeit. Sie begrüßte die Geschäftsführerin, überprüfte, ob alles mit rechten Dingen zuging, nahm ein Pergament und einen Stift in die Hand und ging im Laden herum. Bei dem Waffenregal und einigen magiesteinbetriebenen Kühlgeräten blieb sie länger stehen, um sie zu inspizieren. »Göttin Hestia?«, sagte sie leise, ohne den Blick von den Waren abzuwenden.

»Äh, ja?«

»Ich müsste etwas mit Euch besprechen. Hättet Ihr kurz Zeit für mich?«

Die Göttin sah sich verstohlen um. Dann tat sie so, als würde sie Eina auf offizielle Anweisung hin in eine ruhige Ecke des Ladens führen.

»Ich bin erstaunt, dass du mich einfach so ansprichst, Fräulein Beraterin. Ganz schön durchtrieben!«

»Tut mir sehr leid. Passt es Euch gerade?«

Hestia nickte und wischte dabei über ein klapperndes Regal. Sie versuchten beide, so auszusehen, als gingen sie einfach nur ihrer Arbeit nach.

»Es geht um die Supporterin von Bell Cranel«, sagte Eina.

Die Göttin zuckte zusammen und hörte auf zu wischen. Dann drehte sie sich zu Eina um.

»Ich muss Euch etwas über die Soma-Familia erzählen, der sie angehört. Es könnte etwas länger dauern, ich hoffe, das ist in Ordnung.«

Eina erzählte ihr alles, was sie am Abend zuvor erfahren hatte. Mit jeder Minute wurde Hestias Gesichtsausdruck ernster. Dass Bells Supporterin vom Götterwein abhängig war, hielt Eina für unwahrscheinlich, aber ganz sicher hatte sich das Mädchen ihm mit versteckten Absichten genähert, daher sei es am besten, Bell breche den Kontakt zu ihr ab.

Eina sah Hestia flehentlich an. »Göttin Hestia, könntet Ihr versuchen, ihn davon zu überzeugen?«

Hestia blickte nachdenklich zu ihr auf.

Von dem Raum aus, in dem Lili sich von Bell getrennt hatte, war es nicht weit bis zur Treppe. So konnte sie problemlos Ebene 10 hinter sich lassen und Ebene für Ebene hinaufsteigen.

Durch ihre vorherigen Abenteuer kannte sie sich bis Ebene 11 gut aus. Sie war es gewöhnt, sich rasch von einer Gruppe abzusetzen und schnellstmöglich wieder aus dem Dungeon zu verschwinden – am besten noch, bevor den Abenteurern überhaupt auffiel, dass sie sie übers Ohr gehauen hatte.

Selbstredend durfte sie sich auf der Flucht nicht einholen lassen. Deshalb hatte sie sich die Karten der Ebenen, die von der Gilde veröffentlicht wurden, gut eingeprägt und konnte sich schon im Vorhinein den besten Fluchtweg zurechtlegen. Lief sie einem Monster über den Weg, wusste sie stets, wie sie dessen Aufmerksamkeit auf Abenteurer in der Nähe lenken konnte. So machte sie es grundsätzlich, daher musste sie nie selbst kämpfen.

Sobald sie das Diebesgut sicher verstaut und sich in ihre wahre Gestalt zurückverwandelt hatte, war es für ihre Verfolger unmöglich, sie noch zu erwischen. Es mochte hinterhältig und niederträchtig sein, aber es war Lilis einzige Möglichkeit, ihre fehlende Stärke auszugleichen. Der Grund, warum sie zu solchen Mitteln griff und es ausgerechnet auf Abenteurer abgesehen hatte, war einzig und allein Rache. Rache für die fürchterliche Behandlung, die sie durch sie erfahren hatte. Für all das, was sie ihr genommen hatten, wollte sie nun ihnen etwas nehmen. Nicht einmal ihre eigene Familia war vor ihr sicher. In Lilis Augen waren sie alle gleich und hatten deshalb auch die gleiche Behandlung verdient.

Nun war da allerdings dieser Junge, dem sie vor Scham nicht mehr würde in die Augen sehen können.

Aber bald hab ich so viel Geld zusammen, wie ich brauche …

Am Götterwein hatte sie kein Interesse mehr. Auf gewisse Weise verabscheute sie ihn sogar. Sie fürchtete sich, dass sie wieder ein animalisches Verlangen nach ihm entwickeln würde, wenn sie nur einen Tropfen von ihm kostete.

Sie wollte das gestohlene Geld verwenden, um sich selbst zu helfen. Sie brauchte einen großen Betrag, damit sie sich aus ihrer Familia freikaufen konnte. Momentan war Lili praktisch noch Eigentum ihres Gottes Soma. Die Gilde konnte ihr nicht dabei helfen, aus diesem Verhältnis zu entkommen. Deshalb hatte sie sich vorgenommen, einen so großen Geldbetrag anzuhäufen, dass ihr gieriger Gott sie dafür gehen lassen würde. Sie hatte beschlossen, sich aus eigener Kraft zu befreien. Ohne die Hilfe eines anderen.

»Urgh!«

Auf einem Flecken hochgewachsenen Grases blieb sie stehen. Der Raum, den sie gerade betreten hatte, hatte nur einen einzigen Ausgang, und den versperrte ein aufgemotzter Goblin der Ebene 8. Sie konnte sich nicht an ihm vorbeischleichen, da er stets mitten im Gang blieb. Es waren auch nirgends Abenteurer zu sehen, die ihn für sie hätten erledigen können.

Sie könnte zwar den Weg, auf dem sie gekommen war, wieder zurückgehen und eine andere Route einschlagen. Das würde sie aber eine Menge Zeit kosten, und sie ginge dabei das Risiko ein,

Bell in die Arme zu laufen, auch wenn er noch eine Weile beschäftigt sein würde mit den vielen Orks. Also entschied sie sich für die Flucht nach vorn.

»Normalerweise bin ich ja keine Freundin von roher Gewalt, aber ...«

Sie zog den rechten Ärmel ihrer Robe hoch. Dabei kam eine kleine Handarmbrust zum Vorschein. *Mein Magieschwert wäre an diesen Goblin verschwendet.* Sie trat einen Schritt vor und machte die Armbrust feuerbereit. Pallum waren für ihre Adleraugen bekannt. Die kniff sie nun zusammen und feuerte einen Pfeil in Richtung des Goblins ab.

FIUUU!

Der Goblin hatte sie bemerkt, doch zu spät. Mit erschreckender Geschwindigkeit sauste der metallische Pfeil durch die Luft und bohrte sich in sein rechtes Auge.

»Gobluärgh!!«

»Ich bin mal so frei!«

Lili flitzte an dem schreienden Goblin vorbei, der versuchte, sich den Pfeil herauszuziehen, und verließ den Raum.

Mit ein paar Tricks konnte auch sie kämpfen. Sie musste sich dafür jedoch auf Magiewaffen oder spezielle Items verlassen. Deren Einsatz wiederum lohnte sich nicht für einen einzelnen Goblin. Lieber kämpfte sie nur dann, wenn sie sich verteidigen musste.

»Muss schön sein, alles zu können, so wie Meister Bell!«

Lilis Fähigkeiten waren insgesamt nicht aufs Kämpfen ausgelegt. Ihr Zauber, Cinder Ella, war ein Beispiel dafür. Als sie ihn erlernt hatte, war sie voller Hoffnung gewesen, sich mit seiner Hilfe an den Abenteurern rächen zu können. Deshalb war ihre Enttäuschung auch groß gewesen, als sie seine tatsächliche Wirkung erfahren hatte.

Aber irgendwann hatte sie ihre Stärken und Schwächen verstanden und gelernt, ihre starken Seiten möglichst effektiv einzusetzen. Auch heute war ihr wieder ein Kunststück gelungen. Sie konnte sich aus jeder noch so misslichen Lage herauswinden. Sie war ein wenig stolz auf sich und musste beinahe darüber lachen, wie schwach sie früher gewesen war.

Und auf zu Ebene 7!

Sie stieg die Treppe hinauf, die in die Dungeonwand gehauen war, und erreichte die nächsthöhere Ebene. Unermüdlich lief sie durch die nunmehr fahlgrünen Gänge.

Nach dieser Ebene hab ich es im Prinzip geschafft …

Im Hinblick auf die Stärke der Monster war Ebene 7 die letzte Hürde, die Lili überwinden musste, danach konnte nicht mehr viel schiefgehen. Sie grinste und setzte einen Fuß in den Raum vor ihr.

»Ich muss ein echter Glückspilz sein!«, sagte plötzlich jemand.

»Wa…«, brachte Lili noch heraus, da zog ihr etwas die Beine weg, und sie krachte zu Boden.

Was ist hier los?! Wer war das?!

Verwirrt stützte sie sich mit den Händen ab und versuchte sich aufzurichten, da fiel ein langer Schatten auf sie. Ehe sie aufschauen konnte, packte sie jemand am Kragen, riss sie hoch und schlug ihr ins Gesicht.

»Gah!«

»Ich finde, du solltest dich entschuldigen. Verdammte Pallum!«

Plitsch, plitsch, tropfte ihr das Blut aus der Nase. Dann bekam sie den nächsten Schlag ins Gesicht, dann einen Tritt. Sie kullerte über den Boden und verlor dabei ihren Rucksack. Sie wusste nicht mehr, wo unten und oben war. Schon wieder war der Angreifer bei ihr und trat ihr in den Magen.

»Augh!!«

Sie flog davon, prallte wie ein Ball mehrfach vom Boden ab und blieb endlich liegen. Eine Woge des Schmerzes spülte über sie hinweg.

»Gah … Aaah … Agh!«

»Ha ha ha ha! Gefällt mir, wie du dich da im Dreck wälzt!«

Immer wieder wurde ihr schwarz vor Augen. Aber jetzt erkannte sie die Stimme: Das war der Abenteurer, mit dem Bell sich unterhalten und für den sie gearbeitet hatte. Er lachte schallend.

»Mir war klar, dass du den Kleinen bald fallen lässt. Also hab ich ein kleines Netz aufgespannt, um dich zu fangen!«

»Ein … Netz?«

»Allein hätte ich dich nicht so leicht in die Finger gekriegt. Deswegen hab ich ein paar Leute zusammengetrommelt, um dich in die Enge zu treiben.«

Die Ebenen des Dungeons wurden weitläufiger, je tiefer man hinabstieg. Ab Ebene 5 überstieg ihr Durchmesser bereits den des Zentralparks. Meistens waren Ebenen jedoch nur über drei, vier Routen miteinander verbunden.

Der Mann hatte auf jeder dieser Routen einen Komplizen platziert, der Lili aufgelauert hatte. Wie der Zufall es wollte, hatte Lili ausgerechnet die Route erwischt, auf der er selbst gewartet hatte.

»Als ich den Bengel mit den weißen Haaren bei dir gesehen hab, wusste ich gleich, dass du ihn über den Tisch ziehen willst. Kein Wunder, er hatte ja auch 'ne Menge feine Sachen dabei. Da sollte er vorsichtiger sein … Aber egal. Bevor ich dich kaltmache, bezahlst du noch das Schwert, das du mir geklaut hast …«

Sein sadistischer Blick sagte, dass er ihr alles wegnehmen würde. Lili hielt sich die Hand vor ihre Nase, die unaufhörlich blutete. Der Mann packte ihre Robe, riss sie herunter und brachte so all die Dinge zum Vorschein, die Lili darunter versteckt hatte.

»Magiesteine, eine goldene Uhr … Oha, sogar ein Magieschwert hast du dabei? Ha ha ha ha ha!« Das feuerrote Schwert hob seine Laune erst so richtig. Er drehte es in der Hand hin und her und grinste hämisch. »Da hast du ja ganz schön was mitgehen lassen! … Na gut, ich verzeihe dir, diebische Pallum. Im Gegenzug dafür, dass du mir dieses Messer hier schenkst, beweise ich dir, dass ich richtig großherzig sein kann!«

»Guargh!« Beim zweiten Tritt in die Magengegend drohte Lili langsam ohnmächtig zu werden.

Mist, Mist, Mist!

Verzweifelt dachte sie darüber nach, wie sie dieser scheinbar ausweglosen Situation entkommen konnte. Sonst wäre das sicher ihr Ende. Sie konnte kaum noch atmen und hörte die Stimme des Mannes immer schlechter.

»Du hast sie ja ganz schön zugerichtet, Ged!«, sagte plötzlich ein anderer Mann.

»Oh, du bist schon hier?«

Die Stimme kam vom Eingang. Sie kniff die Augen zusammen und spähte in die Richtung. Auch ihn kannte sie: Das war einer von denen, die sie vor einigen Tagen unter Druck gesetzt hatten, um Geld von ihr zu stehlen. Ein Abenteurer der Soma-Familia, der sie schon mehrfach um ihre Münzen gebracht hatte.

Nun fiel es ihr wie Schuppen von den Augen. Die Komplizen, von denen der Mann geredet hatte, waren sicherlich allesamt Mitglieder der Soma-Familia. Bei seinem Gespräch mit Bell gestern hatte er gesehen, wie sie um Lili herumgestanden waren, und da hatte er sich hinterher mit ihnen kurzgeschlossen.

»Sieh dir das an, Canoe: Sie hat ein Magieschwert dabei! Du hattest recht, sie muss wirklich ’ne Menge wertvolles Zeug gesammelt haben, ha ha!«

»Soso.«

Ged berichtete Canoe fröhlich von seiner Ausbeute. Dabei entging ihm völlig, wie finster der mittelalte Tiermensch der Soma-Familia ihn ansah.

»Ich hätte da einen Vorschlag, Ged.«

»Was denn? Ich soll dir doch wohl nicht einfach das Magieschwert überlassen, oder? Immerhin hab ich die Kleine eigenhändig ausgenommen!«

»Nein, ich will nicht nur das Magieschwert, sondern alles, was sie gestohlen hat.«

Ged stand mit eingefrorenem Grinsen da. Ehe er antworten konnte, schleuderte Canoe ihm etwas Großes vor die Füße, was er bisher hinter seinem Rücken versteckt gehalten hatte. Lili sog erschrocken die Luft ein, als sie erkannte, worum es sich handelte.

»I… Ist das eine Killerameise?!«

Es war nur der Oberkörper des Monsters, vom Rumpf getrennt, um ihn leichter transportieren zu können. Das konnte noch nicht lange her sein, denn die blutigen Überreste der Killerameise bewegten sich noch. Immer wieder öffnete und schloss sie ihren Mund und bewegte die Arme, als quälten sie unvorstellbare Schmerzen.

»Anfangs dachten wir, wir könnten das doch einfach selbst erledigen. Aber als ich erfahren hab, bis auf welche Ebene du bereits vorgedrungen warst … da haben wir uns für die sicherere Lösung entschieden.«

FLOPP! FLOPP! Zwei weitere halbe Killerameisen landeten auf dem Dungeonboden: An einem anderen Ausgang des Raums waren inzwischen zwei weitere Männer – offenbar Canoes Komplizen – aufgetaucht, und hatten sie geworfen. Nun lagen drei halbe Killerameisen auf dem Boden und kreischten. Der Anblick erinnerte an ein okkultes Ritual.

Lili und Ged wurden sofort kreidebleich, denn sie wussten, was hier vor sich ging: Wenn Killerameisen dem Tod nahe waren, stießen sie Pheromone aus, die andere Killerameisen anlockten, eine Art Notsignal. Vor den beiden lagen nun also tickende Zeitbomben, die jederzeit eine gewaltige Anzahl weiterer Monster anlocken konnten.

»B… Bist du nicht mehr ganz dicht?!«, schrie Ged.

Canoe und seine Komplizen zuckten nicht einmal mit der Wimper. Das überraschte Lili nicht: Als ehemals Abhängige wusste sie nur zu gut, wie wahnsinnig und kaltblütig der Götterwein seine Konsumenten machen konnte.

»Du willst doch sicher nicht deine Zeit mit uns vergeuden und riskieren, dass die Freunde der drei dich überrennen, oder, Ged?«

»Gah?!«

Hinter Ged streckten gerade in diesem Moment fünf Killerameisen ihre Köpfe aus dem Gang. Insgesamt gab es vier Zugänge; drei davon versperrten Canoe und seine Leute, und im letzten waren nun die Monster aufgetaucht.

In Geds Gesicht wechselten sich Zorn und Furcht ab. Er schien kurz nachzudenken und warf dann zähneknirschend alles, was er Lili abgenommen hatte, Canoe und seinen Leuten vor die Füße.

»Ihr verdammten Scheißkerle!!«

Mit einem hämischen Grinsen trat Canoe beiseite. Der wütende Mann schlängelte sich seitlich an ihm vorbei und rannte aus dem Raum. Kurz darauf brüllte in dem Gang eine wilde Bestie, dann waren kurz Kampfgeräusche zu hören, dann nichts mehr. Lili wusste nicht, was am Ende der Passage voller Killerameisen geschehen war.

»Krrrchhiiii!!«

Nach und nach strömten immer mehr Monster in den Raum, und eins war Lilis Gesicht inzwischen gefährlich nahe. Sie war jedoch zu schwer verletzt, um sich zu bewegen.

Klauen schnellten herab, und dann spritzte Blut – aber nicht Lilis, sondern das der Killerameise!

»Alles klar bei dir, Arde?«

»Canoe ...«

Er wischte das grüne Blut von der Klinge, steckte sie weg und grinste auf Lili herab. »Wir sind hier, um dich zu retten! Schließlich gehörst du zu unserer Familia.«

Wie schamlos, so etwas zu sagen ... Lili ballte die Hände zu Fäusten und biss sich auf die Unterlippe.

»Ganz recht«, sagte er theatralisch. »Wir haben uns deinetwegen extra in Gefahr begeben und sind hergekommen.«

»J... Ja ...«

»Du weißt, was ich damit sagen will?«

Lili wich Canoes Blick aus, aber der ging in Wahrheit ohnehin durch sie hindurch. Er dachte nur an ihr Geld, und an den Götterwein, den er damit bekommen konnte. Nach außen hin wirkte er ruhig, innerlich war er jedoch zerrissen und aufgebracht.

»Hey, mach hin!«, rief einer seiner Handlanger, die sich abmühten, die Ameisen von ihnen fernzuhalten. »Das wird langsam eng!«

»Weiß ich selbst! Also ... gestern hattest du ja angeblich kein Geld. Heute versuchst du hoffentlich nicht wieder, mir weiszumachen ...«

»Schon gut! Ich versteh schon!«

Canoe hatte alle Mühe, seine Gier und seinen Wahn zu verbergen. Widerwillig übergab Lili ihm einen kleinen Schlüssel, den sie am Hals getragen hatte.

»Was soll das sein?«

»Der Schlüssel zu einem Gnomen-Bankfach im östlichen Bezirk ...«

»Ein Bankfach? Da kann ja nicht viel drin sein ...«

»Doch, da sind ein paar Gnomen-Edelsteine drin ...«

»Ah, sehr schön.«

Die Edelsteine und Erze der Gnome waren meist sehr wertvoll, was Canoe natürlich sofort besänftigte. Lili trug ihr Geld nicht gern mit sich herum, daher tauschte sie es stets gegen Edelsteine ein, die sie dann für den Notfall in dem Bankfach verstaute.

Canoc grinste und nickte. Dann packte er Lili am Kragen und hob sie hoch, sodass sie sich in die Augen sehen konnten.

»Canoe«, presste Lili hervor. »Was ... was soll das werden?«

»Wir haben ein kleines Problem. Sieh dich doch mal um: Die Killerameisen haben uns schon fast umzingelt!«

Es stimmte: Die Monster kreisten die kleine Gruppe der Soma-Familia ein. Mit Müh und Not hielen sie noch einen der Ausgänge frei.

Lili strampelte heftig mit den Füßen, kam jedoch nicht bis zum Boden.

Auf Canoes stoppeliges Gesicht trat ein fieses Grinsen. »Sei so nett und spiel den Köder für uns.«

»Was?!«

»Du lockst die Ameisen zu dir, und wir verschwinden durch den Ausgang da. So viele dürften dort noch nicht rumstehen.

Verschaff uns nur ein bisschen Zeit, dann können wir uns den Weg freikämpfen!«

Entsetzt starrte Lili den Mann an. Dann blickte sie zu den anderen hinüber, die genauso dreckig grinsten.

»Wenn du kein Geld mehr hast, brauchen wir dich nicht mehr. Aber so kannst du uns noch einen letzten Dienst erweisen, Supporterin!«

Er schleuderte sie in hohem Bogen über die Killerameisen hinweg. Die Monster reagierten sofort und wirbelten allesamt zu ihr herum. Noch in der Luft sah Lili die Männer lachend im Gang verschwinden. Dann prallte sie auf dem Boden auf, und ihr blieb kurz die Luft weg. Dann fing sie an zu lachen.

»Ha ha ... Ha ha ha ...«

Sie lag auf dem Rücken und lachte verzweifelt, den Blick auf die Decke des Dungeons gerichtet. Die Killerameisen bewegten sich auf sie zu.

Das soll mein Ende sein?, dachte sie. *Ich wusste es: Abenteurern kann man einfach nicht trauen. Soll das meine Strafe für das sein, was ich getan habe? Das ist doch übertrieben!*

Ach, aber ...

Nach allem, was sie Bell angetan hatte, war es vielleicht doch gerecht. Er hatte sich ihr gegenüber gänzlich anders verhalten als alle Abenteurer vor ihm. Würde das hier es wiedergutmachen? Dann konnte sie es annehmen, so seltsam es klang. Ja, es erschien ihr sogar angemessen.

»Krrrchiiiaaa!!«

Unzählige Killerameisen krochen kreischend näher. Sie lag direkt vor einer Wand. Es gab keinen Ausweg. Sie war umzingelt.

»Echt zum Kotzen«, murrte sie. Ihre Worte gingen im Zischen und Knurren der Monster unter, die immer näher kamen.

So erging es Supportern eben, dachte Lili. Man sah auf sie herab. Niedere Gepäckträger, nutzlos, allein zu nichts imstande. Und sie selbst war das Paradebeispiel dafür.

Sie hasste sich selbst.

»Ihr Götter, warum …«

Sie wollte, dass jemand nach ihr rief, sich auf sie verließ. Sie wollte nicht ausgenutzt werden, sondern wirklich gebraucht.

Sie hasste sich dafür, so schwach zu sein. Wie leicht es doch für andere war, über ihr Leben zu bestimmen!

Sie wollte jemand anders sein. Sicher war der Zauber, den sie gelernt hatte, aus diesem Willen entstanden.

»Warum habt ihr mich zu dem gemacht, was ich bin?«

Wie oft hatte sie sich schon den Tod herbei gewünscht. Sie hatte sterben wollen, zu den Göttern zurückkehren und dann eine Chance auf einen Neuanfang bekommen. Eine neue, bessere Lili werden. Danach sehnte sie sich.

»Krrrcchiiii!«

»Das alles spielt jetzt keine Rolle mehr.«

Der Kreis, den die Monster um sie gezogen hatten, wurde enger und enger. Lili legte die Wange auf den Boden, lächelte resigniert und sah zu, wie eine der Killerameisen immer näher auf sie zukam.

»Ich war so einsam …«

Sie war selbst überrascht, als ihr diese Worte über die Lippen kamen. Jetzt, kurz vor dem Ende, war sie mit einem Mal ehrlich zu sich selbst.

Ach so, ich hab mich also all die Zeit über einsam gefühlt! Dass mich niemand braucht, daran hatte ich mich gewöhnt, aber … Die Einsamkeit war immer da. Und jetzt bin ich auch einsam.

»Dabei wollte ich doch nur …«

Lili hatte jemanden an ihrer Seite gewollt. Endlich hatte sie verstanden und akzeptiert, was tief in ihr vorging. *Jetzt hab ich davon auch nichts mehr,* dachte sie.

»KRRRRRIIII!!« Die Killerameise hob ihre Klauen, und kurz blitzten sie im Licht, das von der Decke herabfiel.

Es war vorbei. Endlich konnte sie sterben, war die Zeit für ihren Neuanfang gekommen. Sie nahm Abschied von ihrer Schwäche, ihrer Einsamkeit. Ihrer Nutzlosigkeit.

Endlich ... Endlich kann ich jemanden finden, der an meiner Seite bleibt. Endlich ... sterbe ... ich? Tränen liefen ihr über die Wangen, und sie hatte ein bitteres Lächeln auf dem Gesicht.

Und dann ...

»FIREBOOOOLT!«

Ein heller Feuerblitz.

»Was ...?«

Der Raum wurde in ein loderndes Rot getaucht.

»Hoffnungslos«, seufzte Hestia.

»Wie meint Ihr ...«

»Es würde nichts bringen. Denn Bell hat sich schon längst entschieden, diese Supporterin nicht hängen zu lassen.«

Eina stand angesichts dieser unerwarteten Antwort völlig verdutzt da. Hestia seufzte noch einmal und blickte nachdenklich zu Boden. Dann erzählte sie, was am Abend zuvor passiert war.

»Ich weiß, Göttin«, sagte Bell eindringlich, »aber sie hat Probleme, und ich will ihr helfen.«

Hestia hatte ihm geraten, seiner Supporterin lieber nicht zu trauen, und dies war seine Antwort. Es war, als hätte er sie gar nicht gehört. »Verstehst du nicht, was ich dir sage?!«

»Sie sieht immer so unglücklich aus«, beharrte er. »Und trotzdem setzt sie ständig dieses Lächeln auf und tut so, als käme sie wunderbar allein zurecht … Sie scheint selbst gar nicht zu merken, wie einsam sie eigentlich ist.«

Bell erzählte seiner Göttin wieder und wieder, was er mit eigenen Augen gesehen hatte. Hestia musste seinem Urteil Glauben schenken, denn für sie war das Mädchen eine Unbekannte.

»Du hast mich doch damals auch gerettet, als ich einsam war, weißt du noch?«

Er sagte, er erkenne sich selbst in ihr wieder. Bevor er Hestia getroffen hatte, war er allein in Orario umhergewandert, getrieben von Angst und Einsamkeit. Derselben Angst und derselben Einsamkeit, die er nun in ihren Augen sah.

»Wenn ich mich in ihr täusche, dann ist das eben so. Aber wenn nicht … dann bin diesmal ich an der Reihe, jemanden zu retten.«

»Bell will dieselbe Güte, die er erfahren hat, an andere weitergeben. Er will jemandem helfen, der so leidet, wie er damals gelitten hat.« Hestia hob den Kopf und sah Eina in die Augen. Dann zuckte sie mit den Schultern. »Er ist eben ein Dickkopf. Mit Vernunft dringt man jetzt nicht mehr zu ihm durch.«

Eina stand einen Augenblick lang verdutzt da. Sie bewegte ihren Mund, als wollte sie etwas sagen, aber es kam nichts heraus.

»Siehst du das etwa anders?«, fragte Hestia sie.

»N… Nein, es stimmt schon, so ist er. Aber ich weiß nicht, ob ich deshalb …«

Eina gelang es nicht, ihre Besorgnis zu verbergen. Hestia verschränkte die Arme und schaute grimmig drein. Und dann sagte sie etwas, was sie selbst schmerzte: »Außerdem hat Bell ein gutes Auge für andere ... insbesondere das andere Geschlecht. Uns Göttern eigentlich gar nicht unähnlich.«

Ein Schrei durchbrach das wilde Geklacker und Gezische der Killerameisen.

»LILIIIII!«

Wieder und wieder war das Dröhnen der Explosionen zu hören. Auf den feurigen Überraschungsangriff hin fuhren die Monster herum, verhedderten sich dabei jedoch miteinander, da sie so gedrängt standen. Die wehrlose Monstergruppe ging in Flammen auf, die bis zur Decke hochschlugen ... Und dann kam über diese Wand aus Flammen hinweg ein Junge mit schneeweißem Haar gesprungen.

»Lasst sie in Ruheee!«

»Krrriiii?!«

Mit dem Kurzschwert in der einen Hand und dem Dolch in der anderen wirbelte er zwischen den Monstern herum. Die Killerameise, die gerade noch ihre Klauen erhoben hatte, war kurzzeitig wie erstarrt. Dann klaffte entlang ihres Kopfes ein Schnitt auf.

»Lili! Geht's dir gut? Ich bin's, Bell!«

Zuerst begriff Lili nicht, wer sie da gerade vom Boden aufgelesen hatte. Er sah sie eindringlich aus seinen roten Augen an, und seine Finger gruben sich schmerzhaft in ihre Schultern. Eilig schnippte er den Deckel eines Heiltranks ab und hielt ihr die Phiole an den Mund. Als sie ihn zögerlich öffnete, ließ er die blaue Flüssigkeit langsam hineinlaufen. Sie hustete.

»Meister ... Bell?«

»Geht's dir gut?«, fragte er mit einem Lächeln im Gesicht und Tränen in den Augen.

In Lilis Brust, die bis eben noch starr vor Kälte gewesen war, breitete sich nun eine Wärme aus, und sie wurde ihr so eng, dass es geradezu schmerzte. Voller Entschlossenheit blickte er in Richtung der Killerameisen, von denen noch immer bedrohlich viele übrig waren. Instinktiv griff sie in den Beutel, den sie bis jetzt verborgen gehalten hatte, und steckte Bell die nachtschwarze Klinge zu. Mit ernstem Gesicht nahm er das Messer entgegen.

»Warte einfach hier auf mich, ja?« Er richtete sich auf. »So wie immer.«

Zorniges Kreischen hallte durch den Raum. Hier und da, wo Bells Magie eingeschlagen war, stieg Rauch vom Boden auf. Nun stand er den restlichen Gegnern allein gegenüber: An die dreißig Killerameisen hatten Bell und Lili umzingelt, und aus den Gängen strömten weitere hervor. Doch Bell zeigte keinerlei Angst.

Vor einer Weile noch hätte er keine Chance gehabt gegen eine solche Überzahl. Auch jetzt noch würde er an seine Grenzen stoßen, wenn er allein mit seinen Waffen auf seine Gegner zustürmte. Aber er hatte ja seine Magie.

»Dann leg ich mal los!«, sagte er und holte aus seiner Beintasche eine Phiole hervor, die mit einer gelbgrünen Flüssigkeit gefüllt war. Genau für eine Situation wie diese hatte er sie gekauft. Er frischte seine Willenskraft auf, sodass er seine Magie öfter einsetzen konnte. 8700 Valis hatte ihn dieses Ass im Ärmel gekostet. Er schnippte den Korken aus der Phiole und leerte sie in einem Zug.

»KRRIIIIIII!!«

Als eine der Killerameisen auf ihn zugeprescht kam, streckte er seine rechte Hand in ihre Richtung aus. »FIREBOLT!«

Sein Flammenblitz traf sie und schleuderte sie zurück.

Nun kreischten alle anderen Monster und gingen ebenfalls zum Angriff über. Bell entfesselte einen Sturm aus flammenden Blitzen. Seine Schreie wechselten sich mit den Flammen ab, die die Gänge des Dungeons erhellten. Jeder Treffer erledigte eine Ameise, manchmal sogar zwei. Die Druckwellen der Explosionen schleuderten die Monster zurück, denen es gelungen war, nah an Bell heranzukommen. Mithilfe seiner Magie gelang es ihm, die übermächtige Horde zurückzudrängen.

»Haaaa!«

Jetzt, wo er sie dezimiert hatte, wechselte er zu seinen Waffen. Mit dem Hestia Knife in der einen Hand und dem Dolch in der anderen stürmte er auf die übrigen Gegner zu. Immer wieder blitzte seine Klinge violett auf, und der Kopf einer Killerameise wurde vom Rest ihres Körpers getrennt.

Lili beobachtete sprachlos, was sich vor ihren Augen abspielte. Immer wenn die weiße Gestalt auf eine der Bestien einhieb, spritzte Blut, und sie ging zu Boden. Er war schnell, präzise und stark. Im Handumdrehen war von der großen Ansammlung an Killerameisen nichts mehr übrig. Bell stand inmitten der Kadaver, steckte seine beiden Klingen weg und atmete erleichtert auf. Dann kam er schnellen Schrittes zu Lili zurück.

»Wie ... Wie hast du es hergeschafft?«

»Weiß ich selbst nicht genau ... Im Nebel konnte ich nicht richtig sehen, was passiert ist, aber irgendwie ist ein Monster nach dem anderen verschwunden. Ich glaube, da war irgendein anderer Abenteurer am Werk.«

Nur durch diese glückliche Wendung hatte er es rechtzeitig zu Lili geschafft. Als Lili sah, wie Bell sich am Kopf kratzte und lächelte, brach ein Damm in ihr.

»Warum ...«

»Was meinst du?«

»Warum, Meister Bell?« Lilis Mund bewegte sich beinahe von allein. Es gab so vieles, was sie hätte sagen können, doch es waren ausgerechnet diese Worte, die aus ihrem Mund kamen. »Warum hast du mir geholfen? Warum hast du mich nicht meinem Schicksal überlassen?«

»Was? Aber ...«

»Hast du nicht verstanden, dass ich dich hintergangen hab?« Unwillkürlich hob sie die Stimme, als sie Bells arglosen Blick sah. Sie konnte ihre Gefühle nicht länger im Zaum halten. »Dachtest du, ich hätte mir nur einen Spaß erlaubt, als ich dein Messer gestohlen hab?! Was stimmt bloß nicht mir dir?! Bist du blöd?! Oder einfach nur total naiv? Wie hohl bist du eigentlich?!«

»Hohl? Lili, jetzt beruhig dich doch erst mal ...«

»Kann ich nicht! Hast du denn nichts gemerkt? Dass ich beim Eintauschen der Gegenstände immer mehr Geld für mich behalten hab? Wir haben nicht halbe-halbe gemacht – ich hab immer sechzig Prozent bekommen! Irgendwann sogar mal siebzig Prozent – du hast es ja eh nicht mitgekriegt! Wenn ich einkaufen sollte, habe ich immer gesagt, die Sachen hätten mehr gekostet, und was davon behalten! Ich weiß schon gar nicht mehr, wie viele Items und Ausrüstungsstücke ich einfach heimlich gestohlen hab!«

Bell hörte geduldig zu, während Lili ihre Vergehen aufzählte. Und sie hörte nicht auf. Eine Stimme in ihrem Kopf riet ihr zwar dringend dazu, aber sie konnte nicht.

»Schnallst du es jetzt? Ich bin böse! Ich bin eine Diebin! Ich hab dich belogen und betrogen! Ich bin die schlimmste Pallum der Welt!«

»Ähm ...«

»Und trotzdem willst du mir helfen?!«

»J... Ja, klar ...«

»ABER WARUM?!«, schrie sie.

Und dann sah sie ihn mit angehaltenem Atem an. Sie war selbst nicht sicher, welche Worte sie sich von ihm erhoffte. Sie wusste nur, dass ihr Herz wie wild klopfte.

Bell rang mit sich, druckste herum. Schließlich lief er knallrot an und sagte: »W... Weil du ein Mädchen bist?«

Lilis Gesicht verzerrte sich vor Zorn. Sie wusste nicht warum, doch ihr ganzer Körper schien zu brennen, und ein Gefühl machte sich in ihr breit, das sie mit Worten nicht beschreiben konnte. Ein Unmut, den sie selbst nicht verstand, brach sich Bahn.

»DU BLÖDMANN! Du hilfst wohl jeder, Hauptsache, es ist 'ne Frau?! Unglaublich! Das ist ja wohl das Letzte! Du Perversling! Du Lüstling! Du absoluter Obermacho!«

Während sie ihrer Wut freien Lauf ließ, füllten sich ihre Augen mit Tränen. Sie wusste, dass sie eigentlich nicht in der Position war, ihm solche Worte an den Kopf zu werfen, aber dennoch schleuderte sie ihm ihre geballte Unzufriedenheit entgegen.

Aber womit genau war sie nur unzufrieden? Schließlich hatte er sie gerettet. Was in aller Welt wollte sie denn hören, damit sie sich wieder beruhigte? Sie verstand sich selbst nicht mehr.

Doch Bell hielt den Beschwerden, die wie Hagelkörner auf ihn einprasselten, wacker stand. Irgendwann war Lili so erschöpft, dass ihr die Vorwürfe ausgingen. Daraufhin lächelte er sanft und legte ihr die Hand auf den Kopf.

»Dann eben, weil du es bist, Lili.«

Lili sah ihn mit großen Augen an.

»Ich wollte dir helfen, weil du es bist. Ich wollte nicht, dass du stirbst.«

»Wa...«

»Einen besseren Grund kann ich dir leider nicht bieten.«

Plötzlich liefen Lili dicke Tränen über die Wangen. Kurz darauf konnte sie auch das Schluchzen und Schniefen nicht mehr zurückhalten.

»Ich will, dass du mit deinen Problemen zu mir kommst, Lili. Du musst mir davon erzählen, ich bin nämlich ein bisschen schwer von Begriff. Sag was, dann helfe ich dir auch.«

Sie warf sich weinend in seine Arme. Seine metallische Rüstung war ihr zwar im Weg, aber das spielte gerade keine Rolle. Sie schlang ihre Arme um ihn und drückte ihn, so fest sie konnte.

Ticf in ihrem Herzen wusste sie es. Er war ihretwegen gekommen.

Jetzt erst bemerkte sie all die Kratzer an seiner Rüstung und die Schrammen in seinem Gesicht. Ihr wurde bewusst, in welche Gefahr er sich ihretwegen begeben hatte, als er sich der Monsterhorde entgegengestellt hatte.

Sie wünschte, sie hätte nach ihm gerufen. Hätte es ihm gesagt, es sich selbst eingestanden. So sehr hatte sie sich gehasst, und nun wünschte sie sich, sie hätte sich stattdessen akzeptiert.

»Es ... es tut mir ... so leid ... Bitte verzeih mir!«

»Klar.«

Lilis Schluchzen hallte durch die Gänge der Ebene. Überall lagen die Leichen der Monster verstreut. Langsam zerbrach ein Magiestein nach dem anderen, und die Überreste zerfielen zu Asche. Einige der Brandstellen loderten noch, und Ascheflocken wirbelten in die Luft, um dann auf das weinende Mädchen niederzurieseln.

Der Junge hielt die Pallum fest in seinen Armen, ein schmerzliches Lächeln auf dem Gesicht.

Keine einzige Wolke hing am strahlend blauen Himmel. Das Wetter war ähnlich wie damals, als er wie aus dem Nichts von einem unbekannten Mädchen angesprochen worden war. Bell war auf dem Weg nach Babel, und das Sonnenlicht ließ sein weißes Haar hell erstrahlen.

Zwei Tage waren vergangen, seit er Lili zuletzt gesehen hatte. Ihre Sachen waren aus der Unterkunft verschwunden, und sie hatte sich nicht wieder bei ihm gemeldet. Auch ein Besuch bei der Soma-Familia hatte ihn nicht weitergebracht. Lili war wie vom Erdboden verschluckt.

Er machte sich Sorgen um sie. Mehrmals hatte er den Impuls verspürt, einfach die ganze Stadt nach ihr abzusuchen. Aber dann hatte ihn das Gefühl überkommen, sie würden sich früher oder später sowieso wiedersehen – auch wenn es keinerlei Anhaltspunkte dafür gab. Er würde einfach weiter seiner täglichen Routine folgen. So könnte sie ihn jederzeit wiederfinden, wenn sie es denn wollte.

Dann blieb er plötzlich wie angewurzelt stehen – und lief gleich darauf wieder los, schneller als zuvor. Da stand sie doch, am westlichen Eingang Babels, in ihrer cremefarbenen Robe, die er so gut kannte! Sie trug ihren viel zu großen Rucksack auf dem Rücken, die Riemen in den Händen. Den Blick hatte sie gesenkt. Was fehlte, war der lange, strubbelige Pony, und ihre Augen, die sonst eine so kräftige Farbe hatten, wirkten in der Sonne etwas blasser als sonst.

Bell verlangsamte seine Schritte wieder etwas, um sie nicht zu verschrecken. Und dann bemerkte sie ihn ebenfalls. Ihre Schultern bebten mitleiderregend. Die beiden standen sich gegenüber und schwiegen einander an.

Sie schaute zu ihm auf und versuchte mehrfach, etwas zu sagen, nur um dann wieder betrübt zu Boden zu blicken. Es sah ihr gar nicht ähnlich, dass sie nicht von sich aus einfach losredete. Eigentlich hatte er sich vorgenommen, geduldig zu warten, bis sie sprach, doch nach einer Weile lächelte er und sagte: »Du bist nicht zufällig auf der Suche nach einem Abenteurer?«

»Was?«

Sie blickte mit ihren runden, braunen Augen zu ihm hoch.

»Na, ist doch ganz einfach: Ich bin ein bescheidener Abenteurer und würde dir gern meine Dienste anbieten.«

Nun schien Lili es begriffen zu haben. Ganz allmählich breitete sich ein Lächeln auf ihrem Gesicht aus, und ihre Augen füllten sich mit Freudentränen.

Bell war sein Auftritt ein wenig peinlich, aber er überspielte es und streckte ihr die rechte Hand entgegen. »Würdest du mich in den Dungeon begleiten?«

Die beiden würden einen Neuanfang wagen. Es mochte die kleinstmögliche Gruppe sein, aber es wäre eine, deren Mitglieder einander vertrauten.

»Ja! Bitte nimm mich mit!«

Mit einem Lächeln so groß und so hell wie die Sonne nahm Lili Bells Hand.

© Suzuhito Yasuda

Epilog: Hinter den Kulissen

© Suzuhito Yasuda

»Weg ist er …«

Aiz stand auf Ebene 10, inmitten der Leichen der Monster, die sie selbst erledigt hatte. Eben noch hatte sie jenseits des Nebels gesehen, wie der Junge in einem günstigen Moment aus dem Ring aus Monstern ausgebrochen und dann wie von etwas getrieben aus dem Raum gestürmt war.

Eina hatte ihr aufgetragen, den Abenteurer mit dem weißen Haar im Dungeon zu finden und ihm zu helfen. Dank der Auskünfte anderer Abenteurer war es ihr auch gelungen, doch als sie bei ihm angekommen war, hatte es das Schicksal so gewollt, dass sie sich erneut verpasst hatten. Enttäuscht ließ sie die Schultern hängen.

Aber dann hielt sie sich vor Augen, dass es ihr diesmal immerhin gelungen war, ihm zu helfen. Durch den Nebel hatte sie es zwar nicht genau sehen können, aber allem Anschein nach hatte er mit der Überzahl der Monster sehr zu kämpfen gehabt. Mit ihrer Hilfe war er den Monstern entkommen und konnte sich nun dem widmen, weswegen er nun im Eiltempo davonrannte, was es auch sein mochte.

Und was mache ich jetzt?

Eina hatte sie gebeten, auf ihn aufzupassen, also wäre es wohl das Klügste, ihm zu folgen. Allerdings würde es eine Weile dauern, bis sie ihn inmitten dieses Nebels ausfindig gemacht hatte. Während sie noch über die nächsten Schritte nachdachte, fiel ihr mit einem Mal jenseits der Nebelschwaden etwas Glänzendes ins Auge.

»Was ist das denn?«

Sie las einen smaragdgrünen Armschützer vom Boden auf. Ihr fiel auf, dass er dieselbe Farbe wie Riverias oder Einas Augen hatte. Sie betrachtete die vielen Dellen und Kratzer, die Monsterattacken ihm zugefügt hatten.

»Aber wie kommt … Oh!« Kurz legte sie nachdenklich den Kopf schief, doch dann fiel ihr eine Antwort ein. »Könnte es sein, dass …«

Hinter ihrem Rücken hüpfte ein weißer Hornhase, der sich auf Ebene 10 verirrt hatte, fröhlich durch das Gras.

Status

Level 1
Stärke: I 42
Ausdauer: I 42
Geschicklichkeit: H 143
Beweglichkeit: G 285
Zauberkraft: F 317

Skills:

Artel Assist – *Heimliche Heldentat*

- Wird bei besonders hoher Traglast aktiviert.
- Verbessert die Statuswerte in Abhängigkeit vom getragenen Gewicht.

Magie:

Cinder Ella

- Verwandlungsmagie.
- Die Gestalt wird durch das mentale Bild beim Aussprechen der Zauberformel bestimmt. Sollte dieses Bild ungenau sein, schlägt das Wirken der Magie fehl.
- Es empfielt sich das Nachahmen existierender Erscheinungsbilder.
- Zum Wirken der Magie dient die folgende Zauberformel: »Was dein ist, ist mein, und was mein ist, bleibt mein.«
- Zum Auflösen der Magie dient die folgende Zauberformel: »Die Uhr hat zwölf geschlagen!«

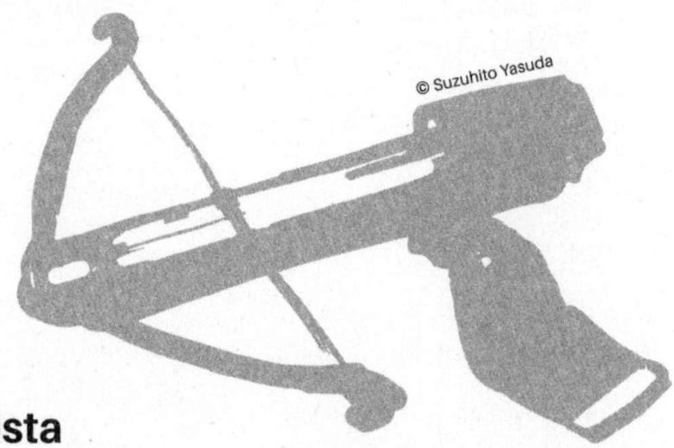

Die Little Ballista

- Wurde von der Goibniu-Familia als Waffe für kleine Personen wie Pallum hergestellt.
- Verfügt über eine hohe Durchschlagskraft für ihre geringe Größe. Lässt sich in kurzen Abständen abfeuern. Dafür hat sie nur eine geringe Reichweite.
- Mit verschiedenen separat erhältlichen Pfeilen können Durchschlagskraft und Reichweite angepasst werden.

Liliruca Arde

Zugehörigkeit: Soma-Familia
Heimat: Zimmer unter der Kirche
Volk: Pallum
Beruf: Supporterin
Tiefste Ebene: Ebene 11
Waffe: Kurzschwert, Armbrust
Geld: 300 Valis

Der Supporter-Handschuh

- Ausrüstungsstück für Supporter, das dem Ausnehmen von Monsterleichen dient. Üblicherweise ein Wegwerfprodukt.
- Schützt die Haut vor gefährlichen Substanzen wie starker Säure. Bietet Resistenz vor Statusleiden.
- Existiert in zahlreichen Farbvariationen. Lili bevorzugt Braun.

Suzuhito Yasuda

Nachwort

Vielen Dank, dass ihr den zweiten Band dieser Reihe gelesen habt. Hier schreibt Omori, der Autor.

Während die Geschichte sich ganz klar in einer Fantasy-Welt abspielt, habe ich mich bemüht, in das Setting deutliche Videospiel-Aspekte einzubauen. Es war eine große Herausforderung für mich, Systeme wie Erfahrungspunkte (die ich nicht besonders mag) beim Erzählen in die Geschichte einzuweben. Die Rolle der Supporter, die in diesem Band im Rampenlicht stehen, ist ebenfalls aus diesem Versuch entstanden.

Ich fragte mich, wie Abenteurer in einer Welt, in der es keine unendlich großen Beutel gibt, die im Dungeon erbeuteten Gegenstände sicher nach Hause brächten. Wie gut könnten sie mit vollen Taschen noch kämpfen? Vielleicht könnte ja jemand anders diese Arbeit für sie übernehmen? Man gelangt schnell zu der Lösung: Es muss Leute geben, die den Abenteurern eben diese Aufgaben abnehmen.

Ein Beruf mit Ansehen ist dies jedoch nicht. Supporter müssen die Drecksarbeit erledigen, und andere sehen auf sie herab. Sicher findet sich hin und wieder auch eine Heldin in ihren Reihen. Ja, ganz bestimmt.

Jedenfalls ist es doch eine sehr dankbare Sache, jemanden zu haben, der einem die Last von den Schultern nimmt. Das gilt nicht nur für diese Geschichte, sondern auch für die Realität. Wenn einem jemand hilft, sein Päckchen zu tragen, erscheinen viele Aufgaben gleich weniger unmöglich.

Beim Schreiben dieses Bandes dachte ich mir oft: Ich will niemals überheblich werden und niemals die Leute vergessen, die mir mit meinem Päckchen helfen.

In diesem Sinne möchte ich zu den Danksagungen übergehen. Mein tiefster Dank gilt der Redaktion, die mich wieder enorm unterstützt hat, meinem Illustrator Yasuda Suzuhito, der in kürzester Zeit wunderbare Zeichnungen angefertigt hat, und letztlich allen, die an der Veröffentlichung dieses Buchs beteiligt waren.

Letztlich gilt er natürlich auch meinen Lesern, dank denen nun feststeht, dass es einen dritten Band geben wird. Ich werde mein Bestes geben, um ihn so schnell wie möglich zu veröffentlichen.

Bis bald,
Fujino Omori

Fujino Omori

Ich habe angefangen, mich in Märchen wie Schneewittchen oder Cinderella einzulesen, um meine Fantasy-Werke besser schreiben zu können. Dabei habe ich viele neue Anreize bekommen. Beispielsweise habe ich mich gefragt, wie Cinderella sich gefühlt haben muss, als sie den Prinzen wiedergesehen hat, nachdem ihr Zauber abgeklungen war. Was, wenn sie viel zu viel Angst vor dieser Begegnung gehabt hätte? Ich an ihrer Stelle hätte den Glasschuh in hohem Bogen weggeworfen.

Suzuhito Yasuda

Geboren in der Präfektur Mie. Zu seinen bekanntesten Werken zählen Yozakura Quartet oder Durarara!! Offizielle Internetpräsenz: http://www.suzuhito.com/

TOKYOPOP GmbH
Hamburg

TOKYOPOP
1. Auflage, 2023
Deutsche Ausgabe/German Edition
© TOKYOPOP GmbH, Hamburg 2023
Aus dem Japanischen von Christopher Derbort

Dungeon ni Deai wo Motomeru no wa Machigatteirudarouka vol.2
Copyright © 2013 Fujino Omori
Illustrations copyright © 2013 Suzuhito Yasuda
All rights reserved.
Original Japanese edition published in 2013 by SB Creative Corp.
The German edition is published by arrangement with
SB Creative Corp., Tokyo

Redaktion: Markus Rohde
Lektorat: Bernd Sambale
Lettering und Herstellung: Annika Meyer-Wülfing
Umschlaggestaltung: Annika Meyer-Wülfing
Druck und buchbinderische Verarbeitung:
CPI–Clausen & Bosse GmbH, Leck
Printed in Germany

MIX
Papier
FSC® C083411

Wir achten auf die Umwelt.
Dieses Produkt besteht aus FSC®-zertifizierten
und anderen kontrollierten Materialien.

Alle deutschen Rechte vorbehalten. Nachdruck, auch auszugsweise, verboten. Kein Teil dieses Werkes darf ohne schriftliche Genehmigung des Verlages in irgendeiner Form reproduziert oder unter Verwendung elektronischer Systeme verarbeitet, vervielfältigt oder verbreitet werden.

ISBN 978-3-8420-7952-6

www.tokyopop.de

THE GRANDMASTER OF DEMONIC CULTIVATION – LIGHT NOVEL

Mo Xiang Tong Xiu

Nach dem Tod von Wei Wuxian, einer der mächtigsten Männer seiner Generation, hallen Jubelschreie durch das ganze Land. Jahre vergehen bis er durch ein Opferritual zurück in die Welt der Lebenden – in den Körper eines Fremden – beschworen wird! Er versucht, seine wahre Identität geheim zu halten, trifft jedoch auf einen alten Bekannten: den attraktiven Lan Wangji. Als die beiden erneut in dunkle Machenschaften hineingezogen werden, müssen sie sich nicht nur ihren Gefühlen füreinander, sondern auch bösartigen Geistern und feindseligen Clan-Mitgliedern stellen, um die in dichten Nebel gehüllten Wahrheiten ans Licht zu bringen!

TOKYOPOP®

www.tokyopop.de

SHAMAN KING FAUST 8 – LIGHT NOVEL

Kakeru Kobashiri / Hiroyuki Takei

Faust 8 ist ein Mann, der die Liebe seines Lebens gefunden hat – und sie leider viel zu schnell wieder verlor ... Doch ist der Tod eigentlich endgültig? Und was bedeutet es, zu leben? Faust kann den Verlust seiner geliebten Elisa nicht ertragen und widmet sich fortan der Erforschung dieser Fragen, um einen Weg zu finden, seine Frau zurück in sein Leben zu holen.

Die Spin-off-Light-Novel zum Manga *Shaman King*

TOKYOPOP®

www.tokyopop.de

YONA – LIGHT NOVEL
UNTER DEMSELBEN MOND
Mizuho Kusanagi / Touko Fujitani

Die Light Novel *Yona – Unter demselben Mond* ergänzt die Abenteuer der starken Heldin Yona und ihrer Gefährten um mehrere Kurzgeschichten.

Ein Regenschauer zwingt die Gruppe um Prinzessin Yona, in einer Höhle Unterschlupf zu suchen. Der Grüne Drache Jeaha nimmt die Unterbrechung zum Anlass, die anderen nach ihren Sorgen zu fragen. Schnell nimmt das Ganze eine ungeahnte Dynamik an ...

TOKYOPOP®

www.tokyopop.de

CHOCOLATE VAMPIRE – LIGHT NOVEL

DAS GEHEIMNIS DER FAMILIE KUROYURI

Nao Tsuzuki / Kyoko Kumagai

Die Droge in den totalen Wahnsinn …

Das Menschenmädchen Chiyo und der Vampir Setsu haben als Kinder einen Blutspakt geschlossen. Inzwischen groß geworden, besuchen die beiden eine Schule, an der Vampire und Menschen gemeinsam unterrichtet werden. Dort geht neuerdings das Gerücht über eine gefährliche Droge namens »Spice« um. Diese soll die Kräfte der Blutsauger schlagartig verbessern. Als Mitglied der Campus-Sicherheitstruppe wird Chiyo mit der Untersuchung beauftragt. Doch plötzlich entführen Unbekannte Setsus Bruder! Hat der Täter etwas mit der Droge zu tun …?

TOKYOPOP®

www.tokyopop.de

DIE BRAUT DES MAGIERS
LIGHT NOVEL – DAS GOLDENE GARN

Kore Yamazaki

Die erste Kurzgeschichtensammlung zu *Die Braut des Magiers*!

Die Welt von Elias und Chise ist viel größer, als es den Anschein hat! Unzählige Feen und Geister kreuzen abermals ihren Weg und entführen sie in unbekannte verborgene Winkel. Dieses Werk vereint die magische Geschichte von Kore Yamazaki, der Schöpferin von *Die Braut des Magiers*, mit weiteren Erzählungen japanischer Autoren – wie ein Wandteppich aus goldenem Garn, der Erinnerungen und Geheimnisse miteinander verwebt.

TOKYOPOP®

www.tokyopop.de

DIE BRAUT DES MAGIERS
LIGHT NOVEL – DAS SILBERNE GARN
Kore Yamazaki

Eine weitere Kurzgeschichtensammlung zu *Die Braut des Magiers*!

Die Welt von Elias und Chise ist viel größer, als es den Anschein hat! Unzählige Feen und Geister kreuzen abermals ihren Weg und entführen sie in unbekannte verborgene Winkel. Dieses Werk vereint die magische Geschichte von Kore Yamazaki, der Schöpferin von *Die Braut des Magiers*, mit weiteren Erzählungen japanischer Autoren – wie ein Wandteppich aus silbernem Garn, der Erinnerungen und Geheimnisse miteinander verwebt.

TOKYOPOP®

www.tokyopop.de

DEATH NOTE – LIGHT NOVEL LIGHT UP THE NEW WORLD

Tsugumi Ohba / Takeshi Obata
Masatoshi Kusakabe / Katsunari Mano

Das Notizbuch des Todes tötet wieder

Erneut häufen sich mysteriöse Todesfälle rund um den Globus und eine virale Videobotschaft des verstorbenen Light Yagami verkündet die Rückkehr Kiras, des »Herrschers über Leben und Tod«. Doch nicht nur Kira ist wieder aufgetaucht: Interpol schickt einen Privatdetektiv, den Nachfolger von L, nach Japan, um die Kira-Sonderkommission bei ihrer Arbeit zu unterstützen. Diesmal sind noch mehr Death Notes im Spiel, von denen jeder Besitzer seine eigenen Pläne hat. Schon bald entbrennt ein heißer Kampf um die Vorherrschaft der todbringenden Notizbücher ...

TOKYOPOP®

www.tokyopop.de

OVERLORD – LIGHT NOVEL

Kugane Maruyama / so-bin

Zwölf Jahre lang beherrschte das Online-Rollenspiel Yggdrasil die Gaming-Welt. Für den Gildenmeister, den sogenannten Overlord, mit dem Alias »Momonga« und seine Gilde Ainz Ooal Gown war es ein aufregendes Abenteuer. Doch jetzt ist der Hype um das Game vorbei und die Server sollen abgeschaltet werden. Als sich Momonga ein letztes Mal einloggt, um da zu sein, wenn das Spiel offline geht, geschieht das Undenkbare: Er kann sich nicht mehr ausloggen. Und die Spielfiguren der Großen Gruft von Nazarick beginnen, sich wie lebendige Menschen zu bewegen und zu handeln. Die Fantasie wird zur tödlichen Realität. Auch wenn das Spiel vorbei ist, hat die epische Geschichte von Ainz Ooal Gown gerade erst begonnen ...

TOKYOPOP®

www.tokyopop.de

THE RISING OF THE SHIELD HERO – LIGHT NOVEL

Yusagi Aneko

Beim Stöbern in der Bibliothek entdeckt der Nerd Naofumi ein Buch mit der Aufschrift *Traktat der Waffen der vier Heiligen*. Nur wenige Augenblicke später verliert er das Bewusstsein und erwacht in einer videospielartigen Welt. Diese steht kurz vor ihrem Untergang und allein vier legendäre Helden sollen in der Lage sein, den bevorstehenden Angriffswellen der Monster aus anderen Dimensionen Einhalt zu gebieten. Naofumi ist einer von ihnen – der Held des Schildes. Allerdings genießt seine auf Verteidigung spezialisierte Waffe wenig Ansehen. Von Verachtung und Verrat umgeben, steht Naofumi nun vor seiner größten Aufgabe: der Held zu werden, den bisher niemand in ihm sieht!

TOKYOPOP®

www.tokyopop.de

KONOSUBA! GOD'S BLESSING ON THIS WONDERFUL WORLD!

Masahito Watari / Natsume Akatsuki / Kurone Mishima

Schöne neue Welt? Von wegen!

Beim Versuch, ein junges Mädchen zu retten, stirbt der Nerd Kazuma vor lauter Schreck an einem Herzinfarkt. Zu allem Übel lacht ihn im Jenseits die arrogante Göttin Aqua für seinen peinlichen Tod auch noch aus. Weil er immerhin versucht hat, Gutes zu tun, darf sich Kazuma in einer Welt, die ihn sehr an seine Lieblingsgames erinnert, erneut behaupten und sogar ein Objekt seiner Wahl mitnehmen. Kurzerhand schnappt er sich die freche Göttin, die nun mit ihm gemeinsam den Dämonenkönig besiegen soll. Doch kann das den beiden Streithähnen überhaupt gelingen, wenn sie es noch nicht einmal schaffen, eine warme Mahlzeit aufzutreiben?

TOKYOPOP

www.tokyopop.de

SWORD ART ONLINE – LIGHT NOVEL

Reki Kawahara / abec

Dein Spiel, dein Leben!

Wir schreiben das Jahr 2022: Gamer auf der ganzen Welt warten gespannt auf das neue Virtual-Reality-Game *Sword Art Online*, in dem man die Spielewelt so real wie nie zuvor erleben kann! Doch als die Spieler in Massen online gehen, stellen sie geschockt fest, dass es keine Möglichkeit zum Log-out gibt. Eine Rückkehr in die Realität ist ihnen nur möglich, wenn sie das Game komplett durchspielen. Doch ein Game Over in der Welt von Aincrad bedeutet den Tod im wirklichen Leben!

TOKYOPOP

www.tokyopop.de

ACCEL WORLD – LIGHT NOVEL

Reki Kawahara / HIMA

Welcome to the accelerated world!

Die Begegnung mit Kuroyukihime, dem schönsten Mädchen der Schule, krempelt das Leben des dicken dreizehnjährigen Haruyuki komplett um. Sie führt ihn in die »beschleunigte Welt« des Online-Games *Brain Burst* ein. Von dem Moment an ist der sonst stets verspottete Haruyuki ein »Burst Linker« und muss ritterlich seine Prinzessin beschützen. Eine neue unterhaltsame Scifi-Novel des talentierten japanischen *Sword Art Online*-Autors Reki Kawahara, der mit diesem Debütwerk den großen Newcomer-Preis des *Dengeki Bunko*-Magazins abräumte!

TOKYOPOP

www.tokyopop.de

AME & YUKI – DIE WOLFSKINDER
EIN UNZERTRENNBARES BAND

Hosoda / Sadamoto / Karasuba

Ein Geheimnis, zwei Wege, für immer verbunden!

Als sich die Studentin Hana in einen mysteriösen Mann verliebt, ahnt sie noch nichts von seinem Geheimnis: Er stammt von einem altjapanischen Wolfsgeschlecht ab, weshalb er zwischen der Gestalt eines Menschen und der eines Wolfs wechseln kann! Sie bekommen zwei Kinder – Ame und Yuki. Doch dann stirbt Hanas Geliebter, und von da an ist sie mit ihren beiden Wolfskindern auf sich gestellt. Damit die frei entscheiden können, ob sie als Mensch oder Wolf leben wollen, zieht sie mit ihnen aufs Land. Dies ist der Beginn einer herzergreifenden Geschichte, die erzählt, wie Hana und ihre Kinder über sich hinauswachsen!

TOKYOPOP

www.tokyopop.de